チェーン・ポイズン

CHAIN POISON

HONDA TAKAYOSHI

本多孝好

講 談 社

チェーン・ポイズン

1

独りであること、未熟であること、これが私の二十歳の原点である。

日記にそう記した二十歳の女性は、それから半年後に自殺した。

古い話だ。

女性の死後、日記は本として出版され、当時はかなり話題になったという。それから四十年近い時間が流れて私がその本を手にしたのは、半分は偶然で、半分は必然だろう。その日、行きつけの本屋の文庫の棚で通勤の時間潰しのための本を選んでいた私は、ふと目に留まったその本に手を伸ばした。目に留まったのは、たまたま私の目線の高さにその本があったから。手を伸ばしたのは、その著者が私と同じ名前を持っていたから。だから半分は偶然で、半分は必然。総じていうのなら、そういうものを運命と呼ぶのかもしれない。

私はその本を買い、アパートに持ち帰った。結果的にその本は通勤の時間潰しにはならなかった。その夜のうちに読み終えてしまったからだ。面白かったわけではない。ただ切りのいいところが見つからなかっただけだ。

〝闘争〟、〝安保〟、〝全共闘〟、〝民青〟、〝機動隊〟、〝バリ封〟。

日記には私の生活には馴染みのない文字が並んでいた。川を挟んだ向こう側にまだ『体制』という名の権力があった時代。学生たちはそれと戦うために、マルクスを読み、デモをして、石を投げていた。ごつごつとしたその時代の空気の中で、彼女は詩を読み、タバコを吸い、ジャズを聴いていた。そして日記に向けて、小さな呟き（つぶや）を綴っていた。

『臆病である自分が本当にいやだ。びくびくしていて、もっともらしく、やさしくていねいにしている私』

『帰るってどこに？』

『独りでいるのはさびしい』

それならば私の生活の中にもあった。会社にいる間中浮かべている意味のない笑みの中に。疲れ切った体を電車から降ろして改札を抜け、次の一歩を踏み出す眩暈（めまい）の中に。さほど幸福でも不幸でもない夢から目覚め、一人きりのベッドでこぼす欠伸（あくび）の中に。

もう明け方に近い深夜、一人きりのアパートで、私はもやもやとした読後感を持て余した。六十年近くも前、同じ名前を受けて人生を始めたその人の死を悲劇的だと嘆くことはできず、かといって喜劇的だと笑うにはその触感はあまりにリアル過ぎた。

つまりそれは、人よりも響きやすい感性の所産なのだろう。

私はそう割り切るしかなかった。

どうでもいい。古い話だ。

私は独りである。私は未熟である。けれどそれを原点とするには、私は少し年を取り過ぎた。今年で三十六になる。孤独で未熟な三十六の女は、それを恥にこそ感じても、原点とすることはできない。孤独である。未熟である。それを認めてしまっては、私はどこへも行けない。だから孤独を誤魔化し、未熟を棚上げする。

二十歳の私はどんなだったろう？

二十歳の私だって、やはり孤独であり、未熟だった。けれど、二十歳の私がそれを自覚することはなかった。いや、そういう言い方は正しくない。二十歳の私だってやっぱり、自分の孤独と未熟を知っていた。知ってはいたけれど、それが切実なものとして身に迫ってくることはなかった。茫洋(ぼうよう)とした学生生活の日々の中で、私はその孤独と未熟を楽しんですらいた。

その後の十六年は何だったのだろう？

人より変わったことをした覚えはない。普通に大学を卒業し、普通に就職をして、普通に仕事をした。

普通であること。殊更(ことさら)意識していなくても、それが私の行動規準だったのかもしれない。普通の二十歳の女子大生は、普通の十六年間を過ごして、普通の三十六歳のＯＬになろうとしていた。一昔前ならば独身であることがかろうじて私の個性となったかもしれないが、今の時代ではそれすら語るほどの個性ではなかった。

個性のない私は、個性のない会社へ通い、個性のない仕事をした。ありふれた失敗をして、ありきたりの当てこすりを言われ、あてもなく落ち込んだ。それでも若いころには、まだそこに焦燥感があった。こんなことをしていちゃいけない。少なくとも二十代の私はそう考えていたように思う。派遣どころか、アルバイトでも務まるような雑用を黙々とこなし、ろくにキャリアを積めもしないまま年を重ねていくことに私なりに焦ってもいた。けれど、『今の仕事すらちゃんとこなせないようでは、どこへ行ったって勤まるわけがない』。一見、正論に見える言い訳の中に、たぶん、私は逃げ込んでいた。

もう遅い。三十をいくつか過ぎた辺りから、私は明確にそう悟るようになっていた。三十を越えて、たいしたキャリアもないOLにいい転職先などあるはずもない。どうせ同じような仕事をさせられるのなら、どうせ同じような失敗をして、どうせ同じような嫌味を言われるのだろう。だったら、このままでいい。

焦りはいつしか、諦めに変わっていた。

結婚を諦めたのも、同じくらいの時期だっただろうか。私が男なら、私など選ばない。若くもなく、綺麗でもなく、何の取り柄も、個性すらない女をわざわざ選びはしない。それでも私を選んでくれるというのならそれは妥協の産物だろうし、わざわざ妥協されてまで結婚する気はなかった。妥協してくれた相手に気兼ねしながら暮らすくらいなら、このまま一人でいたほうがいい。

これでいい。だから、今のままで、それでいい。

信念とは呼べぬまでも静かに安定していた私の気持ちは、気まぐれに選んだ一冊の本に揺さぶられた。私は想像してしまったのだ。このまま一人で暮らす生活を。週に五日は雑用をこなし、残りの二日で思い切り息を吸い込み、また続く五日間、水中に身を沈めるように暮らしていく、その未来を。たとえば定年まで。あと、二十年以上。

それは簡単に想像できる分、絶望的な未来だった。表紙の見返しに記された著者の略歴が、その絶望的な未来を避ける方法を示していた。

『二十歳の原点』。著者、高野悦子。二十歳六ヶ月で鉄道自殺を遂げる。


ブログを始めた事に、さほどの意味はなかった。日記をつけよう。そう思い立ったのは、その本を読んだ翌日のことだ。その日一日あったことを、客観的に見つめ直してみる。そうすれば、無意味に思えた一日の中にだって、何か意味を見つけられるかもしれない。そう思ったのだ。

ネットで日記帳を買おうとパソコンを立ち上げ、自分が入っているプロバイダが無料でブログサービスをしているという宣伝を見つけた。それならば、日記帳を買う必要もないし、ペンで文字を書くよりキーボードを叩くほうがはるかに楽だ。思えば、私が会社員生活で身につけたのは、キーボードを叩くスピードだけかもしれない。私はプロバイダの案内に従い、自分のブログを立ち上げ、日記をつけ始めた。

二ヶ月の間、私はブログに日記を書き綴った。誇張も装飾も演出もしなかった。ただ起こったことを、起こった通りに書いた。何時に起きて、駅までの道のりに何を見て、何時の電車に乗り、何時に会社についたのか。そこでどんな仕事をし、どんな失敗をし、どんな当てこすりを言われたのか。何時に会社を上がり、何を思いながらアパートまで戻り、何を食べ、何時に寝たのか。それをただひたすら傍観者のように書いた。私の期待とは裏腹に、その日記に綴られた日々に、新しい意味も、どんな発見も見出すことはなかった。呆れるほどに単調な毎日だった。いや、発見というなら、一つだけあった。単調な一日も積み重ねていけば、それなりに意味を持つ。この人間の人生がどんな無意味なものか、それを痛切なまでに思った。毎日の私に、私自身が同情していた。

そんな退屈なブログだ。訪れる人などほとんどいなかった。別段、驚きはしなかったが、それでも少しの失望はあった。私と同じように単調な日々に倦(う)んでいる、あるいは絶望している誰かからのメッセージを私はどこかで期待していたのだろう。私も同じだよ、と。だから頑張ろう、と。

ふとした思いつきだった。私は自分の写真を載せた。顔がわからないように鼻から下だけを写し、そのときの寝巻きのままの姿を日記の下に貼りつけた。あるいはそれは存在証明だったのかもしれない。あまりに単調な日記の中で、それでも今日、私はちゃんとここにいたよと、未来の自分に伝えたかったのかもしれない。

私の意図とは関係なく、ブログを訪れる人が現れ出した。たいした数ではないし、ほとんどは何のメッセージも残してはくれなかった。最初は意味がわからなかった。ネットという匿名に守られた社会の中では、個人を判別できなくとも、写真を載せるというのは、どこかで親近感を覚えさせるものなのだろうかと、漠然とそう考えた。それが間違いだと気づいたのは、写真を載せるようになってしばらくしてからだ。

もっとちゃんと見たいな。

ある日、そんなメッセージが残っていた。

顔は無理っす、と私はレスをつけた。お見せできるようなものじゃないっす。

顔じゃなくてもさ、と返事がついた。

ああ、と私は納得した。そういうことか、と。

毎晩、寝る前にブログを書いていた私は、いつもブログを書き終えてからその日の写真を撮っていた。その姿はかなり無防備なものだったし、そういう目で見てみるのなら、扇情的に見えないこともない写真もあった。

私は顔が写らないように気をつけながら、もう少し胸元をはだけた姿を載せた。途端に、私のブログに訪ねてくる人の数が増え始めた。続けたのは、それが嬉しかったからなのかどうか、自分でもよくわからない。写真はどんどんエスカレートした。顔さえ写らなければ大胆になれた。寄せて上げた胸元を載せ、わずかに下着が覗く太腿も載せた。

当方、二十歳の大学生です。あなたの不満、一気に解消します。一晩、四発の経験もあります。マジです。

そんなメッセージがあった。

日記を読むと、どうやら会社が近いようです。一度、お会いしませんか？

そんなメッセージもあった。

割り切って、どうでしょう？　年はいってますが、経済力なら、多少自信があります。

そんなメッセージもついた。

下は十代から、上は六十代まで、色んな男たちが私のブログにメッセージを残していった。多いときには、週に三十近いメッセージが寄せられることもあった。そのどれもにやんわりと断りを入れながら、その代わり、とハートマークをつけて、私は写真をエスカレートさせていった。

やがてそれも虚しくなった。

ある夜のことだ。すでに午前一時を回っていた。胸と腰とにぶ厚くサランラップを巻き、顔が写らないよう気をつけながら、何度も写真を撮り直している女が部屋の片隅の姿見に映っていた。

「何、やってるの?」

私は鏡の中の女に聞いた。

何、やってるんだろう?

鏡の中の女が聞き返し、それから笑い出した。最初はくすくすと笑っていた彼女は、やがてけらけらと声を上げて笑い始めた。

馬鹿みたい。本当、馬鹿みたい。

狂ったようにけらけらと笑った彼女は、やがて滲(にじ)んだ涙を拭(ぬぐ)って、慰めを求めるように私を見た。彼女を慰める言葉が、私には思い浮かばなかった。

もう死にたい。

その日、ブログに一言、そう載せて、私は浅い眠りについた。

どこかで同情を期待していた。死なないで。そう言ってくれる誰かを待っていた。会おうと言ってくれる誰かを待っていた。一番最初に会おうと言ってくれた人と、会おうと思った。現実に会って、それでもその人が私を抱きたいと言うのなら、そう言ってくれるのなら、そうしてもいいと思った。付き合いなんて望まない。それっきりで構わない。その人が溜め込んだ歪んだ性欲を吐き出す場。ただそれだけでもよかった。

私は、飢えていた。

あんたも飢えているというのなら、飢えたもの同士、互いの血をすすりあえばいい。そう思った。

書き込んだ翌日、私は自分の甘さを思い知った。

——じゃシネ
——消えなよ、ミジンコ
——ウマレテキタノガ、マチガイデシタネ
そんな言葉が書き連ねられていた。そこに憎悪はなかった。軽蔑すらなかった。ただ無感情な文字が無機質に並んでいた。

笑ってしまった。

普通に過ごせば無視されて、甘さを見せればつけ込まれ、弱さを見せれば突き放される。

何だ、と私は思った。

現実の社会と変わらないじゃない。

考えてみれば当たり前のことだった。ネットの向こうにいる彼らだって、現実の社会に生きている誰かなのだ。ネット社会と現実社会とで対応が変わるわけがない。

いったい、何を期待していたの?

そう思ったら、笑いが止まらなかった。パソコンの電源を落としても笑い続け、笑いながら化粧をし、笑いながら身支度を整えて、笑いを堪(こら)えながら部屋を出たとき、私はもう会社に行く気をなくしていた。

それでも行く当てが浮かばず、駅へと足を向けていた。そのまま駅を通り越し、駅の反対側にある住宅街を歩き続けた。知らない家があり、知らないコンビニがあり、知らない神社があった。もう八年も住んでいる町なのに、駅の向こう側は私の知らない世界だった。もちろん、そんなもの、何の救いにもならなかった。きたことがあろうがなかろうが、そこが地続きの世界である以上、私はその世界を知っている。私を無視して、私につけ込もうとして、私を突き放した世界だ。

やがて歩くことにも疲れ果て、知らない公園のベンチに腰を下ろした。公園には幼い姉妹を遊ばせている私よりも年下に見えるお母さんがいた。娘たちに穏やかに微笑みかける母親を眺め、それに安心し切った笑みを返す二人の少女を眺めた。そういう人生もあっただろうか。漠然とそう考えた。あの年頃に戻れれば、違う人生もあるのだろうか。そうも考えた。

いったいどこで間違えたのだろう。

わからなかった。検証する気も起きなかった。全部なかったことにして、すべてをゼロからやり直したかった。

私は背もたれに身を預けるようにして首を折り、空を仰いだ。ベンチに覆いかぶさるように伸びた桜の枝が小さな蕾（つぼみ）をつけ始めていた。その先の空には穏やかじゃない色を宿した雲がどんよりと浮かんでいた。その枝がつける花を見たくなかった。その雲が降らせる雨に打たれたくなかった。

もう死にたい。

気づくと私はぽつりと呟いていた。口から出た言葉が雲のように形を帯びて私の体をすっぽりと包み込んだ。皮膚が粟立つようなその肌触りに思わず身震いしたときだ。

「本気ですか？」

突然、声をかけられた。私は驚いて振り返った。いつからそこにいたのか、私より少し年上に見えるスーツ姿の人が私の背後に立っていた。あまりに突然のことで、私は返事ができなかった。突然じゃなくても、返事などできなかっただろう。本気なのか。嘘ではない。それじゃ、今から死ぬ準備があるのかと聞かれれば、そんなもの、あるわけがなかった。それは本気じゃないと言われれば、返す言葉など何もない。本気でも嘘でもない。もう死にたい。私はただそう思っただけだ。

「今、すぐ、どうしても死ななければならない事情でも？」

呟くように問いかけながらぶらりとベンチを回り、その人は私のすぐ隣に腰を下ろした。

「ないです」と私はぶっきらぼうに言った。「ただの独り言です。意味なんてないです」

「そうですか」とその人は言った。「それならいいんですけれどね」

ただのおせっかいな暇人だろうか。それとも、私の信じる神様ならあなたを救えるとでも諭し始めるのだろうか。あるいはマニアックな趣味の持ち主で、どうせ死ぬならその前に一緒に気持ちいいことをしようとでも言い出すのだろうか。私は少し警戒しながらその人の横顔を眺めた。

「でも、本当に死ぬ気なら、一年待ちませんか？」

「何です？」

「ただの独り言です。あなたと同様、ただの独り言だと思ってください」

その視線は私に向いてすらいなかった。言葉は本当に独り言のように吐き出されていた。

「今、死んでしまえば、ゼロです。けれど、今から保険会社へ行って、生命保険に入る。二千万でも、三千万でもいい。あなたの年齢なら、その程度の死亡保険でとやかく穿鑿されることはないでしょう。受取人は誰でもいいんです。両親でも、兄弟でも、昔の恋人でも。こんな世界の中にでも、一人くらい誰か、お金を残してあげてもいいと思える人はいるでしょう。そして一年待つ。一年経った時点で自殺する。一年後の自殺なら、保険金が下りる保険契約もあります。今、ただで死んでしまうより、ずっといいと思いませんか?」

おかしなことを言う人だと思った。もう一年頑張ってみたらと励ましているようにも取れたし、本気で自殺を勧めているようにも取れた。穿ってみるのなら、ずいぶん手の込んだ保険の勧誘にも思えた。

「あと一年」

どうせ他人だと思い、私は口を開いた。

「それだけ我慢できるのなら、最初から死にはしません。お金を残してあげてもいいと思える誰かがいるのならともかく、そうでないのなら、あと一年、また無駄に生きなきゃならない。ただの苦痛です」

「そうでしょうね。その代わり、一年頑張ったご褒美を私が差し上げます」

「ご褒美?」

意味がわからず咄嗟にそちらを見た私と、その人の視線が、初めて絡んだ。暗い目だった。その目には何の表情も、何の衝動もなかった。その目の持ち主が次にどんな行動をするのか、まったく想像ができなかった。哺乳類はおろか、昆虫の目にだって、もう少し表情があるように思えた。暗い淵のようなその目に、私はただ惹き込まれた。

「今、死ぬにしたって、どうやって死にます？　首をくくる？　どこからか飛び降りる？　どれも痛いですよ。痛いし、苦しいし、そこに至るまでの過程が煩わしい。一年我慢すれば、私が楽に死ねる手段を差し上げます。何の苦痛もない。煩わしさもない。本当に一瞬で楽に、それこそ眠るように楽に死ねる手段を私が差し上げます」

私はぎゅっと目をつぶることで、視線を切った。視線の先を足元に戻して、目を開けた。

「そんなことをして、あなたに何のメリットが？　お金ですか？　保険金のうち、いくらかをあなたに回せと？」

「いいえ。私は何の代償も求めません」

「信じられませんね」

「信じられなくたっていいんですよ。お互い、ただの独り言ですから」

その人は言って、立ち上がった。

「でも覚えておいてください。今からきっかり一年後です。一年後のこの日、この時間、私はここにきます。もしそのとき、その気になったら、ここにきてください。一年頑張ったご褒美を差し上げます」

そう言い残すと、その人はふらりと公園を出ていった。その後姿を私はぼんやりと見送った。そこでどれだけぼんやりしていただろう。ふと気づいたときには、公園に人影はなくなっていた。今からきっかり一年後。ご褒美を差し上げます。その言葉だけが私の脳裏に残っていた。

一年、と私は思った。あと一年、私は頑張れるだろうか？

誰かにお金を残したいわけではなかった。保険金などどうでもいい。眠るように楽に。私が惹かれたのはその言葉だった。もしも眠るように楽に死ねるのなら……。深夜、眠りにつくように、ただそれだけの気持ちで、もう二度と朝を迎えなくていいのなら……。

一年。

それは決して悪い取り引きではなかった。

＊＊＊＊

昼時が迫っても、今週号の校了が終わったばかりの編集部に人影はまばらだった。総勢十五名を数える編集部員の大方は、昨日の酒が抜けずにまだベッドの中にいるのだろう。水曜日発売の週刊誌は、月曜の夜に校了を終える。印刷所が閉まるぎりぎりまで戦場のような喧騒に包まれ、それが終わると、それを超える喧騒の中で飲み明かす。毎週のことだ。火曜の午前中に使い物になる部員など、ほとんどいない。毎週繰り返されるその馬鹿騒ぎの、場には付き合うが、ノリまでには付き合い切れない俺にしてみれば、毎度、よくも飽きないものだとほとほと呆れてしまうが、それくらいしなければ、戦場のような一週間を終えた充実感が湧いてこない、という彼らの言い分もわからないではなかった。ただ決められたページ数を埋めるためだけに俺たちの日常は慌しく消費されていく。その慌しさの代償をページの中に見つけられないのなら、他に代償を作るしかない。

「なあ」

隣の山瀬に声をかけた。入社五年目のこの後輩だけは、毎週の馬鹿騒ぎの後遺症にもめげず、定時に会社へやってくる。そんなことをしたって誰も褒めてくれない。だいたい、編集長からして出勤は夕方近くなのだ。そんなことは山瀬にだってわかっているのだろうが、それでもこの後輩は頑なに火曜の朝九時には自分のデスクについている。俺の知る限り、私生活でも仕事でも、律儀や生真面目などという言葉からほど遠い彼が、どうしてその一線だけは頑なに守り続けているのか、俺にはよくわからない。

「何か楽しい話、ねえか?」

「またそれっすか?」

急ぎではないはずの記事のゲラに目を通していた山瀬は、うんざりしたように俺を見た。四十を間近に控えた身で、今更、若さに嫉妬するつもりなどないが、それでも山瀬を見ていると、妬みにも似た感情が生まれてくる。これだけ若くて、これだけ見てくれがよければ、凪いで白けた俺の生活だってもう少し輝かしいものになるのではないだろうか。

「そう毎日、毎日、楽しい話なんてないっすよ」

「使えねえ男だな」

「こんだけ安い給料で、こんなに必死に働いている後輩にひどいこと言わないでくださいよ」

俺たちに休みはない。週刊誌の発売が月曜日であるのならば、土日に休む印刷所や流通の関係で校了は木曜日になる。その気になれば土日は休めるし、たとえ休めなくとも気は抜ける。それが水曜日発売となると、校了は月曜で、その前日、前々日である土日に休めるはずがない。会社の規定では土日は休日となっているし、休みたければ休めばいいと編集長だってそう言うが、俺たちの耳にはそんなもの、自虐的な冗談にしか響かない。単純に給料の額を見比べれば、同世代の会社員たちに見劣りするわけではないが、休みどころか夜も昼もない生活の代償として眺めてみれば、山瀬じゃなくたって愚痴の一つくらいはこぼしたくもなる。

電話番だけなら、アルバイトでも務まる。外に飯でも食いに行こうと誘いかけたとき、目の前の電話が鳴った。咄嗟に腰を浮かしたはす向かいの女性アルバイトを目線で制し、俺は受話器を取った。相手は田所だった。

「この前の件な。頼まれてたやつ」

名前を名乗ったそのままの息で、田所は忙しなく言った。

「ああ」

「一つ出たぞ」

俺は咄嗟に記憶を反芻(はんすう)した。田所に頼んだとはいえ、その類の記事が出ていないか、主要な新聞には目を通していたはずだった。有名人や企業のお偉方の死亡記事は毎日飽きもせずに載ってはいたが、そこに俺が求めるものは一つもなかった。まだ記事にもなっていないフレッシュなニュースだろうかと俺は身構えた。

「誰だ?」

「誰ってこともない。ただのOLだ。いや、会社はもうずっと前に辞めていたらしいから、ただの無職か。遺体は先々週に出てたんだが、死因がわかったのが昨日だった」

有名人ではないことに、体から緊張が抜けた。それで済ませては田所に申し訳ない。ただそれだけの理由で、俺は問いただした。

「毒物なんだな？」

「そうだ。アルカロイド系の毒物だ」

アルカロイド系？

「いいか？」

田所に聞かれる前に、俺はメモ帳に向かってペンを構えていた。

「名前はタカノショウコ」

「タダノショウコ。字は？」

「タダノじゃない、タカノだ。コウノって書いてタカノ。あれだ、二十歳の原点と同じ」

「何と同じ？」

「『二十歳の原点』の高野悦子だよ」

書名と著者名くらいは知っていた。遠い昔の、冴えない青春日記だと誰かに聞いた。それならば教えられなくとも知っていると、わざわざ手にしたことはなかった。

「ああ、あれな」と俺は曖昧(あいまい)に返事をし、メモ帳に『高野』と書いた。

「ショウコは、チャプターの章に子供のコだ。年は三十七」

高野のあとに『章子』、『三十七』と書き、続けて田所が告げた世田谷区で始まる住所も書き留めた。

「遺体が見つかったのもそこだ。大家がアパートと同じ棟に住んでいるんだが、その大家が見つけた」

「それが先々週って言ったか？」

「そう。死体発見は先々週の火曜日。死後、一日ってとこらしいから、死んだのは月曜日だな」

「自殺なんだな？」

「ああ」

「間違いない？」

「遺書があったんだ。火曜日の夕方に親宛に封書で届いた。それで泡食った両親が大家に連絡して、大家が合鍵で部屋に入ったらしい。間違いがないかどうかまではわからんが、警察は自殺で処理するだろう」

遺書、と書いて、俺は意味もなくその文字を丸で囲み、ペンの後ろで叩いた。

「勤めていたのはどこだ？」

俺が聞くと、田所は俺も知っている電機メーカーの名前を挙げた。営業所の名前も書き留めて、俺はまたメモ帳をペンの後ろで叩いた。

「アルカロイド系の毒物っていう以上の特定は？　具体的に何だったか、わかってないか？」

さほど期待もせずに聞くと、予想通りの答えが返ってきた。

「それ以上の特定はされてないな」

一口にアルカロイド系の毒物といっても、そこには様々な種類がある。けれど、自殺であるとさえ断定されてしまえば、それ以上突っ込んで毒物が調査されることは、まずない。そもそもアルカロイド系の毒物だとまで特定されたのは、監察医制度が充実している東京都区内で起こったからだ。それ以外の場所でならば、そこすら曖昧なまま、ただの「毒物」として処理されていただろう。

「なあ、何を追ってる?」

「ああ、何ってこともないんだ」と俺は言った。「個人的好奇心、かな」

ふうん、という疑り深そうな呟きが電話線を伝わってきた。

「本当にそれだけだ」と俺は言った。

「なるほどな」と田所は言った。「個人的な好奇心だけで、クソ忙しい週刊誌の記者がわざわざ時間を割いて、毒物で死んだ自殺者を調べているわけだ。たいして付き合いのなかった新聞記者に情報提供を頼むために銀座のクラブで酒を奢ってまで」

「銀座のクラブはそっちの指定だ。こっちは池袋のキャバクラで済ませるつもりだった」

俺が言うと、田所は笑った。その夜は笑い事ではないくらいの値段を請求されたが、こっちだって請求書は会社名義にして経理部に回している。そう考えれば、田所をダシにして分不相応な場所で酒を飲めたとも言える。事情をありのままに説明すれば、少なくとも会社はそう受け取るだろう。

「もちろん、仕事半分ではあるさ」と俺は言った。「ただ、大手新聞社様の本社社会部記者様が興味を持つほどの話じゃない。エロネタにもヤクザネタにも飽きられて部数が減り続けている弱小週刊誌の、そのまた片隅の記事になるかならないかくらいの話だよ。ついでに言うなら、たぶん、ならない」

ふうん、と同じ呟きが伝わってきたが、そこにはさっきほどの疑り深そうな風情(ふぜい)はなかった。

俺の言葉は掛け値なく真実だったし、それがわからないほど田所という男は勘の悪い記者ではなかった。

「また出たら知らせてくれ」

「東京都内で毒死した人間だな？　事故死は除く」

「そういうこと。特に有名人に注意してくれ」

了解と短く答え、田所は電話を切った。

俺はメモに目を落とした。高野章子。三十七歳。元ＯＬ。有名人ではなかったことが、俺を落胆させていた。ただアルカロイド系の毒物であることが引っかかった。比較的手に入りやすい農薬の類でもなければ、素人が咄嗟に思いつく青酸化合物の類でもない。他に急ぎの仕事があるわけでもなく、少し調べてみようと俺はメモを一枚ちぎり、そこに高野章子という名前と勤めていた営業所の名前を書いた。

「これ」

俺が滑らせたメモに目を遣り、山瀬は胡散臭（うさんくさ）そうに俺を見た。

「電話して、以前勤めていた高野章子っていう人を知っている人を呼び出してくれ。同僚のＯＬで一人くらいは、親しかった人がいるだろう。知らないかもしれないが、先日、高野章子は自殺をした。その件について話を聞きたい。夕食をご馳走する。たいした記事ではないし、記事にならない可能性も高い。記事にならなくてもそれなりの謝礼をお支払いするし、記事にする際には、もちろんあなたの名前は匿名とする。そんな感じで」

「そんな感じって、だって」

「ちなみにこちらは男前の独身である。そう言えばいいんだよ。お前、出会い系とか、そういうの、得意だろう？　同じ要領だ。頼むぞ」

「頼むって、え？　原田さん、これ、何の……」

「あ、そうだ。アポイントが取れたら、どこか適当な店も予約しておいてくれ。ゆっくり話が聞けそうな個室のある店がいい。任せたぞ」

言い捨てて、俺は編集部を出た。


高野章子のアパートは渋谷につながる私鉄の駅から十分ほど歩いた住宅街にあった。三階建ての一階部分は、田所の言葉通り、大家の住居になっているようだ。高野章子の部屋は二階にあったという。二階に続く外階段の脇にゴミ置き場があり、かなり年のいった女性が一人、そこを箒(ほうき)ではいていた。声をかけてみると、彼女がアパートの大家だった。当てにならない年金に見切りをつけ、旦那の退職金だか保険金だかを元手に所有していた土地にアパートを建てて老後のたずきとしている。俺は勝手にそんな想像を巡らせた。何の取材だと聞かれたら適当な返答に困っただろうが、俺が名刺を出すと、大家はさほど不審がる様子もなく、こちらの質問に答えてくれた。

「感じのいい方でしたのよ。挨拶もきちんとしてくれますし、ゴミ出しだってちゃんとしてましたし。暮らしぶりもね、とても静かで、他の部屋から苦情がくるようなこともなかったですし」

微かに背後を振り返るような大家の仕草に、俺もそのアパートを見やった。死体が発見されたのは先々週だというが、そのアパートが現場として保存されているようには見えなかった。ただの自殺だと断定されているのだろう。

毎朝、定刻に出勤し、男を引っ張り込むようなこともなく、決められたルールを守り、物静かに暮らしていた三十代半ばのＯＬ。大家の口から聞けたのは、その程度の話だった。もうずいぶん前に会社を辞めていたことすら、大家は知らなかった。その代償のように大家は遺体発見のときの様子を事細かに喋ってくれたが、あいにくと俺はそのことに興味はなかった。

「自殺の原因に心当たりはありますか?」

そのときの驚きをまだ喋りたそうな大家を遮って、俺は聞いた。大家は型通りに考え込むような仕草をしたあと、首を振った。

「いいえ。そんなもの全然」

「毒物だったそうですが、そちらに心当たりは?」

「心当たりといっても」

「通常、自殺といえば、首をくくるとか、電車に飛び込むとか、車の中で練炭を焚くとか、手首を切るとか、そんなものでしょう。服毒自殺というのは、珍しくはないのかもしれませんが、ちょっと特殊ではあります。高野さんの身の回りにそういったものがあった気配はありますか?」

「さあ、私には思い当たりません」

要するに、大家は高野章子のことを何も知らない。そういうことなのだろう。

「部屋を見せていただいても?」

アパートを指して俺が言うと、大家の顔にわずかに戸惑いが浮かんだ。

「ああ、別に何をするわけでもないんです。一目だけ、ちらっと見せていただければ」

軽く笑いながら俺が言うと、大家は、はあ、と言って、少し考えた。断る理由も思い浮かばなかったのだろう。どうぞと言うと、大家は手にしていた箒をその場に立てかけ、先に立ってアパートの階段を上がった。

高野章子の部屋は二階に四つ並んだ部屋の一番奥にあった。六畳ほどの部屋にトイレと小さな浴室。もともとは和室だったのだろう。部屋にはフローリング風のビニールカーペットが敷かれていたが、物置は襖(ふすま)で仕切られていた。特に期待もせずに開けたその襖を閉め、俺は背後の大家を振り返った。

「荷物はどうされたんです?」

「大きなものはすでに処分していたようで」と大家は言った。「段ボールが一つ残ってまして、申し訳ないが宅配で送ってくれと。親御さんの住所で着払いの伝票も貼られていまして」

俺はがらんとした部屋を見渡した。窓に向かって左手の端にはアンテナのコンセントがあった。さほど大きくはなくともテレビぐらいはあっただろう。その横には窓にかからない程度の高さのクローゼットか。女性のことだ。クローゼットの脇のコーナーに姿見くらいは置かれていたかもしれない。今時、パソコンとパソコンデスクぐらいはあっただろう。狭い部屋とはいえ、人一人が暮らしていたのだ。相応の荷物はあったはずだ。高野章子はそれを段ボール一つにまとめきるまでに整理していた。発作的でも突発的でもない。十分に考えた上での覚悟の自殺ということか。

「送ってくれとは?」と俺は聞いた。

「はい?」

「そういう電話でもあったんですか?」

「ああ、いえ。手紙です。その段ボールの上に置かれていて」

手紙と聞いて、俺は思い出した。

「ご両親宛に遺書が届いたと聞きましたが、どんな内容だったか、ご存知ですかね」

「内容までは知りませんが」と大家は言って、表情を曇らせた。「あとで考えれば、あれが、高野さんが自殺した日だったんでしょうね。私、近くのポストの前で、ちょうど手紙を入れた高野さんと会ったんですよ。そのときは何も思わなかったんですけれど、あれがたぶん遺書だったんでしょう」

本当に、あのときに気づいていればねえ、と大家は首を振った。

「何か力になれたかもしれないのに」

勤め先を辞めたことすら知らなかった大家に、高野章子が切羽詰まった相談などするわけもないだろうが、身近に暮らしていた大家のそれは掛け値なく本心なのだろう。俺にもその感覚はわかった。死者はいつだって生き残ったものに罪悪感を残していく。

「それで、段ボールは親御さんへ送られたのですか？」

「いえいえ。警察が持っていきましたよ。親御さんにも伝えましたから、警察からそちらに届けられたんじゃないですかね」

段ボールには何が入っていたのか。遺書の内容はどんなものだったのか。一度、高野章子の両親を訪ねてみなければならないだろう。

「ご両親の住所、わかりますかね」

「それは、はあ、ええ」

その部屋を出て、一階にある大家の家の玄関で少し待つと、大家は小田原にある高野章子の実家の住所をメモしてきてくれた。礼を述べて、その場を辞そうとした俺を大家が引き止めた。

「あの、これからどうなるんでしょう?」

「これから、と言いますと?」

「こんなに大きな事件になって、それで、どうなんでしょう。部屋は、いつごろから貸していいものですかね?」

「警察のほうから特に何もなければ、もう貸してもいいと思いますよ。そういう事件の直後にうまく借り手が見つかるかどうかは、また別の話でしょうが」

「ああ、はあ、そういうものでしょうかね」と大家は言った。「ただ、マスコミが押しかけてきたりすると、他の居住者の方にもご迷惑でしょうし」

ああ、いえ、あなたみたいに節度のある方ならいいんですけど……。

大家が真面目な顔で付け足し、俺は笑い出しそうになった。大家にとって、これは大きな事件なのだろう。だが、世間的に見れば、元OLが一人、自殺しただけだ。この十年にわたり、毎年、三万もの人間が自殺しているこの国ではどうというほどの話ではないし、メディアが押し寄せることなど断じてあり得ない。

「そういうご心配はなさらなくても大丈夫だと思います」

「はあ、そういうものでしょうか」

大家はどこか物足りなさそうに言った。自分にとっての大事件が世間から関心をもたれないことが不満らしい。大家にもう一度礼を述べて、俺は踵(きびす)を返した。

駅までを歩きながら山瀬に電話してみると、高野章子を知っている同僚を見つけたとのことだった。

「金曜日に会うことになってます。お店も取りました」

「さすがだ。サンキュウ」

「あの、でも、これ何の……」

それは聞こえなかったことにして、俺は携帯を切った。待ち受け画面の片隅にある時計が一時過ぎを指していた。午後の三時から行われる芸能人カップルの婚約会見。俺と同様、世間だってさほど興味はないだろうが、毎週毎週、世間様が興味を持つ記事だけで雑誌を埋められるわけでもない。まだかなり時間はあったが、途中で昼飯を食べて時間を潰せばいいだろうと俺はそのまま駅へと向かった。

中途半端な時間とあって、ホームはすいていた。ひと気の少ないホームに立ち、ふと見知った顔を目にした気がして、俺は視線を巡らせた。それは人ではなく、ポスターだった。

俺はぶらりと歩き、ベンチの後ろに掲げられたポスターを眺めた。

『如月俊　SYUN　THE　BEST』

短い時を駆け抜けた天才バイオリニスト、珠玉の名演集。

柔らかに微笑む如月俊の写真にかぶせて、そんな文字が躍っていた。

追悼。

白く抜かれた文字が目に痛かった。

世界的に権威を持つオーストリアのコンクールで、二十四歳の若者が日本人バイオリニストとして初めて一等を取ったのは、今から四年ほど前のことだ。若者はその端正なルックスとあいまって、瞬く間にメディアの寵児となった。メディアに出てくる如月俊は、凡々たる芸人などよりよほど気が利いていた。その口ぶりは軽快ではあるが軽薄ではなく、率直であるが故に嫌味がなかった。トーク番組やドキュメンタリーにもよく出演していたし、雑誌ではモデルまがいの扱いもされていた。あの如月俊が耳の病に冒された。そのニュースは、テレビや新聞で一斉に報じられた。

突発性難聴。それが如月俊を襲った病気の名前だった。ウイルス感染、循環障害など様々な説はあるが、その原因は今のところ不明。発病してすぐに医者にかかったらしいが、病状は改善されず、むしろ重くなった。俺が取材を申し込んだのは、その病気が報じられてしばらくしてからのことだった。受けてくれるとは思っていなかった。けれど、そんなニュースがある以上、無理は承知でも取材はしなければならない。直接話が聞けるのならばベストだが、それができないなら周辺を取材して記事を書く。だから、その取材の申し込みは、断られるのを前提の上で、セカンドベストに動き出すための前準備にしか過ぎなかった。が、結果は予想外のものだった。発病が報じられてしばらく、如月俊はメディアには一切、登場しなかった。テレビや大手新聞のインタビューも断っていると聞いていた。断られて当たり前の申し込みに了承の返事が来て、俺のほうが面食らったぐらいだ。

「いいんですか?」

取材を申し込んだ翌日、所属事務所からかかってきた電話に、俺のほうが聞き返していた。所属事務所とはいっても、実質的に所属しているのは如月俊だけ。如月俊の母親が代表を務めている小さな個人事務所だった。

如月俊の母親は、俺の名前をもう一度確認したあと、取材の許可を再認した。

「ただしあなた一人でこられること。記事の内容については事前にチェックさせていただきます。それがこちらの条件です」

「それは構いません」と俺は言った。

グラビアではないから写真は俺がデジカメで撮るもので十分だろうし、記事は自分自身で書くつもりだったから、最初からライターを連れて行く気もなかった。記事のゲラチェックなら、日常のインタビューでもやっている。俺にしてみれば、条件とも呼べないような条件だった。

約束の日時に俺は如月俊の事務所を訪れた。目黒にあるテナントビルの一室で、俺を出迎えたのは母親だった。如月俊がまだ幼いころに夫と離婚し、一人息子を女手一つで天才バイオリニストに育て上げたという話は俺も聞き知っていた。いくつかのメディアで報じられた身の上話に、俺はもっと押し出しの強い女性を想像していたのだが、如月俊の母親は細身で小柄な、楚々とした雰囲気の女性だった。

「病状はいかがですか?」

母親は首を振るだけで詳しくは語らなかった。本人に聞いてくれとでも言いたげな素振りに、そうですか、と俺は曖昧に頷いた。如月俊は、時間通りに事務所に現れた。もう少し落ち込んでいるかと思ったが、母親に快活な笑みを見せると、彼はそのままの表情で俺を見た。

「あなたの書いたものを読んだことがあります」

記事は毎週書いているが、署名を入れることはあまりない。差し出された手を咄嗟に握り返しながら、どの記事のことだろうと俺は訝(いぶか)った。

「半年くらい前でしたかね。インタビュー記事です」と如月俊は言った。

通常の記事に署名を入れることはあまりないが、インタビュー記事には、インタビュアーとカメラマンの名前が小さく載る。外部のフリーライターが書くことも多いからだが、部員が書いたときには、その部員の名前がインタビュアーとして載せられていた。

「誰のものです?」

如月俊は、ヨーロッパの大御所の映画監督の名前を挙げた。映画のパブリシティーのために来日したその監督は、十五分だけ時間を取って、うちのような弱小週刊誌のインタビューも受けてくれた。

「チョウチン記事ではありましたが」と如月俊は笑った。「それでも、あのインタビューにはインタビュアーの表情が見えました。あの映画、面白くなかったんでしょう?」

「ええ、まあ」と俺は笑った。

「それが伝わってきた。けれど辛辣(しんらつ)に切って捨てているわけでもない。かつてのような作品が撮れなくなっても、なお努力を続けているあの監督に対する愛情も読み取れた。顔をしかめながらハグしているような。おかしな記事だと思いましたよ。あの記事、監督に怒られませんでしたか?」

「怒られるも何も、読んでもいないでしょう。雑誌が発売された日には、監督はもう帰国してましたから」と俺は言った。「だから書けたとも言えますが」

如月俊は声を立てて笑った。その若々しい笑い声は、今でも耳に残っている。

耳障りな轟音(ごうおん)とともに背後に風が舞い、俺はポスターに背を向けた。やってきた電車からは降りる人も少なかった。空いていた端の座席に腰を下ろすと、やがて電車は単調なリズムを奏で始めた。俺は背もたれに体を預けて目を閉じた。

音が逃げていく。

その日のインタビューは如月俊のそんな言葉で始まった。

「音がね、逃げていくんですよ」

人差し指と中指とを交互に繰り出して、机の上を走らせた如月俊の指先を思い出した。バイオリニストの指というと、俺は勝手に細く繊細なものだと想像していたが、交互に繰り出される如月俊の指は思っていたより無骨なものだった。それはたとえば木材を扱う職人の指を思わせた。

「音楽というのは、言語と似ています。頭の中にある抽象的な世界を具現化する手段です。頭の中にどれだけ豊かな抽象世界を作り出すのか。それは感性です。そしてそれをどれだけ忠実に音に反映させるのか。それが技術です。その感性と技術はお互いを補完し合う。豊かな感性が卓越した技術を生み出し、研ぎ澄まされた技術が感性をさらに広げていく」

通じますかね、こんな言い方で。

如月俊は言った。

「ま、何となく」と俺は応じた。

「要するに演奏者は、演奏しながらその世界を広げていくわけです。その演奏者にとって、自らが奏でている音が聴き取れないというのは致命傷ですよ。これから特殊な訓練を繰り返せば、おそらく、最初にイメージした通りの演奏をすることはできるようになる。けれど、そんなものは音楽じゃない。少なくとも生きている音楽じゃない。同じ人が同じ曲を百回弾いても、そこに同じものはない。百通りの演奏が生まれる。それが音楽です。それができないものは、もはや音楽家ではない。プロの演奏家の名に値しません」

もっともそれすら、と如月俊は笑った。

「今より病状が悪化しなければ、という話ですけど」

普通に会話をしている限り、その耳の病状はうかがい知ることはできなかった。時折、聞き逃すことはあったが、如月俊はおおよそにおいて俺の言葉を拾えていた。けれど、それが繊細なクラシック音楽という場でどこまで通用するのか、俺にはわからなかった。

これからどうするつもりなのか。

俺はそう聞いた。聞いたときも残酷な質問だと思った。けれどそれが俺の仕事だった。俺の残酷な質問に、如月俊はしばらく沈黙した。

「バド・パウエル。ご存知ですか?」

やがて如月俊は言った。

「ああ、いや」と俺は言った。「有名な人?」

「そりゃもう」と彼は笑った。

「やっぱりバイオリニスト?」

「ピアニストですよ。ビバップの創成期にいた有名なジャズピアニストです。知りませんか?」

「ああ」

クラシックのプレイヤーだと思っていたから思い当たらなかったが、ジャズピアニストと言われてみれば、その名前は聞いたことがあるような気がした。

「名前だけなら」と俺は言った。「何となく」

「何となく」と如月俊は笑った。「天才ですよ」

「そう。今度、聴いてみるよ」

「五十年代初頭までの彼の演奏は素晴らしい。聴いているとね、こう、光が強過ぎて、まばゆいくらいです。それがある時期を超えると、途端に輝きを失う」

「天才の寿命?」

「悪癖があったんですよ。当時のジャズプレイヤーにありがちな。ドラッグとアルコール。それで精神をおかしくして、精神病院に出入りするようになります。復帰したものの、それ以降の彼の演奏に、あの輝きが宿ることはなかった」

そうですね、と彼は言った。

「あなたの言うように、天才の寿命だったのかもしれません」

「それが?」

「五十年代後半の彼の演奏は痛ましい。指がね、ついていかないのが聴いていてわかるんですよ。彼の頭の中に豊かに溢れている音楽を指が拾い切れていない。そしてある時点からはその痛ましさすら消える。六十年代のパウエルは、そういう意味では聴くに値しますよ。あれはもう悟りの境地でしょうね。諦観に根ざした心地よさがある。とてもリラックスした演奏です。聴いていて気持ちがいい。けれど、もはやそれはパウエルじゃない。別人です」

「そう」

「別人になればいいんですよ。それはわかってるんです」

如月俊は呟くように言った。

「耳の障害を乗り越えて演奏を続ける、かつての天才プレイヤー」

俺を見て、如月俊は悪戯っ子のように笑った。

「記事になるでしょう?」

「なるね」と俺も笑った。

「演奏を聴かせられないのなら、ドラマを見せればいい。幸いにして、僕はそのポジションにいます。名のないバイオリニストじゃない。あの如月俊です。かつて天才としてその名を轟かせた如月俊ですから」

誇っている風はなかった。そこには自虐的な響きすらあった。

「そうすればいい」と俺は言った。「たとえ、それが意にそぐわない見られ方であっても、そこでできるパフォーマンスはあると思うよ。そこから、ああ、何ていうかな、勇気とか感動みたいなものを得る人だっているだろうし、それはそれで音楽の一つの力だと思う」

彼はちらと俺を見て、微笑んだ。

「いい人ですね。あなたは」

青年の真っ直ぐな視線と衒いのない言葉が俺を照れさせた。同じものに照れたように、青年も目を伏せた。

「僕もそうしようかと思いました。けれどできない」

「なぜ?」

「今の僕がそれをよしとしても、かつての僕はそれをよしとしない。そして困ったことに僕は、かつての自分が嫌いじゃないんです。不遜で、傲慢で、けれど決して演奏に妥協することのなかったバイオリニスト、如月俊がね」

「過去は過去だよ」と俺は言った。「私も、たとえば高校時代の自分は嫌いじゃないが、高校時代の自分が今の私を見たら、間違いなく殴りかかってくるだろうね。どうしてそんな薄汚れた大人になったんだって」

「それに対して、どう答えるんです?」

「どうも答えやしないよ」と俺は言った。「殴りかかられたら黙って殴られて、それから黙って殴り返すだけだ」

如月俊は声を立てて笑った。

「あなたはやっぱり」と彼は笑いながら言った。「いい人です」

「過去と現在なんて、そうやってしか折り合いようがないだろう?」

「そうかもしれませんね」と彼は頷いた。「そういうものかもしれません」

「年を取るっていうのは、たぶん、そういうものだよ」

「僕もあなたみたいに年を取ればいいんですけど」

「取れるよ。私なんかよりは、ずっとうまく年を取れる」

「どうでしょうね」

それからの彼はメディアに出まくった。如月俊はその道を選んだのだと俺はそう思っていた。見せ物でも構わない。過去の自分と喧嘩しても、今の自分のドラマを見せる。そう割り切ったのだと思っていた。けれど、その一年半後、如月俊は自殺した。今からおよそひと月前。先月の頭のことだ。

乗り換えのためにホームに降り立って一瞬迷い、俺は当初とは違う目的地に向かうべく、山手線に乗り換えた。

『KISARAGI　OFFICE』

駅から五分ほど歩いたところにあるテナントビルの案内板からは、一年半前にはあったプレートが抜けていた。自殺からすでにひと月が経っている。事務所はもう引き払われたのだろうか。半ば無駄足になるのを承知で俺はエレベーターに乗り、一年半前に訪ねた部屋の前に立った。そのドアに掲げられていたプレートもすでになかった。やはり事務所は引き払われたのだろう。踵を返しかけてから、部屋に人の気配を感じた。ノックをしてしばらく待つと、ドアが中から開けられた。

実際より若く見えるのは、そのきめ細やかな肌のせいだろう。息子に受け継がせた切れ長の目が訝るように俺を見ていた。

「ご無沙汰しております」

頭を下げ、相手の記憶を呼び起こすために名乗ろうとしたとき、俺を思い出したようだ。如月俊の母親の顔に微かな笑みが浮かんだ。

このたびは、まことにご愁傷様です。

咄嗟にそう言いかけた。が、病気や事故ではない。自殺した人の遺族にかける言葉としてそれはふさわしくないように思えて、俺は言葉を飲み込んだ。その一瞬に、彼女は招き入れるようにドアを大きく広げていた。タイミングを外され、俺は軽い会釈だけでその部屋の中に入った。

事務所は見事に空っぽだった。一年半前にはあったいくつかのデスクも椅子も来客用のソファーセットも窓のブラインドも、すべて取り払われていた。

「今日で引き払うことになっているんです。残務整理も大方終わりましたから」

如月俊の母親はそう言って、オフィスをぐるりと見渡した。やがてその視線を俺に戻すと、丁寧に頭を下げた。

「先だってはご丁寧なお悔やみをいただきまして恐れ入ります」

如月俊の葬儀はごく一部の近親者だけで執り行われ、たかだか一度インタビューをしただけの俺などが参列することはできなかった。如月俊の死が報じられてしばらくしたころ、この事務所宛に、俺は簡単な悔やみを書き連ねた手紙を送っていた。

「お返事も書かずに、失礼いたしました」

「ああ、いえ」と俺は言った。「こちらこそ、雑誌のインタビュアーがお悔やみなど、かえって失礼かとは思ったのですが」

「そんなことはありません」

如月俊の母親はそう言って、わずかに微笑んだ。

「あのインタビューのあと、あの子、とても楽しそうでした。思った通り、おかしな人だったと。インタビューなら数え切れないくらい受けましたけれど、あの子がそんな風に楽しそうにインタビュアーの人を語るなんて原田さんのときだけでした」

その言葉が苦く耳に響いた。毎月、何十人という人と出会う。それが俺の仕事だ。その大半の人とは二度と会うことはない。俺にも相手にもそれはわかっている。だからそこで交わされる言葉にそれ以上の意味はない。言葉は意味を伝えるためだけに吐き出され、俺はその意味を汲み取ることに専念する。それでも、ほんのわずかな確率で、相手と通じることがある。ただ言葉だけではない、お互いの立場を離れた、親愛の情のようなものが通い合うことがある。如月俊はその数少ない取材対象の一人だった。

俺と如月俊の母親はしばらく言葉もなく空の事務所を眺めた。一人息子を失った初老過ぎの女性にかける言葉が俺には見つけられなかった。

「もう吹っ切ったものと思っていました」

すでにブラインドが取り払われ、どこか猥雑とした町に面する窓を見やりながら、彼女がぽつりと呟いた。

「耳の病気のことは吹っ切って、新しい自分を始めてくれたのだとばかり」

如月俊は、母親とは別にマンションで一人で暮らしていた。遺体はそのマンションで発見された。リビングのソファーから転がり落ちたらしい。如月俊はソファーの脇で耳にヘッドフォンを当てたまま死んでいたという。そのときの彼が何を聴いていたのかまでは報道されていなかったが、それはバド・パウエルではなかったかと俺は想像していた。けれど、それがいつの時期の演奏だったのかまではわかりかねた。絶頂期のものだったか、あるいはそうではなかったのか。

「馬鹿ですね、母親なのに」

如月俊の母親はそう呟いて、繰り返した。

「母親なのに」

自らを傷つけるようなその言葉がいたたまれなかった。

「毒物」

窓の外に目をやっていた如月俊の母親の横顔に俺は言った。

「え?」

「息子さんが飲んだという毒物に心当たりはありますか?」

「いえ」と彼女は言った。

報道では、それは毒物ではなくアルカロイド系の薬物と表現されていた。植物性塩基化合物の総称であるアルカロイドには様々な種類がある。身近なニコチンやカフェインもアルカロイドだし、トリカブトの毒成分であるアコニチンもアルカロイドだ。そしてまたモルヒネやコカインもアルカロイド。だからそれは自殺ではなく、事故だったのではないか。経口で使っていた麻薬の量を間違えたのではないか。明言こそしていなかったが、そう匂わせるような報道をずいぶん目にした。遺書が残されていなかったことが、その報道を後押ししていた。けれどそれは、ミュージシャンという職業からの偏見だろう。その後、俺が取材した限りにおいて、如月俊の周囲に麻薬はなかったし、彼が麻薬をやるようなタイプにも思えなかった。遺書が残されていなかったことについてだって、毎年三万件起こる自殺の三分の二には遺書は残されていない。あれは自殺だ。俺はそう確信していた。

「まだちょっと引っかかっています。なぜ服毒自殺だったのかと」と俺は言った。「なぜ首をくくるわけでも、電車に飛び込むわけでもなく、服毒自殺だったのでしょう。彼の周りに毒物なんてなかったでしょう? それは不思議ではないですか?」

「そういう風に言われれば、それは少しは」と彼女は頷き、首をひねった。「ああ、いえ。でも」

「でも?」

「どこでそういう毒物を手に入れたのかはわかりませんけど、でも、何だか、私は、そうですね、何だか腑に落ちました。あの子らしいと」

「らしい?」

「首をくるとか、電車に飛び込むとか、それだって死ねるんでしょうけど、それだと何だか体だけ死にそうな気がしませんか?」

「体だけ?」

意味がわからず、俺は問い返した。

「毒物なら何だか」と如月俊の母親は言った。「魂まで死ねる気がします」

そういう考え方はしたことがなかった。

「だから、どこかで腑に落ちたんだと思います。あの子らしいって。あの子はたぶん、魂ごとまとめて死にたかったんだろうと。まだ音楽を奏でたがっている、その魂ごとまとめて」

ああ、と俺は頷いた。その言い分は、何だかわかる気がした。それでも如月俊はどこで毒物を手に入れたのかという疑問は残る。

再び窓の外に視線を投げた如月俊の母親の顔には、やり切れない思いが滲み出ていた。けれどその思いが涙という形を取ることはなかった。すでに涸れ果てたのか、あるいは意志の力でそれを封じたのか。

「これから、どうされるんです?」

俺はその横顔に聞いた。

「さあ」

ゆらりとこちらに目をやった彼女が言って、ぎこちなく微笑んだ。

「どうしましょうか」

俺に応じる言葉などあるわけがなかった。

「しばらく一人で考えます。何ができるのか。何がしたいのか」

「何かお力になれることがあれば」

言いかけて、その後の言葉を飲み込んだ。そんなもの、あるわけがない。

「ありがとうございます」

如月俊の母親が軽く頭を下げた。俺たちの間に、もう交わすべき言葉はなかった。入ったときと同じような小さな目礼で、俺と如月俊の母親は別れた。

2

如月俊。持田和夫。そして高野章子。

駅までの道を戻りながら、俺は考えた。

母親ですらその自殺に不審は抱いていない。だとしたら、それはやはり俺の考え過ぎなのだろうか。

公園に人影はなかった。私はこの三日間、この前と同じ時間に合わせて、ずっと公園に通っていた。

一晩、置いてみても、私の中で、その人の申し出が色あせることはなかった。一晩置いたことで、むしろ強くなったようにすら思えた。

眠るように楽に。

その言葉は私の中でどんどん甘美な響きを増して、回り続けていた。それがあの目の持ち主から発せられた言葉でなければ、私もそんな戯言(ざれごと)を気には留めなかっただろう。けれど私は信じていた。その手段を、確かにあの人は持っている。そう思った。そう思ったら、一年も待てなかった。今、欲しい。すぐに欲しい。お金の問題であるのなら、今ある貯金、すべて渡してもいい。そう言おうと思っていた。けれど、三日通ってみても、公園にあのスーツ姿が現れることはなかった。

一年。

どういう意味なのかはわからないが、それが向こうの条件であるらしい。一年間、たぶん、あの人はここに現れることはなく、そして一年後、たぶん、あの人は本当にここにやってくるだろう。理屈ではない。私はそう信じた。

あと一年か、と私は思った。

「長いな」

思わず呟いた。

それでももう一時間近くも粘り、私はようやくベンチから立ち上がった。当てもなく、見知らぬ住宅街の中をふらふらと歩いた。ふと子供の歓声が聞こえて、私は立ち止まった。学校にしては狭過ぎる。一般住宅よりはやや広めという程度の敷地の、さほど広くもない庭の中で三人の子供が遊んでいた。庭の片隅には一つだけのブランコと、小さな砂場があった。幼稚園や保育園にしては、遊んでいる子供たちの数が少な過ぎる。門のところに、ボランティア募集と書かれたビラが貼られていた。何だろうとそちらに近づいたとき、携帯電話が鳴った。取り出してみると、表示された番号は会社のものだった。あの日、公園を出てしばらくしてから、私は会社をサボったことを思い出し、風邪を引いたと電話を入れた。それっきり三日間、何の連絡もしていなかった。

「どうしたの？　今、どこ？」

出てみると、相手は課長だった。

「家です。すみません。ちょっとまだ調子が悪くて」

課長は沈黙した。子供の歓声が聞こえた。それは電話を通じて課長の耳にも入っているのだろう。室内でないのは明らかだ。何か言い訳を考えなくてはと思いを巡らせてから、ふっと気が抜けた。一年後、私は眠るように死ぬのだ。そうだったじゃない。課長が今ここで何を思おうが、何の関係があるの？

「欠勤なら欠勤で、電話の一つぐらい寄越せよな。心配するじゃないか」

会社をサボる部下を咎めだてしない鷹揚な上司を演じる気になったようだ。課長の声がくだけた調子になった。

心配？

思わず笑ってしまった。

心配って、何の心配？　ああ、ひょっとして、あのこと？

「ご心配なく」と私は言った。「この前、居酒屋で胸を触られたことなら、別に訴えたりしませんから」

先週のことだ。右隣にいた太った男性社員の胸を揉みながら、課長は左隣にいた私の胸を押した。それが欲望であったなら、私だって怒れた。けれど、それはただの冗談だった。みんなが笑っていた。白けたように笑っていた。だから私も笑うしかなかった。白けた気持ちで私は笑っていた。

「え？　お前、何を」

「会社、辞めます」

するりとその言葉が出た。

「辞表、郵送するのも面倒なので、適当に書いて出しておいてください。お世話になりました」

相手の返事を待たず、私は電話を切った。ふうというため息が口をついた。しばらく思考がまとまらなかった。もう十三年もぐずぐずと居続けた会社を私はあっさり辞めていた。改めてそれに気づいても、後悔はなかった。

あと一年。

あの人の言葉が脳裏にあった。それは魔法の呪文のように私の気を楽にさせていた。

あと一年。大学卒業以来、十三年も働いてきたのだ。それなりに貯金はある。今の生活レベルで一年なら、十分暮らしていける。失業保険だって、申請すれば、少しは出るだろう。

「あの、何か?」

突然声をかけられ、私は顔を上げた。立ち止まっていた家の玄関が開き、そこから女性が一人、怪訝そうに私を見ていた。私の母親より上。七十をいくつか越えた辺りだろうか。

「あ、すみません、これを」

門の横に貼られたそのビラを読んでいたのですと、指で示したとき、彼女の顔がほころんだ。

「ああ、ボランティアの。どうぞ。お上がりになって」

そうではなく、ただ読んでいただけですと私が言う前に、老女は広く玄関を開けて私に手招きしていた。子供と遊んでくれるボランティアの方を募集します。ビラにそう書かれた文字を盗み見てから視線を戻すと、すでに老女の姿は消えていて、開け放たれた玄関だけがぽつねんと私を待っていた。しばらく待ってみたのだが、老女が私の意図を質しに出てきてくれそうな気配はなかった。仕方なく私はその家の中に入った。小さなころからそうだった。私は人の誘いをうまく断ることができなかった。先週の飲み会だって行きたくて行ったわけではない。誘ったほうだって特段の意図はなかっただろう。ただ同じ課にいるから私にも声をかけただけで、それを断ったところでお互いが気まずくなることもなかったはずだ。そんなことはよくわかっている。けれど断れない。

長年の習慣で流されるままに家に入ってしまってから、私は頭の中で魔法の呪文を唱えた。

あと一年。あと一年。

老女は私にスリッパを勧めると家の奥へと誘った。

何だかよくわからないが、嫌なら嫌だとはっきり言おう。それで老女が機嫌を損ねるというのなら、損ねればいい。どうせ一年後には私は死ぬのだ。関係あるか。

「ご近所の方ですの?」

リビングなのだろう。広いフロアの半分ほどのスペースに大きなテーブルが一つと椅子がいくつか並べられていた。残りの半分にはラグが敷かれているだけで、何もなかった。壁際に脚を折ったローテーブルが立てかけられ、その隣には玩具の入ったアクリルの箱があった。ガラス戸の向こうには庭で遊ぶ三人の子供がいた。遊びながら、彼らはこちらをちらちらと見ていた。

「はい。あの、駅の向こう側になります」

「ああ、あちらの」

長方形の大きなテーブルの長い辺に向かった椅子の一つを私に勧めると、老女はお茶を出してから、自分は短い辺に向かった椅子に腰を下ろした。

「それで、ボランティアにはどれくらい参加してくだされそうですか? 週に一度ほどを期待してもいいのかしら?」

「ええと、内容にもよるのですが。あの、すみません。詳しいことを知らずにきてしまったもので」

「ああ、そうですわね」

すみません、せっかちで、と老女は小さく肩をすくめた。やけに若々しく、可愛らしい仕草だった。

「特に内容というほどのことはないんです。ただそこにいて、子供たちの相手をしてくだされば、それでいいんです。話し相手でも、遊び相手でも構いません。ただ」

老女は言葉を切り、少し考えてから言った。

「気まぐれにくるのはやめていただきたいんです。くるときは毎日のようにきて、こないとなると半年も一年もこない、というのでは困ります」

わかるでしょう?

そう言うように老女は私を見た。さっぱりわからなかった。

「あの、ええと」と私は言葉に詰まり、結局、最初から聞くことにした。「ここは、何でしょう?」

は? と問い返すように私を見たあと、老女は私がボランティアに参加しにきた人ではなく、本当にただそこにあるビラを眺めていただけの人なのだと理解してくれたようだ。

ごめんなさいね、と自分の勇み足を笑うように微笑んだあと、言った。

「ここは百合の家。児童養護施設です」

児童養護施設、と漢字を当てて、私は頷いた。

「ああ。孤児院ですか」

学校とも保育所とも違うその雰囲気が、それで納得できた。

「孤児院ではありません。児童養護施設です」と老女は言った。「家庭の事情で子供を育てられなくなった方々から子供を預かる場所です。経済的な事情、あるいは両親からの虐待など、それぞれ事情は違いますが、そういう家庭から子供を預かって、育てている。そういう場所です」

「ああ、なるほど」と私は頷いた。

そう言われてみれば、そういう施設のことを何かで読んだことがあるような気がした。

「食事だとか、お風呂だとか、そういう生活に必要な世話はできても、それ以上のことには中々手が回らないのが実情です。それで、話し相手だとか遊び相手だとか、そういうことを手伝ってくださる方を募集しています」

いかがでしょう?

そう聞くように、老女は私を見た。そこに押しつけがましさは感じられなかった。街角清掃とはわけが違う。押しつけて、うまくいくようなボランティアではないのだろう。

老女の視線に曖昧に笑い返しながら、妙な成り行きになったと私は戸惑った。子供が好きかと聞かれれば、別に嫌いではないと答えるだろう。そうかといって、今、これから、見知らぬ子供たちの話し相手だの遊び相手だのをする気があるかと聞かれれば、私はやっぱり尻込みする。

「しばらくお考えになって。ただ、もしやると決められたのなら、その時点で、子供たちに対してある種の責任が生じることは肝に銘じてください」

「責任ですか」と私は言った。

「やってくださるのならば、先ほども申し上げました通り、気まぐれにくるのはやめていただきたいんです。こちらとしても多くは望みません。ただ、子供たちと恒常的な関係を結ぶという覚悟だけはお願いいたします」

はあ、と私は頷いた。

「あの、それはたとえば、一年という区切りでもいいのでしょうか」

言ってから、後悔した。断る理由を相手に預けたりせず、嫌なら嫌だと言えばいい。これでは一年でいいのならやると言っているようなものだ。

私が言い直す前に、老女の顔がほころんでいた。

「一年きてくださるのなら、それは、ええ。三年、五年と無理を申し上げるつもりはありません。あなたにもあなたの事情というものがあるでしょうから」

そう言って、ふと老女の視線が私の指に飛んだ。

「失礼ですが、ご結婚は？」

私は意味もなく左手を隠した。

「ああ、いえ。まだです」

「でしたら、その間にご結婚なされて、転居されることもあるでしょうし、あなたご自身がお子さんを授かることだってあるでしょうし、ええ、ですから、そんなに長くは申し上げるつもりはないんですよ」

「あの、ちょっと考えます」

この流れに身を任せてはいけないと、私は何とかそれだけを言った。

「ええ、どうぞ。お考えになって」

そう答えたものの、老女は期待感を隠そうともしなかった。私は老女とともに席を立った。玄関先まで見送られ、ふと視線を感じてそちらに目をやると、庭先で遊んでいた三人の子供たちがじっと私と老女を見ていた。小さな男の子が二人と、それよりは少し年上らしき女の子が一人。

「こんにちは」と私は思わず言った。

「こんにちは」

三人がそれぞれに答えたあと、何だか照れたようにお互いを突っつき合い出した。

私は老女に頭を下げると、足早にそこから立ち去った。しばらく行ってから振り返ると、まだ老女も子供たちも私を見送っていた。女の子が手を振り、私は手を振り返した。そうすると、二人の男の子が飛び上がるようにして大きく手を振った。どちらが大きく振れるか、競い合っているようだった。私も大きく手を振り返し、えいやと背を向けて小走りに角を曲がった。角を曲がる寸前にちらりと見やると、四人はまだこちらを見ていた。

鳥のようにひらりと空を飛ぶ夢も、魚のようにすいと海を泳ぐ夢も、私は見たことがない。知らない誰かに追いかけられて闇雲に逃げる夢も見ないし、愛しい誰かの胸の中にひしと抱かれているような夢も見た覚えがない。私の夢は、いつも変にリアルで、妙に日常的だ。会社のデスクで普通に仕事をしていたり、部屋でテレビを見て一人で笑っていたり、通勤電車で居眠りをしている夢を見たこともある。目覚めたとき、それが現実でなかったことに安心することもなければ、落胆することもない。今日は、夕飯の買い物をして、レジでつり銭を受け取ったところで目が覚めた。

欠伸のせいで滲んだ涙を拭って、私はもぞもぞと手を伸ばし、枕元の目覚まし時計を取った。七時半を回っていた。

七時半？

私はがばりと体を起こした。いつも目覚まし時計は七時にセットしていた。寝ぼけて無意識に止めてしまったのだろうか。

慌てた頭の片隅で今日の服装を考えながらベッドから抜け出そうとしたとき、私はようやく昨日の電話を思い出した。目覚まし時計は鳴らなかったのではない。セットしなかったのだ。それに気づいて力が抜け、私はぱたんとベッドに倒れ込んだ。もう少し眠ろうと目を閉じてみたが、眠りが戻ってくる気配はなかった。時間とともに目は冴える一方だった。十三年に及ぶ会社生活に慣れ切った体を自嘲しながら私はベッドから抜け出し、トイレへ行き、シャワーを浴びた。買い置いておいたパンをもそもそと食べながらニュースを眺めた。味気ない朝食を食べ終えると、またベッドにごろりと横になり、ニュースに続いて始まったワイドショーをだらだらと眺めた。

文句であれ説教であれ、さすがに何かを言ってくるだろうと思っていたのだが、昼になっても、会社からは何の連絡もなかった。冗談か気まぐれかと思い、課長がその報告をしていないのだろうかとも考えたが、午後には同僚の一人から、話は聞いた、この先、いったいどうするつもりだというメールが届いた。とするなら、私の退職通知は一応、正式に受理されたのだろう。貯金と失業保険でしばらく暮らします、とメールを返し、私は携帯の電源を切った。節約を考えれば、携帯も解約したほうがいいかもしれない。どうせ電話で話す友人などいもしない。

さほどお腹はすいていなかったが、ありあわせのもので簡単な昼食を作って食べた。つけっ放しのテレビでは、死刑執行命令を出したとかで、人相の悪い法務大臣が責め立てられていた。私はぼんやりと箸を動かしながら、漫然とそれを眺めた。ニュースによれば、先月、三つの死刑が執行されたという。しばらく停止されていた死刑が、その法務大臣に代わってからは二ヶ月ごとに立て続けて執行されていた。そう言われてみれば、同じようにその大臣を責め立てる映像を二ヶ月ほど前にも見たような気がした。そのことに対する問題提起というよりは、そのことを責めるように、ニュースは過去にその法務大臣が刑を執行した死刑囚について解説していた。その事件の大半は記憶にないか、他の事件と区別がつかなくなっているかしているものだったが、私が覚えているものも一つだけあった。榊伸明という、当時二十二歳の男が起こした事件だ。まだ幼い少女を車で連れ去り、連れ去る際にそれを止めようとした母親を轢き殺した。連れ去った少女を陵辱した男は、その後、その少女も母親を轢いたのと同じ車で轢き殺した。概要を聞いているだけで顔をしかめたくなるようなその残虐さのせいで、榊伸明という名前は強く記憶に残っていた。その事件が起こったころ、私は大学を卒業したばかりだった。今は退屈にしか思えない事務仕事が、やけに新鮮に感じられていた。それを黙々とこなしていく自分に、自信めいたものも抱くようになっていた。それは与えられた輪の中を走り続けるハムスターのけなげさに似ていた。どんなに上手に駆けたところで、ハムスターはどこにも行き着きはしない。その愚かさを檻の外から眺めて人は笑うだろう。私だって笑う。笑いながら、私はただ、自分がそのハムスターであることに気づかなかっただけだ。

いくつかの事件の解説が終わり、画面は記者会見の模様に戻った。居直ったように記者の質問に答える法務大臣を電源ごと消して、私は立ち上がった。使った食器を洗い終え、洗濯機を一度回しても、時間は、まだ三時にもなっていなかった。

さて、どうしよう。

退職が認められたというのなら、出かけようにもどこにも行く当てなどなかった。私を待っている人などこの世界に一人もいなかった。

いや、そうでもないか。

私は昨日のことを思い出した。

あと一年。そう思えば、別に老女の機嫌を損ねようが、三人の子供の期待を裏切ろうが知ったことではなかった。けれど、あと一年。別の考え方をすれば、その一年の時間潰しとして、ボランティアというのは一つの選択肢かもしれない。

取り敢えず、行ってみようか。一度行ってみて、嫌ならその場で辞めればいい。責任？　そんなもの、今の私には関係ない。

あと一年。だからそこから先の未来など私には関係ない。未来が関係ないならば、過去に縛られる必要もないだろう。だから、あと一年。その一年間だけ、私は生まれ変わるのだ。あと一年を生まれ変わった自分として過ごし、そして一年後、眠りにつくように安らかに死ぬ。

そう想像した。自然と笑みが漏れた。それは震えるくらいに素敵な未来だった。

あと一年、あと一年。

呪文を繰り返しながら、私は身支度をしてアパートを出た。

ぶらぶらと歩いたのは、そこに行くことにためらいがあったからではない。私の足取りは軽かった。ここ何年も感じたことのない心地よさがあった。煩うことも、思い悩むことも何もなかった。会社の人たちは、今頃、いつもの席に座りながら、いつもの仕事をこなしているのだろう。私が投げ出したどうでもいい事務仕事は誰がやっているだろう。彼だろうか？　彼女だろうか？　思い浮かべたいくつかの顔に、私はまとめてざまあみろと舌を出した。つまんないでしょう？　退屈でしょう？　そんなくだらない仕事を続けていると、自分までくだらない人間になった気がするでしょう？

いや、と私は思った。

気がするだけじゃない。本当にそうなるのだ。人はその環境に順応するようにできているのだ。

けれど、それももうどうでもいい。

私は軽やかな足取りで、目についた知らない路地を行き、知らない家の知らない犬と挨拶を交わし、庭先から突き出している枝の知らない花に鼻を寄せた。川沿いに並ぶ桜の木々はあと十日もすれば満開を迎えるだろう。お茶を片手にお団子でも食べながら、それを日がな一日眺めて過ごすのもいい。

百合の家についたときには、すでに四時をいくらか回っていた。

「きっときてくださると思ってましたわ」

老女はそう言って、リビングに子供たちを集めた。昨日、私に手を振っていた、小さい女の子が一人とそれよりも小さい男の子が二人。それと、小学校高学年の女の子が一人と、制服を着た中学生の男の子が一人。総勢五人が、今、百合の家で暮らしている子供たちだという。それぞれの子供たちを紹介すると、私のことは園長と呼んでくださいと老女は付け足した。

促されて、私も簡単な自己紹介をした。説明すれば面倒臭くなりそうだったので、会社にはまだ勤めていることにした。興味があるのかないのかは知らないが、それでも五人の子供たちは礼儀正しく私の自己紹介を聞いてくれた。

「ちょっとこちらへ」

私の自己紹介が終わると、子供たちをその場に残し、園長は私を二階へと案内した。二階には三つの部屋があった。他の二つは、それぞれ女の子と男の子の部屋になっていて、残る一つが園長の部屋だという。

六畳の和室に私を招き入れた園長は、そこにあった文机から一枚の紙を取り、私に渡した。紙には子供たちの名前と生年月日とが記されていた。

「名前と誕生日。その二つだけは忘れないでください。誕生日は近くになったら私からも言いますが、名前は気をつけて。子供たちは必ず名前で呼んでください。君とかではなく」

「はあ」

渡された紙に目を落としながら私は頷いた。

「名前すら呼んでもらえない。誕生日など祝ってもらったこともない。あの子たちはそういう環境で暮らしていました」

「そうですか」

続かない言葉に目を上げると、園長が問いかけるような視線を向けていた。

「え?」と私は聞いた。

「いえ、今、笑ったような気がしたので」

「ああ、いえ。違います。すみません。笑ってないです」

笑ったのかもしれない。それは、私と似ていた。なあ、これ、電話しておいて。お前、これ、コピー、三部ずつな。考えてみれば、会社で名前を呼ばれることなどほとんどなかった。私はそこでどうでもいい雑用をこなす個性のない生き物だった。誕生日など、知っている人すらいなかっただろう。

「あなたという人間は確かにここにいて、あなたという人間が生まれてきたことを私たちはうれしく思っている。たいしたことはしてあげられなくても、それだけは伝え続けたいと思っています」

「わかりました」と私は言った。

園長の部屋を出て、階下に戻った。子供の扱いになど慣れてはいない。親しい親類の子供もいなかった。友人の子供に触ったことくらいならあるが、仲良く遊んだ覚えはない。そんな私に、たとえボランティアとはいえ子供の相手が務まるのだろうか。どう振舞うべきかを考えあぐねていたのだが、考えただけ無駄だった。リビングに入った途端、戸惑いが私を襲った。

何だ、この人なつっこさは。

リビングに入ると、待ちかねていたように、子供たちが私の周りに群がった。そのためらいのなさに、私のほうが慌てた。

「おばちゃん、ブランコ。リュウくんが乗るの。おばちゃんが押すの」

先ほどの紹介によれば、今、五歳だという男の子に右手を取られた。

「おばちゃん。クジラ描ける？　クジラ描いて」

左手をそれより一つ年上の女の子に取られた。

小さい子供に両手を取られ、思わずかがみこんだ私の背中にドスンと何かがぶつかった。

「おばちゃん、発進」

一番小さい男の子が背中に乗っかり、私の髪をつかんで耳元で叫んだ。

発進って、え？　どっちに？　ブランコ？　お絵描き？　ていうか、その前に、おばちゃんて、それ、やめない？　名前、さっき言ったでしょ？

　来月、小学校五年生になるという髪の長い女の子が、私の前に立った。名前はエリちゃん。私は助けを求めてエリちゃんを見た。エリちゃんは、私の両手と背中から三人を引き剝がしてくれた。

「私が先」

　エリちゃんが宣言した。序列があるようだ。三人はおとなしく引き下がった。

「これ」と彼女は私の前にポータブルゲームを突き出した。「直せます？」

　手にしてみるまでもなかった。

「無理」と私は言った。「電池を入れ替えて動かないなら、私には直せない」

「そうですか」

　あっさり引き下がったエリちゃんが、それまで控えていた三人に頷いた。もういいよ、と言うように。途端にまた三人が私の体に群がった。

「ブランコ、ブランコ」

「クジラ描いてよ」

「きゃはは。発進、発進」

　助けを求めて園長の姿を探したが、園長はまだ上にいるらしかった。エリちゃんはもうこちらに構わずゲーム機をいじっていたし、もう一人、中学生の線の細い男の子は最初からこちらに構わず、机に向かった椅子の一つに腰掛け、部屋の隅にある小さなテレビを見ていた。

「ああ、わかった。わかったから。ブランコね。ブランコを押しながら、クジラを描くのね。じや、ブランコに向かって発進」

私は背中に男の子を乗せたまま、建物を出て、庭の片隅にあるブランコに向かった。リュウくんと紹介された男の子をブランコに乗せて押してやっていると、女の子が画用紙とクレヨンを持ってやってきた。

「ちゃんとつかまっててよ」

ブランコを強く押し、その勢いが止まらないうちに、私はクレヨンを手にした。

「クジラだっけ？　痛いって」

手早く画用紙にクジラを描きながら、私は私の髪をつかむ背中の男の子に言った。

「つかまってるよ。つかまってるから、発進、発進」

「つかまってるって、だから、それは君じゃなくて。あ、名前、何だっけ？」

「リュウくん」とブランコの男の子が言った。

「ヒトミ」と自分の目を指して、クレヨンを持ってきた女の子が笑った。

「あ、リュウくんと、ヒトミちゃんね。それで、彼は？」と私は背中を揺すった。

「アキくん」とリュウくんが言った。

「アキヒコ」とヒトミちゃんが言った。

「あ、そうだった。アキヒコくんね。ね、ちょっと、アキヒコくん、髪引っ張るのはやめて。痛いから」

「あれえ。動かないぞ」とアキヒコくんは言って、前より強く髪を引っ張った。「発進、発進」

どうやらアキヒコくんの中で、私はロボットか何かになっているらしい。

「おばちゃん、止まっちゃうよ」

あたかもそうなったら私が困るかのようにリュウくんが言った。ああ、ああ、それは一大事だ、とため息をつきながら、私はまた強くリュウくんの背中を押し、ぐごおと言いながら、ブランコの周りを歩いた。もちろん、画用紙を持って、クジラを描きながら。ヒトミちゃんが私の横にぴったりとついていた。

「はい、クジラ」

「回れ、右」という声が聞こえて、右の耳を引っ張られた。

「こんなの、クジラじゃない」とヒトミちゃんが抗議した。

「クジラだよ。潮、吹いてるでしょう?」

回れ右をしながら私は言った。

「クジラはこうじゃないの。ヒトミが描くね」

クレヨンを持って、ヒトミちゃんはその場に座った。

「おばちゃん、止まっちゃうよ」とまたリュウくんが言った。

「回れ、左。全速前進」

左の耳を引っ張られた。私は左に回って、少し駆け足でリュウくんの背後に回りまたその背中を押した。

「おばちゃん、ヒトミが描くの」とその場に座り込んでいたヒトミちゃんが言った。

「回れ、右」

「ああ、うん。できたら見せてね」

「描くから、見てて」

私は回れ右をして、ヒトミちゃんの横に行った。

「飛べ」

両方の耳を引っ張られた。それは無理です。

「飛べ」

また引っ張られた。私はその場でジャンプした。

「あれえ、飛ばないぞ」とアキヒコくんが言った。

「おばちゃん、止まっちゃったよ」

私はぴょんぴょんとジャンプしながら、リュウくんの背中に回った。

「おばちゃん、見ててって」

ヒトミちゃんがキレた。

結局、アキヒコくんが「おばちゃんロボットはエネルギーが切れたのだ」と納得して、リュウくんがブランコに飽き、ヒトミちゃんが驚くほどうまくクジラを描き上げるまで、私は解放してもらえなかった。

「おら。飯だ。手伝え」

家の中からガラス戸を開け、中学生の男の子が乱暴に命じると、三人は渋々と家の中に戻っていった。私はぐったりとして、さっきまでリュウくんが乗っていたブランコに腰を下ろした。

「あんたは?」

声をかけられ、私は顔を上げた。男の子が私を見ていた。名前は確かサトシくんといったか。

「え?」

「飯、食うのか?」

園長とそんな話はしていなかった。

「あ、いや、私はいいです」

「ならいい」

サトシくんはガラス戸をぴたりと閉めた。ならいい、とは何だろう、としばらく私は考え、それはたぶん、食うなら、あんたも手伝えという意味だろうと思い当たった。食わない、ならいい。

私は家の中に戻り、台所にいた園長に声をかけた。

「あの、それじゃ、私はそろそろ」

おいしそうなシチューの匂いがした。引き止めてくれるかと思ったが、園長はあっさりと頷いた。

「お疲れ様でしたね」

「ああ、はい」

園長は何かを子供たちに命じると、エプロンで手を拭きながら私の側にやってきた。

「疲れましたか?」

玄関先まで私を送り、園長が言った。

一瞬、首を振りかけてから、私は正直に頷いた。

「疲れました。ものすごく」

「またきていただけるのかしら?」

ねぎらいの言葉もなく園長が聞いた。まあ、それはそうだろう。園長にはあれが日常なのだ。

「ああ、はい」と私は頷いた。

「あまり無理はなさらないで結構ですのよ」

玄関先までと思っていたのだが、園長はその場にあったサンダルを履くと、私とともに玄関を出た。

「驚かれました?」

「ああ、ええ、まあ」と私は頷いた。「子供って、あまり接したことがなかったもので。元気ですね、みんな」

「ええ。そして人見知りをしない」

「そうなんですよ」と私は言った。「もうちょっと警戒されるかと思ったんですけど」

そこには少し誇らしげな風があったのかもしれない。園長の顔にかすかに困惑した表情が浮かんだ。

「警戒しないんですよ。誰に対しても」

園長が言った。

「はい?」

「人見知りというのは、頼れる誰かがいて初めてできることなんです。知らない人を見る。親の背後に隠れるようにその人を観察する。自分の態度が決まるまで、親の背中に隠れながら、その人に対して警戒する。遠慮する。照れる。それが人見知りです。けれど、彼らには隠れる背中がない。どんな初対面の人にも、自分でぶつかるしかないんです。だからでしょうかね。彼らは初めて会う人に対して、驚くほどに率直です」

「ああ」

私は頷いた。その理屈は何となくわかる気がした。私と子供たちとの間にあれほどまでに円滑なコミュニケーションが生まれたのは、私が特別だからではない。彼らが特別だからなのだ。

傷つかないのだろうか、それで。

アパートで一人、コンビニで買ったお弁当を食べながら、私は考えた。

そこまで素直に開けっぴろげた付き合いを、普通はしない。なぜか？　傷つくからだ。開け放した素肌に、尖(とが)った悪意をぶつけられたり、匂うような意地悪を塗りつけられたりするからだ。だから人は他者と接するとき、多かれ少なかれその身に鎧(よろい)をまとう。彼らはそれをしない。まだ子供だから。そう言ってしまえばそれまでだが、子供社会にだって悪意も意地悪もあるだろう。彼らはそれで傷つかないのだろうか？

その逞(たくま)しさを一瞬羨(うらや)みそうになり、私は首を振った。

逞しいわけじゃない。まだ年端もいかない子供がそんなに逞しいわけがない。彼らは、たぶん、そういう神経が鈍麻しているのだろう。鈍麻させなければ生きてこられなかったから。それが彼らの暮らしていた環境であり、彼らの選んだ進化の方向だったのだろう。

ああ、それならやっぱり……。

弁当を食べ終え、燃えないゴミに捨てるためにプラスチックの容器を台所で軽く洗いながら私は思った。

それならやっぱり、私は彼らが羨ましかった。

＊＊＊＊

高野章子と親しかったというのは、竹下さんという同期入社の女性だった。親しかったといっても、退社したあとの高野章子との付き合いはほとんどなかったという。山瀬が予約した和風の居酒屋の個室で、俺と山瀬はその竹下さんという女性を待った。現れたのは、三十代半ばのどこか平坦な印象を受ける女性だった。女性であることを殊更強調するような服装でもメイクでもなく、かといって、外見などどうでもいいと割り切ったほどのだらしなさもない。薄く自然な色で塗られたファンデーションと口紅。体のラインが測り難い曇った色のワンピース。小さな茶色い石のピアス。その出で立ちは、三十代半ばの女性としてもっとも無難な格好を慎重に選択した結果にも見えた。

許可を求めようかと思ってから、それでは相手が喋りにくくなると思い直し、俺は名刺を取り出すのに手間取っている風を装いながら、背広のうちポケットに手を滑らせて、ＩＣレコーダーの録音ボタンを押した。

「お忙しいところ、時間を割いていただき、ありがとうございます」

名刺を差し出しながら、俺は言った。山瀬も名刺を出して、俺の隣で頭を下げた。

「あの、電話でもお話しした通り、私、高野さんとは、それほどのお付き合いはないんです。彼女が会社を辞めてからは、一度も会っていませんし」

二枚の名刺を見比べながら、まだそこに座るかどうか決めかねているような竹下さんに、俺は椅子を勧めた。飲み物を注文すると、山瀬が今、自分が書いている記事について喋り始めた。ある大物俳優と子持ちの女優とのダブル不倫。つまらないゴシップだ。けれどそれでよかった。週刊誌といったところで、構えることはない。自分たちのやっている仕事は、読者に読み飛ばされ、一週間もすれば誰もが忘れてしまうような、そんな記事を書き散らかすことだ。竹下さんにそう思ってもらえればいい。真面目に構えなければ何も喋ってくれない取材対象もいれば、真面目に構えた途端に口を閉ざす人もある。山瀬は竹下さんを後者だと判断したのだろうし、それは俺も同意見だった。前者は不得意とする山瀬も、後者に対してはおそろしく有能なインタビュアーだった。

最初のビールのジョッキが空き、注文した料理の半分がなくなるころには、竹下さんもだいぶリラックスして俺たちと喋るようになってくれた。

高野章子と同期で入社した竹下さんは、六年前に結婚し、三年前に離婚したという。その間、退職することはなかった。

「そういう意味では、女性にとって働きやすい会社ではありますね」と竹下さんは言った。

ここらが頃合だろうと思い、俺は口を開いた。

「その会社を高野さんが退職されたのは、ええと」

「もう一年以上前のことです。突然でした。ある日突然、辞めるという連絡があって、本当にそれっきり会社に出てこなくなりました。私も何の話も聞いてなかったものですから、どうしているだろうと思って、メールは送りました。大丈夫、元気でやっているって、そんな風のメールが返ってきて、それから何度か近況報告めいたやり取りはありましたけれど、それももうずいぶん前のことです」

「そのときの高野さんはどこかにお勤めでしたか?」

「いいえ。しばらくは貯金と失業保険で何とかするって言ってました」

「そうですか」

「モラトリアム。いいっすよねえ」と山瀬が俺に言った。「貯金と失業保険か。ああ、でも僕は駄目ですね。貯金、全然、ないし」

「お前は出会い系に注ぎ込み過ぎだ」

そんなことやってるんですか、と竹下さんが笑い、いや、たまにですよ、と山瀬が慌てたように言った。

「ああ、でも、何だか気持ちはわかるんです」

二杯目のジョッキで、もう少し酔っているようだ。染まった目尻に一度手を当てて、竹下さんは言った。

「出会い系?」と山瀬が聞いた。

「違いますよ。高野さん」と竹下さんは笑って言った。

「わかるって?」と俺は聞いた。

「女性は確かにいやすい会社なんです。結婚しても、バツイチでも、そんなことをとやかく言われたりもしないですし。でも」

うううんと、と竹下さんは考えた。

「女性がちゃんとキャリアを積めるような会社でもないんです。女性はあくまで男性のサポート。サポートっていうか、雑用ですね。細々とした仕事をちまちまとやっている分には、すごく居心地がいいですよ。でも、向上心のある女性には向かないと思います」

「高野さんには向上心があった」と俺は言った。

「向上心」と竹下さんは言って、少し考えた。「ああ、いや、そういうのとも少し違うかな。高野さんは頑張る人なんですよ。静かに頑張る人なんです。そういう人にはきつい会社だったと思いますよ。私みたいに適当な人間にはいやすくても、そうですね、高野さんにはいづらい会社だったのかもしれません。女性に回ってくるのは、どうでもいいような細々とした仕事だし、そういう仕事って、ほら、どうしても押しつけやすい人のもとに集まっちゃうでしょう?」

「ああ、ええ」と俺は頷いた。

「どんなに仕事を押しつけられても、高野さんは文句一つ言わなかったし。とにかく穏やかで波風を立てない人でした。それで丸く収まるのなら、面倒なこと、全部、自分が被ってもいいっていう感じの」

そういう人、いるでしょう?

彼女が言って、俺と山瀬は顔を見合わせた。面倒ごとは全部他人に押しつける。押しつけ切れなかった分を自分の仕事と呼ぶ。それがうちの編集部の基本方針だった。

「いますねえ。ごく稀には」と山瀬が言った。

「いい人だと思います」と彼女は言った。

その先を言い澱んだ風の彼女に、俺は「ただ?」と続けてみた。

「ただ」と竹下さんは俺に目をやって少し笑った。「ええ。ただ、苛々させられることもあります。たとえば、夜に食事をする約束をしていて、自分の仕事を終えて高野さんのところに行くと、まだ仕事をしている。それもあと一時間や二時間では終わりそうにないくらいの仕事を抱え込んでいる。ごめんね、これ終わったらすぐに行くから、先に行ってて」

そういう笑顔だったのだろう。竹下さんはそのころの高野章子を真似たような少し気弱そうな笑みで言って、すぐに顔をしかめた。

「そう言われるとね、思わずいらっとするんですよ。先に行ってて、いったい、いつくるつもりなのよ。第一、何でそんな仕事まで引き受けるのよ。あなた、そんなに仕事のできる女じゃないでしょうって」

そういう人、いるでしょう?

今度は目だけで彼女がそう言った。俺の周りにはいなかったが、そういう人の存在は何となく想像できた。要するに要領が悪いのだ。要領が悪いから面倒な仕事をすべて押しつけられ、要領が悪いから押しつけられた仕事が中々終わらない。要領が悪いから、その要領の悪さにすら気づかず、ただひたすら頑張ってしまう。深夜、デスクに一人で向かう高野章子の頭にあったのは、要領の悪い自分への自己嫌悪だったろうか。それともそういう自分を利用する周りの人間への憤りだったろうか。

「そういう人だったんですね」

俺は言った。会ったこともない高野章子に何となく同情めいた気分を抱いていた。

「ああ、だった、なんですね」と竹下さんは頷いた。「ええ。そういう人でした。そうですね。

死んじゃったんですね」

彼女が死んだことに対してまだ現実感が湧かないのだろう。けれど、そう呟いた竹下さんの顔からは、彼女が自殺したということに対しての驚きは見て取れなかった。高野章子は「そういう人だった」ということか。

「毒物だったそうですが、そのことに何か思い当たることはありますか?」

「いいえ」と彼女は首を振った。「毒物って言われて、確かにちょっと変だなって私も思いました。自殺するにしては、何ていうか手が込んでいるっていうか」

「ええ。私もそこに引っかかっています」と俺は言った。「彼女の周りに毒物はなかった?」

「そうですね」と彼女は言った。「ちょっと思い当たりません。どんな毒物だったんです?」

「アルカロイド系の毒物というだけで、詳しいことは我々にも」

「アルカロイド系?」

「植物に含まれる塩基化合物です。モルヒネとか、コカインとか」

それは毒物というより麻薬のイメージを喚起したのだろう。竹下さんが顔をしかめた。

「そんなもの、絶対、彼女は持ってなかったです」

「けれど、どこかで手に入れた」と俺は言った。「今回の件、警察は完全に自殺と断定しています。部屋には鍵がかかっていて、遺書もあった」

「それが誰かの偽装工作だった可能性はないんですか?」

山瀬が口を挟んだ。

「詳しいことまではまだ調べてないが」と俺は山瀬に言い、彼女に聞いた。「彼女には何か殺されるような理由がありましたか?」

「殺されるような人ではないです」と彼女はきっぱり首を振った。

「恨みを買うような人じゃなかったってことですか?」と山瀬が聞いた。

「それもありますけど、何ていうか」

彼女は考えながら言った。

「そういう場に身を置くような人じゃないっていうか」

なおもしばらく考え、やがて彼女は諦めたように首を振った。

「似合わないんです。殺すとか殺されるとか、そういうことが。たとえば、彼女が首を切断されて見つかったとしても、私は殺されたと思うより前に、事故か何かだろうって考えると思います」

同意を求めるような視線に、俺は頷き返した。高野章子は「そういう人」なのだ。

お線香、上げてあげなきゃ。

竹下さんがぽつりと呟いた。

上げてあげたい、ではなく、上げてあげなきゃ。

そちらを選択したことに意味などないのかもしれない。けれど、その呟きから、俺の中で会ったこともない高野章子の姿がぼんやりと浮かび上がってきた。どんなに面倒なことでも、それで丸く収まるのなら、すべて自分が引き受けていた女性。その不器用な姿に、周囲は同情とともに、それより強い苛立ちを抱いてしまう女性。死んでしまえば、お線香を上げてあげたいというより、お線香を上げてあげなきゃという義務感を覚えさせる女性。それが高野章子。

それからも色々聞いてみたが、高野章子のそれ以上の強い輪郭を俺に与えるほどの情報は竹下さんも持っていなかった。終盤は山瀬の軽口に任せ、会ってから二時間ほどで俺と山瀬は竹下さんと別れた。

「ねえ、そろそろ教えてくれてもいいんじゃないですか?」

近くのショットバーに場所を移すと山瀬は言った。

「これ、何の事件です?」

「聞いた通りだ。元OLがアルカロイド系の毒物を飲んで自殺した。それだけさ」

「それを、何でそんなにムキになって追っかけてるんです?」

「ムキにってこともないさ」と俺は言った。「ちょっと気になっているだけだ」

「ちょっと、何が?」

何がか、と俺は考えた。考えるまでもなかった。俺の頭の中にモヤモヤと渦巻いているのは、下らない自己嫌悪だ。如月俊と持田和夫。二人が亡霊になって、肩の辺りがやけに重い。そういうことなのだ。

「山瀬、お前さ」と俺は言った。「何でこの仕事をしてる?」

「は?」

「週刊誌の記者。何でやってる?」

「何でって、仕事ですから」

「だから、どうしてその仕事をしてるんだよ」

「どうしても何もないですよ。会社から配属された先が週刊誌だったたってだけです」

「それだけ?」

「いけませんか?」

「いけなかないよ」と俺は言った。「いけなかないけど、お前、それだけの理由でこの仕事をやっているのか?」

「変な絡み方しないでくださいよ」と山瀬はぼやいた。「何なんですか」

「いや、絡んでるんじゃなくて」と俺は言った。「あのな、俺たちの仕事って、結構図々しいことをするわけだよな? 縁もゆかりもない人のところへ行って、その人のプライバシーにずかずかと踏み込んで、普通の神経なら聞けないような話を聞いてこなくちゃならない。そういう仕事だよな?」

「だって、しょうがないじゃないですか」

「そうだよ。しょうがないよ。仕事なんだから。でも、その仕事なんだからってところに、プラスアルファ、何かを足さなきゃ、普通は神経が持たないんだよ。これがジャーナリズムの最前線で、自分は社会正義のために働いているんだ、とかな」

「社会正義」と山瀬は笑い、竹下さんにも話した大物俳優と子持ち女優の名前を挙げた。「あの二人が二人っきりで温泉旅行へ行くことが社会正義に反するんですか?」

「反しないよ。反しないけど、そういうところには目をつぶってだな、たとえば政治家の汚職とか、既得権益に居座るやつらのずるさだとか、そういう記事を作っている自分に誇りを持つとか」

俺の言葉の途中から山瀬はうんざりしたような顔をした。

「いや、だって」と俺は意味もなく慌てて言った。「そういうの、なけりゃやってられないだろ?」

「原田さんって、意外にナイーブなんですね」

「そうかあ?」

「怒んないでくださいよ。別に悪い意味じゃないですから」と山瀬は言った。「でも、そんなこと考えてると、仕事、辛くなりますよ」

「じゃあ、どう考えればいいんだよ」

「だから、仕事だって考えればいいんですよ。それ以上でも以下でもない。自分はこれをやって、アパートを借りて、飯を食って、服を買って、たまには出会い系で会った女の子といいことをしたり悪いことをしたり、笑ったり笑われたり射精したりして、それで生きていっている。他に理由なんていらないじゃないですか」

　そう言われてしまえばそれはその通りだったし、俺だって山瀬の年代のころには似たように考えていたようにも思う。

「悪かったよ」と俺は言った。「何だか恥ずかしいことを言ったみたいだ」

「気にしないでください」と山瀬は言った。「僕、恥ずかしいこと言わせるの好きなんです」

「変態」

「ノーマルですよ」

「お前、さっさと結婚しろよ」

「原田さんに言われたくないですよ」

脱線した会話は、そのままもとに戻ることもなく、終電前に俺は山瀬と別れた。

深夜、一人きりのマンションに帰り、俺はパソコンを立ち上げた。デスクトップにあるフォルダの中には、これまでインタビューをしてきた相手の音声がデーターとして保存されている。去年の一月十五日。その日づけのデーターを開けた。ノートパソコンのスピーカーから風の音が聞こえてきた。冬の鋭い冷たさを乗せたそのときの強い風を思い出した。俺と持田和夫は都心にある広い公園のベンチに並んで腰を下ろしていた。自らが指定した待ち合わせ場所に、自らが指定した時間より少しだけ遅れてやってきた持田和夫は、笑みを浮かべて立ち上がった俺に軽く目礼すると、俺が差し出した温かいウーロン茶の缶を受け取り、隣に腰を下ろした。録音の許可を取ったのは、そのあとのことだ。風の音に混じって、二人の間にレコーダーを置いたときの音が聞こえた。やがて、自分自身の声が聞こえてきた。

「少しは落ち着かれましたか？」

芸のない自分の切り出し方に、俺は顔をしかめた。

「ええ」とも「ああ」ともつかない持田和夫の返事があった。榊伸明の死刑執行が報じられて間もなくのことだった。しばらく停止されていた死刑執行も、その前の年に法務大臣が代わり、それからはおよそ二ヶ月に一度ほどのペースで執行されるようになっていた。その執行命令書にサインしたことを遠回しに責めるような記者の質問にひどく苛立っていた人相の悪い法務大臣の顔は俺もテレビで見ていた。おそらく、持田和夫も見ただろう。気のないようなその返事を、そのときの俺は緊張感から解放されたせいだろうと考えた。

「しかし、何だか妙な感じもします」と俺の声が言った。「あれほどまでに大きな事件でも、その加害者の死刑については、さほど大きくは報じられない」

実際、死刑執行を報じるニュースの大半は、死刑制度の是非を問いかけるものだった。

「そうですね」

持田和夫の返事にはやはり力がなかった。俺は記憶を探った。そのときの持田和夫はどんな表情をしていただろう。公園の中を行き交う人たちをただ漠然と眺めていたのだったろうか。それとも、足元に視線を落としていただろうか。覚えていなかった。

「もっと大きく報じればいいと思いますよ。あいつは、あの化け物みたいな犯罪者は、法に則って、きちんとあの世に送られました。世間の皆様、ご安心くださいと」

俺は殊更明るい声で言っていた。持田和夫からの返事はなかった。

持田和夫の妻と娘とが、榊伸明という二十二歳の無職の男に殺されたのは、その十二年も前のことだった。思い出すだけで吐き気を覚えるような事件だった。その日、持田和夫の妻は七歳になる娘を連れて車で買い物に出かけた。いつも使っている郊外のショッピングモールだった。玩具売り場で立ち止まる娘に痺れを切らし、持田和夫の妻はそこで待つように言い含めて、一人、夕飯の買い物をするために食料品売り場へ向かった。持田和夫の妻が買い物を済ませて玩具売り場に戻ると、そこに娘の姿はなかった。訝りながらも、先に車に戻ったのだろうかと駐車場へ向かった持田和夫の妻は、そこで知らない男の車に無理やり乗せられようとしている娘を見つけた。

ちょっと何をしてるの。

叫び声はその場に居合わせた何人かの人間が耳にしていた。彼らの証言によれば、その叫び声に、男は何でもないように軽く手を上げて応じたという。持田和夫の娘を車に押し込んだ男は、すぐさま車を発進させた。

停めて。誰か。

持田和夫の妻の叫びに応える人はなかった。急発進した車は駐車場の出口に猛スピードで向かった。買い物袋を放り出した持田和夫の妻がその前に立ち塞がった。車は一瞬の躊躇(ちゅうちょ)もなく、持田和夫の妻を撥ね飛ばした。車に乗り上げるように転がされた持田和夫の妻の体は、地面に落ちたときにはすでに息をしていなかった。車はそのまま国道に消えたという。

持田和夫の娘の遺体は、その日の夜に発見された。ショッピングモールから五キロほど離れた造成地で、全裸のまま車に轢き殺されていた。七歳の少女に悪戯をした男は、事を終え、あたかも帰るついでのようにその場に放り出したままの少女を轢き殺した。状況から見て、そうとしか考えられなかった。

犯人はすぐに捕まった。娘を連れ去る際に、何人もの人に見られていたし、車両のナンバーも記憶されていた。犯人はその車両の持ち主だった。

「迷子だと思って、家に送るつもりだったんだよ」

逮捕された榊伸明は警察の調べにそう答えたという。けれど、ショッピングモールの防犯カメラには、大柄な榊伸明に抱きかかえられ、必死に抵抗しようとしている持田和夫の娘の姿が映っていた。榊伸明は、にたにたと笑いながらあやすように少女を連れ去っていた。

「僕は悪いことなんてしてないよ。だって僕が悪いことをしていたなら、誰かが止めてくれたはずでしょ?」

持田和夫の妻を撥ね飛ばしたのは、彼女を連れ去りにきた悪い女から少女を守るため。少女への悪戯は、悪戯ではなくお互いの合意の上。その後、少女をその場に残して別れた。少女を撥ねたことには気づかなかった。

「それ、本当に僕なの?」

榊伸明は悪びれることもなくそう言ったという。間違いなく異常者であり、疑いなく化け物だった。

「まだ悔いが?」

尋ねた俺の声の中には、微かに不審そうな響きがあった。榊伸明の死刑が執行され、少しは晴れやかになっている持田和夫を俺は期待していたのだ。

「悔い」と持田和夫の声が繰り返した。

「あるいは晴れない恨みでしょうか」

パソコンはしばらく風の音だけを吐き出していた。救急車のサイレンが聞こえ、それが遠のいていった。その音が聞こえなくなると、俺と持田和夫が同時に口を開いていた。

「どうすれば……」と俺は言っていた。

どうすれば、あなたの気持ちは晴れるのでしょう? その手で、榊伸明を殺せば、少しは気持ちが違ったでしょうか? あるいは刑が執行され、死んでいく榊伸明をその目で見ることができればよかったとお考えですか?

俺はそう聞きかけたのだ。けれど、俺の言葉にかぶせて、持田和夫も口を開いていた。

「長かった……」

言葉が重なり、口をつぐみかけた持田和夫に俺が問いただしていた。

「長かった？」

「ええ。長かったです」

「そうですね」

死刑の確定からその執行までで も、六年近い時間が流れていた。

俺はパソコンをそのままにしてデスクの前から立ち、冷凍庫を開けた。グラスに氷を入れ、ウィスキーを注いだ。持田和夫のインタビューを聞き直すのは、これが初めてだった。酒の力でも借りなければ、どうやら今夜は眠れそうになかった。俺の背後でパソコンが持田和夫の言葉を吐き出していた。

「あれより先に死ぬわけにはいきませんでした。一日でもいい。一時間でも、一秒だって構わない。あれより早く死ぬわけにはいかなかった。あれがいない世界を私は見届ける義務があった」

いつか死んだときに、と持田和夫の声が言った。

「その世界の姿を妻と娘とに報告するために」

「いい報告ができますね」

冷蔵庫の前でウィスキーを口に放り込み、飲み下した。そのときの持田和夫の暗い目線だけは、今でもありありと思い出せた。忘れることは、生涯ないだろう。

「わからないんですよ」

持田和夫の声が言った。

「今のそれが、果たしていい世界なのかどうか」

そのときの俺には、持田和夫が何を言いたがっているのかわからなかった。俺は持田和夫の言葉を待った。パソコンのスピーカーからは、またしばらく風の音だけが流れてきた。俺はグラスを手にしたままパソコンの前に戻った。

「あの弁護士たち、覚えてますか？」

やがて持田和夫の声が言った。

「え？　ええ」と俺の声が応じた。

榊伸明には、六人の弁護士からなる弁護団が結成されていた。六人ともが死刑反対論者の弁護士だった。なぜあんなやつを弁護するのか。世間の憎悪に満ちた視線にさらされながら、彼らは彼らなりの戦いを続けていた。弁護士としては、立派な態度だと言うべきなのだろう。けれど、俺は、その六人をどうしても好きにはなれなかった。俺には理解できない教義を持つ宗教の敬虔(けいけん)な信者のように見えた。

「起こったことを、起こった通りに認めて、それでなお死刑に反対だと言うのならそれは構わない。私はそんな立場には立てないが、そういう立場もまたあるのだろうと理解します。けれど、彼らは事実を捻じ曲げた。ありもしない話をでっち上げた。何だってそんなことができるのか、私には理解できません。死刑をしてはいけない。そのためには、死者を冒瀆(ぼうとく)することも許されるんですか？　それは、いったい正しいことなんですか？」

心神喪失。弁護士としては、それしか戦う手段がなかったのだろう。彼らは、榊伸明の幼少時代にまで遡り、父母からの愛情の欠如と、唯一親愛の情を抱いていた祖母の死とが、その事件の根幹にあると主張した。法律にも心理学にも疎い俺が聞く限り、それは身勝手を通り越して、てんで的外れな主張に聞こえた。さらに弁護士たちは、榊伸明と持田和夫の娘とは、事件以前に面識があったと主張した。持田和夫の妻がよく娘を連れて買い物をしていたそのショッピングモールで、二人は何度も言葉を交わしていると。そのときの持田和夫の娘の態度から、榊伸明は誤解をしたのだと。被害者の『その必要以上に親しみのこもった態度』さえなければ、この事件は起きなかっただろうと。けれど、本当に二人が会ったことがあるのかどうか、その立証は誰にもできなかった。かなり崩れた印象を与える若い男に、七歳の少女が無防備に言葉を交わすものかどうか、世間もその真偽を疑っていたし、それは俺自身も同じだった。

「彼らは弁護士ですから」と俺の声が言った。「被告人の利益のために」

「弁護士だからですよ」

持田和夫の声がわずかに尖った。

「弁護士だからこそ、守らなければいけない一線がある。たとえそれが被告人の不利益になるとしても、守らなければならない一線がある。そうでしょう？　正義という言葉の不確かさは私にもわかります。何が正義で、何が正義でないのか、それを一義的に定義するのは難しい。それでもなお、社会正義を掲げ、それを守る。たとえ、それが今、目の前にいる一人の被告人の不利益になることであっても、そこを侵してしまっては弁護士という仕事など成り立たない。成り立つはずがない。違いますか？」

人は間違える。必ずどこかで間違える。何千、何万という事例を繰り返せば、そこに一つか二つ、あるいは十か二十、必ず間違えは存在する。だから、死刑を制度化してはいけない。間違えて殺してしまう場合が、必ず存在するから。その理屈は俺にもわかる。けれど、だからといって、起こった事実そのものを意識的に捻じ曲げることなど許されていいはずはない。

「それは、その通りだと思います」

「世界はあれを抹殺してくれたよ。そう報告できるはずでした。お前たちをまるでアリを踏み潰すように無慈悲に殺した、あの化け物を、世界はきちんと退治してくれたよ。私はそう報告するつもりだった。けれど」

彼は首を振った。激しく何度も首を振ったあと、力のない視線を俺に向けた。

「原田さん。人権って何でしょうか」

「人が生まれながらに持っている権利、ですかね」

「それでは、人とは何です? あれは、あの男は、いったい人なのでしょうか?」

俺に答えはなかった。

「あの弁護士たちを殺してやりたい。本気でそう思いました。けれど、仮にあの弁護士たちをすべて殺したところで、またああいった手合いは出てくる。そしてその手合いが守ろうとする化け物も、また確実に出てくるんだ。今の社会は、それを許している。そうである限り、世界は」

持田和夫の目に涙が浮かんだ。

「世界は何も変わりはしない」

死ぬつもりかと俺はそのときに思った。今までは恨みで生きてこられた。あいつが死ぬまでは死ねない。その思いが持田和夫を支えてきた。その恨みが消え、そして絶望だけが持田和夫の中に残った。

何か言おうと思った。死んではいけない。あなたが死んでしまったら、それは敗北なのだと。けれど言えなかった。彼の中にある絶望は、俺にはどうすることもできなかった。それはあまりに深過ぎた。その絶望が自分の中にないのは、ただ自分がたまたまその当事者にならなかったから。それだけだ。俺が持田和夫と同じ立場だったら、たぶん、俺だって生きてはいけない。持田和夫の前にあるそんな世界の中で、これ以上生きていたいとは思わないだろう。

持田和夫のインタビューはそこで終わっていた。その日、俺は何も言えないまま、持田和夫の前を辞した。社に戻り、パソコンの前に座っても、今、持田和夫から聞いた絶望をきちんと伝えられるかどうか、自信がなかった。持田和夫の言葉をもとに、死刑制度維持という旗を振るなら、それはできただろう。けれど、持田和夫の絶望はそんなところにはなかった。持田和夫の絶望は、一人一人の人間の中に根ざしていた。その一人一人の人間が作る世界の中にあった。何をどう赦すべきなのか。何をどう裁くべきなのか。曖昧に揺れているその境界線にあった。とても俺などには、言葉でそれをすくい取ることはできなかった。俺はただ持田和夫が発したままの言葉を記事にするしかなかった。すでに死刑判決が確定した時点で、事件に対する社会の関心は薄れていた。持田和夫の絶望を載せた小さな記事は、一週間すれば、世界の中から消えた。

それからしばらくは、新聞の死亡記事欄を毎日チェックしていた。持田和夫の死亡記事がいつ載るだろうと恐れていた。けれど載らなかった。三ヶ月が過ぎ、半年が過ぎても持田和夫が死んだというニュースは目にしなかった。その絶望をどうにか飲み込むことができたのだろうか。あるいはその絶望に取って代われる希望をこの世界の中に見出すことができたのだろうか。俺は持田和夫のためにそのことを喜び、そしていつかそれを取材したいと思った。

だから、先々月の半ば過ぎに持田和夫の自殺を報じる記事を見たとき、俺は大きな衝撃を受けた。

やはり死んだのか。

その衝撃が収まると、次に不審が芽生えた。

なぜだ、と。なぜ死んだのか、ではない。なぜ一年以上もの間、生き続けたのだろう、と。なぜ俺が取材したあの時点で、持田和夫は死ななかったのか。なぜあれから一年一ヶ月も経過した今になって、持田和夫は自殺したのか。

ニュースを仔細に調べてみたが、その一年一ヶ月の空白に対して、答えを出している記事はなかった。とある事件の被害者が、その加害者の死を見届けて、覚悟の自殺を遂げた。そんな記事ばかりだった。

なぜ？

その思いはもう一つあった。服毒自殺。ニュースはそう伝えていた。なぜ服毒自殺なのか。俺の知る限り、持田和夫の周囲に毒物はなかった。持田和夫の当てこすりだろうか。一瞬、そうも考えた。この世界の中にある「毒」によって私は死んだのだ、この世界の「毒」が私を殺したのだ、と、そういう意味だろうかとも考えた。けれど、それならばそんな遠回りな表現をせずに、遺書を残せばいい。持田和夫は、自宅のダイニングに倒れていた。ダイニングの食卓には、妻と娘の写真が収められた写真たてがあったという。現場の状況から自殺であることは早々に断定されたが、遺書は発見されなかった。

なぜ一年一ヶ月後？　なぜ毒？

それが俺の疑問だった。その疑問に答えを出すべく、俺は持田和夫の死について取材を始めた。

榊伸明の死刑執行後も、持田和夫はそれまでと同じような生活を営んでいた。勤めている会社に普通に出勤し、同僚たちとの付き合いもそれなりにこなし、仕事振りにもおかしなところはなかったという。

「ああいう事件の遺族ですから、こちらも気を遣ってしまっていた部分があります。遠慮、というと聞こえはいいのかもしれませんが、持田くんからするのなら、我々の態度はどこかよそよそしく感じていたのかもしれません」

そうですね、と持田和夫が勤めていた中古車販売会社の社長は呟いた。

「もう一歩、彼の中に踏み込んでいく勇気が我々には、いいえ、私には欠けていたんでしょう」

社長はそう言って顔を曇らせた。

「それも今から思えばということで」

社長はやり切れないように首を振った。

「普段は、本当にそんな素振りもなくて。ああ、いいえ。それも言い訳ですね。本当にもっときちんと彼のことを見ていたのなら、きっと何かに気づいたんでしょう」

自分を責め続けるような彼の口調が、俺には痛かった。勇気ではない。親切心でも、偽善ですらない。ただ仕事だから。それだけの理由でずかずかと土足で踏み込んでいった俺に、持田和夫はその思いを明かしてくれた。こんなに気にかけてくれている社長にすら言わなかったことを、俺には話してくれた。俺は持田和夫の死をはっきりと予感した。予感したにもかかわらず、何もしなかった。図々しいなら、その図々しさに腹をくくって、俺はどこかで持田和夫にもう一度接触するべきだった。結果は変わらなかったかもしれない。それでも俺はそうするべきだった。

持田和夫の両親はすでに他界していた。親しい親戚もなく、会社の同僚以上に持田和夫を知るような友人も見つからず、持田和夫の自殺についての取材は、その手がかりをなくした。

一年と一ヶ月の間、持田和夫は自分の中の絶望と戦い続けた。そして、敗北した。

俺はそう結論づけるしかなかった。そう結論づけ、自分が導き出した結論をどうにか飲み込もうと努力した。

俺はウィスキーを飲み干して、煙草に火をつけた。昔はその煙で火災報知器を鳴らしたことがある編集部も、昨今の禁煙至上主義の流れに乗り、デスクでの喫煙を禁じていた。わざわざ喫煙室まで足を運ぶのも面倒で、会社では滅多に煙草を吸わなくなったが、一人の部屋では無意識に煙草に手が伸びてしまう。

それは緩やかな自殺である、と誰かに言われた。どこかのバーで知り合った女だったろうか。面倒で反論する気も起きなかったが、それでは、緩やかな自殺でない人生とはどういうものなのか、聞いてみたい気もした。

「自殺か」と俺は意味もなく呟き、煙草の煙を吐き出した。

デスクトップをしばらく眺めた。持田和夫のインタビューを入れたフォルダの横にあった別のフォルダには如月俊のインタビューが残っていた。音がね、逃げていくんですよ。そう切り出されるインタビューが。

如月俊が死んだのは、持田和夫の死から、さらに二週間ほどが経ったときだった。

またか。

俺は咄嗟にそう思った。またインタビュイーが死んだ。理屈で考えるのなら、それは不可思議というほどの話ではないのかもしれない。俺は絶望を抱えた二人に、その絶望を抱えているが故に会いにいっているのだ。ただ、現実に二人に死なれれば、それはやはり衝撃だった。持田和夫のときと同じように感じた衝撃は、それが引くと、同じ疑問を俺の頭に残した。

また服毒自殺。それも発病から一年半後。

毒物。時間。

二つのキーワードが俺の頭に引っかかっていた。

持田和夫も、如月俊も、なぜ服毒自殺なのか。なぜその原因とされる事態からわざわざ時間を置いて死んだのか。二人が同じような時期に死んだのは偶然なのか。二人の死は、本当に無関係なただの自殺なのか。

ともにアルカロイド系の毒物による心停止だったが、その毒物は特定されなかった。俺は警察関係者に渡りをつけて、かなりしつこく毒物について問いただしてみたが、警察も本当にその毒物を特定できていないようだった。というよりも、それについて、深い興味を持っていないようだった。

「解剖すれば、成分はわかりますよ」とその関係者は言った。「胃の中身、尿、血液。それを透析したり、蒸留したり、抽出したりして、成分を分析します。揮発性毒物なのか、植物性毒物なのか、金属性毒物なのかはそれでわかります。でも、植物性のアルカロイド系毒物っていったって、モルヒネなのか、コカインなのか、他にいくらだってあるんです。ああ、トリカブトだってアルカロイド系だし、何とかっていうさほど珍しくもない花からだって抽出できるらしいですよ」

「その特定はしないんですか？」

「まずしないですね。だって自殺なんでしょう？　それが動かないなら、手間隙(てまひま)かけて毒物を特定する意味なんてないじゃないですか」

二人が飲んだのは、同じ毒物ではなかったのか。けれど、どう調べてみても、持田和夫と如月俊の二人に接点はなかった。やはり無関係な自殺なのだろうか。

そして今、三人目の自殺者が出た。田所によれば、死んだのは先々週の月曜日。持田和夫の死からおよそひと月、如月俊の死からは二週間ほどしか離れていない。けれど、その死因がアルカロイド系の毒物であるという点を除くのなら、三人目は前の二人とまったく性質を異にする。誰も知らない、ただの元ＯＬだ。

それでは、時間は？

高野章子が死んだ理由は何だったのか。その理由から死まで、どれだけの時間があったのか。

高野章子。

もう少し調べてみよう。俺はそう決めた。

3

新聞をこれほど丁寧に読んだのは何年ぶりだったろう。しつこい勧誘を断り切れずに取り始めたものの、朝、読めるほどの時間が取れるわけもなく、満員電車で四つ折にしてまで読むほどの興味もなく、配達された新聞の多くは、いつもろくに目を通しもしないまま古紙回収まで部屋の隅に積み上げていただけだった。昨日見たテレビと同じように、二人の死刑執行を許可した法務大臣が今日の朝刊でも非難されていた。まだ二年も先のワールドカップの予選が始まっていた。当てをなくした世界中のお金が穀物市場を高騰させていた。今年の桜は平年並みの時期には咲くだろうと予想されていた。そこから浮かんでくる世界の姿が平和なのかそうじゃないのか、私にはよくわからなかった。新聞を読みながら目玉焼きとトーストを食べ終えても、まだ朝の八時になったばかりだった。

今日は何をしようか。

しばらく考えてから会社に残しておいた私物を思い出し、私は身支度を整えてアパートを出た。昨日、同僚からメールが届いたきり、会社からはやはり何の連絡もなかった。さして大事なものなどないが、そのままにしては会社だってきっと困る。それに社会人の常識として退社の挨拶くらいはしておくべきだろう。

いつもの時間よりは少し遅いが、それでもまだ出勤時間帯だった。海へと続く本流に流れ込むように、駅に近づくにつれて人が増えてきた。その流れに乗ったまま駅までを歩き、定期を取り出し、それを改札の読み取り機にかざそうとして私は足を止めた。

退社の挨拶？

急に足を止めた私に後ろからきた人がぶつかった。すみません、と小さく呟き、私は人の流れから外れた。

長らくお世話になりました。

そう言えばいい。わかっていた。それくらい何てことはなかった。けれど、私のその挨拶にどんな返事があるというのだろう。

ご苦労様と笑顔が返ってくるとでも思う？

私は改札を抜けることなく、定期をしまった。

私の放り出した事務仕事を分担することになった人たちからの文句や嫌味。君は無責任だ。お前はいい加減だ。よっぽどいい転職先があったんだろうねえ。それとも、いいお相手が見つかった？

いや、それすら甘い。おそらくそこには何もない。たぶん、非難の視線すらないだろう。

黙殺。

私を待っているのはそれだ。

あと一年、あと一年。

私は額に手を当てて呪文を繰り返した。

あと一年後に私は死ぬのだ。何で、今更、辞めた会社に黙殺されに行かなければならないのだ。無礼とだろうが、恩知らずとだろうが、どう思われようと構わないじゃない。

「知ったことか」

口に出して小さく呟くと、私は駅に背を向けて歩き始めた。

行く当てをなくした私の足は、ふらふらとあの人と会った公園に向いていた。この場所だけが、今の私と世界をつなぐ拠り所だった。過ぎた冬が舞い戻ってきたような冷たい風に身を縮こまらせながら、あの人と会った時間まで待ってみたけれど、やっぱり無駄だった。それでも未練がましくもうしばらくそこで過ごし、寒さに耐え切れなくなって私はベンチから立ち上がった。

駅前まで戻り、喫茶店で少し早い昼食を取ると、もうすることがなくなってしまった。アパートに戻ろうかとも思ったが、戻ったところですることがないのは同じだった。私は新しく温かいミルクティーを頼んだ。何か時間を潰せるものがないかと見回してみると、レジの手前に今日の新聞と何冊かの雑誌が置かれていた。新聞はもう読む気にもなれず、私は適当に選んだ週刊誌を手にして席に戻った。さほど興味もなくページをめくっていると、『絶望』という大きな文字が目に飛び込んできた。二年後のワールドカップの予選のために代表チームにも招集されていたベテランのミッドフィルダーが、先週、リーグ戦中にアキレス腱を断裂する大怪我をしていた。年齢的に考えると、選手生命は絶望的だという。殊更悲劇的に論じようとする記事の意向を無視するように、その熊谷という選手は前向きにリハビリに取り組むことを明るく語っていた。それ以上を読む気になれず、私は記事の半分ほどを読んだところで雑誌を閉じ、ミルクティーをすすった。

その選手は私とさして変わらない年齢だった。その年齢で、彼はグラウンドに立ち、自分より十も十五も若い選手たちとボールを奪い合っていた。何の落ち度もなく訪れた絶望的な状況にも、毅然と立ち向かおうとしていた。俺だってこんなに頑張っているのだから、お前なんかもっと頑張れ。記事を読んでいると、面と向かってそう言われているような気分になった。偉いな、と、それはそう思う。すごいな、とだって思う。でも、あなたにはサッカーがあり、私には何もない。頑張ろうにも、頑張るきっかけが何もない。そう言いたくもなる。

　昼時を迎え、客が増えてきた。あからさまに迷惑そうな顔をし始めた店員に、私は席を立ち、週刊誌を元の場所に戻すと、会計を済ませて喫茶店を出た。

　行きつけの書店を覗いてもみたが、小説も漫画も読む気分にはなれなかった。初日から二日続けてというのもどうかと思ったが、他に当てが思い浮かばず、私は百合の家へと足を向けた。

　私が訪れると、園長はおらず、知らない若い男がいた。

「ああ、噂のおばちゃんですね」

　男は勝手に私の手を取り、その手を上下に大きく振った。

「俺、工藤っていいます。保育士です。ここで働いてます。よろしくお願いします」

　ここの子供より人なつっこい。

「ああ、はあ」と気圧（けお）されて私は頷いた。

「あ、でも、クドウちゃんて呼ぶのはやめてください。おばちゃんくらいの年齢より上の人には、必ずそう呼ばれるんです。それも、何だか、みんな同じように嫌味ったらしい言い方で。あれ、何ででしょうね？」

「たぶん、テレビドラマでしょう」と私は言った。

「はい？」

「主役の探偵の名前がクドウで、刑事役の男の人が、いつもクドウちゃんって、馴れ馴れしく、ちょっと小馬鹿にした感じで呼びかける、そういうドラマがあったんです」

「ああ、そうだったんですか」

うわ、勉強になったな、と彼は言った。

「あの、それじゃ、そのおばちゃんもやめてもらっていいですか?」と私は言った。

「え?」と彼はきょとんと私を眺めた。「あの、でも、だって、おばあちゃんって、そんな年じゃないですよ。全然若いです。それじゃ園長と区別がつかなくもなっちゃうし」

ああ、と何かを思いついたように手を打ってから、あ、いや、でもなあ、と彼は考え込んだ。

「おねえちゃんじゃ、いや、まさか、ねえ?」

顔色をうかがうように上目遣いに私を見て彼は言った。

「普通に名前で呼べばいいです」と私は言った。

「ああ、普通に名前で」と彼はホッとしたように笑った。「ああ、そうだよね。そりゃそうだ」

おばちゃん。

私を見つけたリュウくんがテケテケと駆けてきて私の手を取った。

「ブランコ乗るの。おばちゃん、押すの」

「リュウ。おばちゃんは今、お兄ちゃんと話してるから」

「おばちゃん、すぐ帰る」とリュウくんが言った。

「いや、そりゃおばちゃんは帰るけど、すぐには帰らないから。な? 話が終わったら、おばちゃんに押してもらいな」

リュウくんに頷かせると、彼は体を起こして、私を見た。

「で、何だっけ?」

彼がそう言った途端、甲高い叫びが響いた。

「おばちゃあん」

ヒトミちゃんがやってきた。

「駄目。おばちゃん、今、駄目」とリュウくんがとおせんぼした。

「そうだ。リュウはわかってるな。おばちゃんは今、駄目なんだ。おばちゃんは今、お兄ちゃんと話してるからな」と彼は言い、また私に聞いた。「ええと、だから、何の話だっけ」

「何のって」と私は言い、首を振った。「何でもないよ、クドウちゃん」

じゃ、おばちゃんと遊ぼうか。

リュウくんの手を取り、ヒトミちゃんも誘って、私は庭のブランコのほうへ行った。リュウくんの背中を押しながら、その隙にヒトミちゃんにせがまれたラクダの絵を描いた。ガラス戸越しに目をやると、家の中ではアキヒコくんが工藤を馬にしてその上にまたがっていた。工藤が時折、体を起こすのは、ヒヒーンといないいているつもりだろうか。

「だからね、ラクダは違うの。ヒトミが描くから見ててね」

「ああ、うん」

その日も夕飯前まで遊びに付き合い、私にもいくつかわかったことがあった。彼らは見てもらうことを望む。極端に言うのなら、私は何もしなくたっていいのだ。ただそこにいて、見ていてあげればいい。彼らが望んでいるのは、それだけなのだ。そしてそれがかなわないと、彼らはぷいとどこかに行ってしまう。それでも怒っているわけではない。私がヒトミちゃんの描くラクダに感心している間に、いつのまにかブランコからリュウくんの姿が消えていた。外へ出てしまったのだろうかと、慌ててその姿を探すと、何のことはない。リュウくんは家の中で、学校から帰ってきたエリちゃんとゲーム機を取り合って喧嘩していた。

「だから、壊れてるんだって」

「貸して」

「もともと、あんたが壊したんでしょ。あんたに渡したらもっと壊れる」

「かーしーてーよー」

「あの、リュウくん」

私が声をかけると、リュウくんは私を振り返り、何の屈託もなく笑った。

「おばちゃん、ブランコ押すの」

機嫌を損ねている風はなかった。リュウくんはまた私の手を取り、ブランコに戻った。そうすると、今度はヒトミちゃんの姿が消えていた。しばらくブランコを押してから、アキヒコくんに取りつかれたままの工藤にリュウくんを任せ、ヒトミちゃんを探すと、ヒトミちゃんはエリちゃんと同じ自分の部屋で机に向かって絵を描いていた。

「上手ね」

後ろから声をかけると、ヒトミちゃんも何の屈託もなく笑った。

ただ見ていればいい。そうはわかっても、その「ただ見ている」ことは簡単ではなかった。私の周囲で好き勝手なことをしていてくれれば助かるけれど、もちろん、そんなわけにはいかない。彼らは動く。とてもよく動く。リュウくんがいなくて姿を探せば、その隙にヒトミちゃんが前の場所から消えている。工藤と一緒かと思って安心すれば、今度はそこにいたはずのアキヒコくんがいない。広くもない家の中を私は一人でドタバタと走り回っていた。

「あのさ、おばちゃん」

ようやく見つけたアキヒコくんに操縦されていると、いつの間にか帰ってきていた中学生のサトシくんに言われた。

「ちょっとは座れよ」

テレビを見ていたサトシくんは、自分の前の椅子を顎でしゃくった。

「アキ。降りろ。おばちゃんロボットは故障中だ」

アキヒコくんが渋々と私の肩から降りた。私は疲れた体をどっと椅子に投げ出した。

「ありがとう」と私はサトシくんに言った。「助かった」

「バタバタうるさいんだよ。テレビも見られねえ」

サトシくんは吐き出すように言って、またテレビを眺めた。ちょっとむっとしたが、どうやら彼の言い分のほうが正しいようだった。私みたいにドタバタと走り回らなくても、工藤はちゃんと子供たちを見られている。またアキヒコくんにまたがられながらも、部屋の隅にいるリュウくんのことは目の端に留めているようだし、たぶん、エリちゃんとヒトミちゃんが上の部屋にいることも了解しているのだろう。

「ああ、ごめん」

私は言った。サトシくんは答えずにテレビを眺め続けていたが、それでも私の視線を気にしているのはわかった。その年頃の中学生の男の子に、自分はどんな風に見えるのだろう、と私はしばらく考えた。年齢からいうなら、母親でもおかしくない年頃だ。私の存在は、彼に母親のことを思い出させるだろうか？　私はサトシくんがどんな事情でここにいるのか知らなかった。聞いてみたい欲求もあったが、さすがに聞けなかった。

「いつ帰ってきたの？」と私は聞いた。

「さっき」とサトシくんが短く答えた。

時間は六時を回っていた。

「部活？」

「図書館」

「ああ、勉強？」

「辞書でまんこって引いてオナニーしてた」

「は？」

「そんなわけねえだろ」と私をちらっと見てサトシくんは言った。「図書館で勉強以外に何するんだよ。つまんねえこと聞くな」

「ああ、ごめん」と私は言った。

サトシくんが眺めるテレビでは軽いバラエティーをやっていて、若いバイオリニストが出演していた。耳の病気に襲われ、聴力が冒されているというニュースが流れたのは、半年ほど前だったろうか。しばらく姿を見かけなかったが、このごろはやけにその姿をメディアに見かけるような気がした。受け答えにおかしなところはなかったが、如月俊というそのバイオリニストは時折発言者のほうに耳を向けるような仕草をした。演奏するにはさぞかし不自由だろうなどと考えながらサトシくんと一緒になってそれをぼんやり眺めていると、園長が買い物から帰ってきた。若い女が一緒だった。

「あ、ご紹介しますね。こちらドイさん。ドイサヤカさん。あなたと同じボランティアの方です」

まだ二十歳くらいだろうか。ドイサヤカさんは私にぺこりと頭を下げた。

「おばちゃんですね？　さっき園長にうかがいました」

ドイさんは笑顔で言ってから、あ、と口に手を当てた。

「おばちゃんてことはないですよね」

いやいや、遅いだろ、その反応。

「え？」

ていうか、園長まで、私を『おばちゃん』と紹介しているのか？

「何でもないです」と私は言った。「おばちゃんでいいです。それで定着してるみたいです」

おねえちゃあん。

走ってきたアキヒコくんが、ドイさんの足にまとわりつき、私は諦めた。園長がおばあちゃんで、このドイさんがおねえちゃんなら、私はもうおばちゃん以外にどうしようもない。

「よ、サトシくん」

足元のアキヒコくんをすらりと抱き上げると、ドイさんはサトシくんの向かいの椅子に座った。

「うん」

短く答えてテレビを眺め続けていたが、サトシくんの横顔には、さっきまではなかった緊張感があった。中学生の彼に二十歳くらいの彼女がどう見えるのかは、考えてみなくてもわかった。

「何？　今、帰ったの？」

そこに放り出されたカバンを見て、ドイさんが言った。

「ああ、はい」とサトシくんが言った。

はい？　ほう。そういう口もきけるのか。

「また図書館？」

「はい」

「勉強？」

「はい」

「そう。偉いね」

「はい」

「ホント偉い」と私は言った。「私は、ここ何年も辞書すら引いてない」

「え？　辞書？　引きません？」

きょとんとしてドイさんが言った。サトシくんが私を睨んだ。私はどちらも笑ってやり過ごした。

リュウくんがやってきて、無理やりサトシくんの膝に座った。

「お前、暑苦しいよ」

リュウくんだって、サトシくんの膝よりは、ドイさんの膝に座りたかったのだろう。けれどそこにアキヒコくんがいるから、サトシくんの膝で妥協したのだ。工藤もやってきた。子供たちがいなくなったのだから不自然ではないが、子供たちがその場にいたって、工藤はこちらにやってきていたかもしれない。

「やあ、ようこそ、ようこそ」と工藤は言った。

「だから、その他人行儀な感じ、やめてくださいよ」

ドイさんは口を尖らせた。女の私から見たって、可愛らしい仕草だった。工藤の顔がでれっとだらしなく緩んだ。

「ああ、そうだよね。ドイちゃんはもう家族みたいなもんだよね。今日、飯、食ってくでしょ?」

「ごめんなさい。今日は駄目なんです。春休み中にやらなきゃいけないレポートが山ほど溜まってるんです。帰ってやっつけなきゃ」

その答えは、その場にいる私以外のみんなを落胆させたようだ。けれど声を上げたのは工藤だけだった。

「えー。いいじゃない。ちょっとくらい」

こいつは本当に、ここにいる誰よりも子供っぽい。

「ああ、うん」と少し考えたドイさんは首を振った。「やっぱり、今日は帰ります。レポートが終わったら、またゆっくり遊ぼ」

アキヒコくんがうんと頷いた。

「じゃ、行くね」

膝からアキヒコくんを下ろして、ドイさんが立ち上がった。

「え? もう?」

工藤が言ったが、その思いはみんな同じだったようだ。残念そうにドイさんを見た。

「今日は荷物運びです。またきます」

「あ、じゃあ、私もそろそろ」

それについては、誰も何の感想もないようだった。

ドイさんと一緒に私は家を出た。

「本当に可愛いですよね、あの子たち」

駅までの道をぶらぶらと歩きながら、ドイさんは言った。

「ああ、それは工藤も含めて？」

私が言うと、ドイさんはぷっと吹き出した。女の私から見たって、その仕草はやっぱり可愛らしかった。

「工藤さんも、あれは、そうですね、あれはあれで、可愛いですね」

「ボランティアは長いの？」

「あそこは通い始めてから、まだ半年くらいです」

「あそこは？」

「ああ、ええ。他にもボランティアで通ってて。老人の介護施設とか、障害者施設とか、あとホスピスとかも」

「偉いんだね」

私は本当に感心して言った。たまたまビラに足を止め、たまたま声をかけられなければ、私はボランティアなど始めてはいなかっただろう。

「今、介護の勉強をしてて、そういう仕事につきたいんです」

「ああ、そうなんだ」と私は言って、馬鹿みたいに繰り返した。「偉いんだね」

「偉くなんてないですよ。私はそういう仕事をしたいから、その実地勉強みたいな下心がありますけど、でも、おばちゃんは違うでしょう？　本当に純粋なボランティアだから。そっちのほうがよっぽど偉いです」

「ああ、いや、そう言われちゃうと、どうも」と私は言った。

「もしよかったら、他でもやりませんか？　どこもボランティアの人手が不足してて。いい人がいたら、うまく騙して連れてきてくれって、結構頼まれてるんです」

「騙して？」と私は笑った。

「駄目ですか？　あの、この近くのホスピスでもやってるんです。よかったら、そこ、行ってみませんか？」

「ああ、考えとく」と私は言った。

「前向きに、お願いしますね」と彼女は笑い、聞いた。「やっぱり、あれですか？　あの、生きがいとか、そういうことですか？」

「は？」

「ボランティアをやっているのは」

生きがい、と私は思った。そんなわけがなかった。それは一年間の暇潰しだ。その思いが私の中で揺らぐことはなかった。それどころか、それだけが今の私を支えていた。私は一年後に自殺するのだと聞いたら、この若くて可愛らしい女の子は、いったいどんな顔をするのだろう？　ふと想像した。

冷たく言い放つ能面のような顔が浮かんだ。

——じゃシネ
「え?」

可愛らしい笑みを湛えて、ドイさんが私の顔を覗き込んでいた。

「ああ、いや、違う。たまたま。たまたま通りかかって、たまたま声をかけられた」

私が声をかけられた経緯を話すと、ドイさんはクックと笑った。

「おかしい、それ。いかにも園長っぽくて笑える」

彼女の三十代を想像した。たぶん、この子はいくつになったって、日だまりで遊ぶ小鳥のようにクックと笑っているのだろう。笑っていられるのだろう。そういう人生だってある。

駅で彼女の伸びやかな背中を見送り、私は駅を越えて自分のアパートに戻った。会社から封書が届いていた。そこには、溜まった有給休暇を消化した上で、その期日での退職とする旨と、未払い分の給与と退職金を給与口座に振り込む旨とが記載され、そのために必要ないくつかの書類を送り返すように指示してあった。持ってこいとも書いてなかったし、残務整理をしろとも書いていなかった。十三年もの間、私なりに真面目に働いてきたつもりだった。どんなに面倒な仕事だって引き受けた。つまらない雑用だって文句も言わずこなした。それでも、ある日突然、私がいなくなっても、会社はちっとも困っていないようだった。会社にある細々とした私物はどうなるのだろうと思ったが、適当に処理してくれるのだろうと納得した。会社にしてみれば、主である私ですらどうでもいいのだ。私の私物など、もっとどうでもいいに決まっている。

私はその日のうちに書類を書き上げ、翌日、朝一番でポストに投函した。そうしてみれば、今まで会社という存在がどれだけ自分の中で重荷になっていたのかがわかった。せいせいした気分で、記載されていた退職金のことを考えた。たいした額ではなかったが、それでも今の私には大きい額だった。十二ヶ月で割れば、今よりもうちょっとだけくらいなら贅沢が許されそうだった。何をしよう、と考え、ふと思い出した。

保険。

私は両親のことを思った。二人のことは特段、好きでも嫌いでもなかった。厳しい父だった。その父に寄り添うことしかできない母だった。父に褒められた記憶などなかった。思い起こす父の顔は、いつだってしかめっ面をしていた。駄目だな、もっと頑張れ。幼いころからいつもそう言われた。私は駄目なんだ。私はもっと頑張らなきゃいけないんだ。思い起こせば、私はいつも何かに追い立てられるように暮らしていたような気がする。それが男親としての父なりの愛情表現だったのだろうと、今ではそう思う。けれどそう思っても、その愛情に感謝することはやっぱりできなかった。私はもっと頑張ればよかったのだろうか。それとも、もっと頑張らなければよかったのだろうか。わからない。ただ一つ、確かなことは、二人にとって、私は失敗作なんだろうということだけだった。

両親のことは好きでも嫌いでもない。おそらく向こうだって同じだろう。ただ親子というその動かしがたい絆が、私たちの関係を支えていた。

死ぬ前には手紙を送ろう、と私は思った。お父さん、お母さん、ごめんなさい、と。私は頑張ることに、もう疲れました、と。そしてその手紙に保険証書を同封しよう。すでに会社を退職した両親の生活は、かつかつとは言わぬまでも、そう豊かなものではないはずだった。老後の面倒を見られない代わりに、幾ばくかのお金を残すくらい、娘としては当然の義務だろう。

私はネットで調べたいくつかの保険会社に資料を請求した。自殺による保険金の支払いは、契約から二年や三年としているところが多かったが、一年としているところもあった。公園のあの人に言われたように、私の年齢で二、三千万の死亡保険に入るのは簡単なことのようだった。いくらかで少し迷い、私は二千万の死亡保険に加入することにした。三千万にしたところで、掛け金にたいして違いはなかったが、自分の命の値段と思えば、三千万は高過ぎる気がした。

こんなことにまで遠慮している自分が、少しだけ笑えた。

＊＊＊＊

地図からするなら、俺たちのすぐ左手には海があるはずだ。けれど、波の音もしなければ潮の匂いもしなかった。片側二車線の街道を走る車がおそらくその二つともを打ち消しているのだろう。見えはしなかったが右手の山には小田原城があるはずだ。ひどく遠いところに思っていたが、東京から新幹線でわずか四十分弱の距離だった。

「なあ」と俺は隣を歩く山瀬に声をかけた。「お前、今、何を考えてる?」

「は?　どういう意味です?」

「どういう意味かはあとで説明してやるから、質問にだけ答えろ。俺に声をかけられる直前の、ついさっきのそのとき、お前は頭の中で何を考えてた?」

「何って、何も考えてませんよ」

「そんなわけないだろう。悟り切った坊主でもあるまいし、頭がついてりゃ何か考えるだろうよ。何を考えてた？」

「ああ、はあ、まあ、そういう意味でなら、歌を歌ってました」

「さっき、頭の中で？」

「ええ」

「何の歌？」

山瀬は答えたが、俺は知らなかった。少し前の流行歌だという。歌わせてみたが、やはり知らなかった。抽象的な愛に抽象的に傷ついている抽象的な誰かの歌らしかった。

「それ、好きなのか？」

「好きってことはないですよ、別に」

「じゃあ、何で歌ってたんだよ」

「さあ、何ででしょうね」と山瀬は首を傾げた。「ここにくるまでのどこかで流れてたのかな。あ、さっき入ったファミレスかな。それで耳についたんでしょう。何でです？」

「参考までだよ」

「何の参考ですか？」

「だから、あのな」と俺は言った。「俺たちはこれから、見も知らない人のところへ訪ねていって、その見も知らない人の見も知らない娘さんが自殺したことについて根掘り葉掘り話を聞かなきゃならんわけだよな？ 憂鬱(ゆううつ)だよな？ 嫌になるよな？ でも仕事なんだからって割り切ってやるべきなんだよな？　お前の意見によればさ。だから、じゃあ、そういうとき、溢れ出る自己嫌悪を頭の片隅に追いやる代わりに、いったい何を考えればいいのだろうかって、その参考だよ。別に好きでも何でもないクソみたいな歌を歌ってりゃいいんだな。参考になったよ」

「ああ、ありましたよ」

山瀬がレンガ色の大きなマンションの前で足を止めた。その三階に自殺した元ＯＬ、高野章子の両親が住んでいるはずだった。エントランスに入り、山瀬に促されて、俺は高野家の番号を押した。訪問はすでに電話で伝えてあるし、その了解も取ってある。それでも娘に自殺された年老いた両親にとって、週刊誌記者などが歓迎すべき客であるはずがない。そんなことは百も承知で、それでもここにやってきている自分とその職業がたまらなく不快だったし、持っている手土産もその気分を助長するだけだった。いっそ手ぶらでくればよかったと俺は後悔した。自己嫌悪を覚えるほど図々しくならなければやっていられない職業を、それでも続けるというのなら、俺はやっぱりいつの日か、その図々しさに開き直り、それを自分の一部としなければならないのだ。そうできないのは、潔癖だからでも誠実だからでもなく、俺はただ卑怯なだけだ。その卑怯さにも腹は立つが、それはすでに四十年近い時間をかけて、とっくに俺の一部になっていた。

週刊誌の名前と自分の名前を告げると、俺たちの前の自動ドアが開いた。三階に上がり、高野と表札の掲げられた玄関の脇のチャイムを押すと、玄関が開いた。立っていたのは、六十をいくつか越えたと思しき男性だった。

「先日、お電話を差し上げたものです」

俺は改めて名乗り、名刺を差し出した。山瀬もそれにならう。二枚の名刺を見比べるようにしてから、男性は俺たちを部屋の中に招き入れた。

よくあるファミリータイプのマンションだった。十畳をいくらか越すようなリビング。引き戸の向こうは和室だろう。その他に部屋が二つ。リビングの窓は海に向かっているはずだが、手前にある別のマンションにその視界を遮られていた。勧められたソファーに腰を下ろし、手土産を差し出してから、俺は意味もなく部屋を観察した。約束した客のために掃除をしたのだろうが、それにしたって物の少ない家だった。絵画や花瓶、あるいはどこかの外国土産の小物。普通、どこの家にもあるような、飾られたままほこりをかぶるような類の、生活には意味のない物たちが部屋の中には見事なまでに見受けられなかった。

俺と山瀬の向かいに男性が腰を下ろし、奥さんがお茶を差し出したあと、その隣に腰を下ろした。

「娘さんのこと、まことにご愁傷様です」と俺は頭を下げた。「さぞお力を落とされていることと思います。こんなときに取材というのも厚かましいとは存じたのですが、受けていただけて感謝しております。ありがとうございます」

頭を下げながら、俺は自分の言葉に嫌気が差していた。ご愁傷様も何もない。縁もゆかりもない元OLが自殺したところで、俺は悲しくもなければ痛ましさも感じない。だったら、余計なことなど言わずに、さっさと聞くべきことを聞けばいいのだ。社会常識上、そうもいかないだろうと思う反面、その言葉は社会常識が言わせているのではなく、自分の中のやましさが言わせているのだということもわかっていた。隣で神妙な面持ちで頭を下げている山瀬はいったい何を考えているのだろう。またさっきの下らない歌でも歌っているのだろうか。

「いえ、私どもといたしましても、是非、メディアの方々の力もお借りしたいと思っていたところです」

父親がそう口を開き、促すように隣の母親を見た。彼女も頷いた。意味がわからず、俺は聞き返した。

「力を借りるとおっしゃいますと?」

一瞬、うかがうようにこちらを見た父親が言った。

「労災の申請をしようと思っております。先日、弁護士の先生にもご相談いたしたところです」

「労災ですか?」

「ええ」

頷いた父親は、たまの電話や盆暮れに帰ってきたときの会話から知った高野章子の暮らしぶりを話した。毎晩、帰りが遅かったこと。それは本来娘がやるべき仕事の範疇を超えていたこと。それでも断り切れない性格の娘に会社や上司が仕事を押しつけ続けたこと。それでノイローゼ気味になり会社を辞めたこと。その最後に父親はこう断じた。つまるところ、娘は会社に殺されたようなものであり、それは労災であると。

まるで用意された言葉のように滔々と述べられる父親の自説にあっけに取られながら、俺はどこかで少し安心もしていた。二人にだってこちらを利用する心積もりがある。それを記事にできる保証がない以上、五分の関係だとは言わないが、それでも俺たちがここにいる理由が向こうにも存在する。そのことが俺の気持ちを少し軽くした。

「お説、ごもっともだと思います」

父親の長い言葉の最後に、俺は相槌をうった。隣の山瀬も深く頷く。

「ひどい話ですね」

俺たち二人の同意を得て、父親も満足そうに頷いた。

「本当に優しい子だったんです。それはもう小さいころから優しい子で、よそ様と喧嘩するくらいなら、自分がじっと我慢してしまうような子で」

母親の目に涙が滲んだ。父親の話が本当であるのなら、その線で記事を書いてもいいと俺は思っていた。うちの週刊誌などではたいした応援にはならないだろうが、それでも何かのきっかけになることはあるかもしれない。少なくとも俺の気分には貢献できる。けれど、今日、俺が聞きたいのはその話ではなかった。

「アルカロイド系の毒物を飲まれたということですが、その後、毒物は特定されたのでしょうか？」

俺の質問に、少し戸惑ったように両親は顔を見合わせ、やがて揃って首を振った。その特定は、やはりされていないということなのだろう。けれど、それこそが俺が高野章子を追う理由だった。

「何か心当たりはありませんか？　どんなものだったにせよ、そう簡単に手に入るものではないと思いますが」

「どこかで買ったのでしょう」と父親が言った。「今時は、ほら、インターネットですか。ああいうもので、色々なものが売買されていると聞きますし」

それは、インターネットでは、色々なものが売買されているだろう。だが、それにしたって、毒物が大っぴらに売買されているはずはない。一介のＯＬが、わざわざ膨大なネットの中をさ迷い歩いてまで毒物を手に入れるだろうか。毒薬売ります。そんなページに行き着いたところで、大方の人間は、そんなもの、詐欺か悪戯かと考えるだろう。誰かを秘密裏に殺したいわけではない。ただ自殺するのなら、それは毒物でなくてもいい。高野章子にとって、毒物はそうまでして手に入れなければならないものではなかったはずだ。けれどそのことについてそれ以上突っ込んだ質問をしても、両親に答えはなさそうだった。

「遺書があったとうかがいましたが」と俺は話を変えた。「何が書かれていたのでしょう?」

父親と母親が顔を見合わせた。

「持ってこい」

父親が言った。

「でも」

母親が力なく言って、すがるように夫を見た。

「ああ、いえ」と俺は言った。「無理に見せていただかなくても結構です。無神経に、すみません。どういったものだったのか、内容だけでも簡単に教えていただけないでしょうか」

如月俊も持田和夫も遺書は残していない。三人の中で唯一残したという高野章子のその遺書はできれば見てみたかったが、両親に無理強いするつもりもなかった。

「いいんですよ」と父親は俺に言い、また妻に言った。「持ってきなさい」

渋々といった感じで母親がソファーを立ち、リビングの片隅にあった戸棚の中から封筒を持ってきた。ありふれた白い封筒には高野章子が自殺した当日の消印があった。目線で問いかけ、父だった。

親が頷くのを見て、俺は封筒を開けた。中には便箋が二枚入っていた。感心するくらい綺麗な字

『お父さん、お母さん、ごめんなさい。私は疲れました』

そう始まった遺書は、やがて以前勤めていた会社へと話が飛び、そこで受けた仕打ちについての恨み言が書き連ねられ、会社を辞めてから生きがいを見つけようと必死に頑張ったけれど、それでも会社勤めの間に根づいてしまった自分への自信のなさが拭い切れずにまとわりついていたと綴られていた。

『生きがいを探し続けることにも、もう疲れました。ごめんなさい』

遺書はそう締めくくられていた。毒物についての記載はなかった。そのことは不自然ではない。だが、何かがおかしかった。便箋を山瀬に回し、山瀬が読むのを待つふりをしながら、俺は頭の中の違和感を分析した。何がおかしいのだろうと。やがて気づいた。その文面は、俺がイメージしていた高野章子の姿とうまく重ならないのだ。穏やかで、周囲と争わず、面倒ごとはすべて背負い込み、それでも笑みを絶やさず生きていた健気な女性。俺は竹下さんの話から、勝手にそんな姿を思い描いていたのだ。その姿と遺書の恨み言がうまく重ならなかった。そう気づいて、俺は胸のうちで苦笑した。何のことはない。健気に生きてきた女性が、それでも自殺したというのなら、その自殺も健気なものであって欲しかったと、俺は勝手に望んでいたのだ。周囲への恨み言などなく、むしろ感謝の言葉すら残して欲しかったのかもしれない。高野章子が聞いたら、鼻で笑うような身勝手な理屈だ。

「どうもありがとうございました」

山瀬から便箋を受け取り、封筒に戻して、俺はその遺書を父親に返した。

「この遺書からも明らかでしょう」と父親は言った。「娘は会社に殺されたようなものです」

「そうですね」と俺は曖昧に頷いた。

高野章子が会社に殺されたようなものなら、持田和夫は社会に殺されたようなものか。如月俊を殺したのは、彼自身が持っていた才能だろうか。

「段ボール」と俺は言った。「娘さんは段ボールに荷物をまとめていたと聞いたのですが、そこには何が入っていましたか?」

「たいしたものは何も」と母親は言った。

「お持ちしましょう」

父親が言って立ち上がった。先ほどからやけに協力的なのは、俺たちに協力する代わりに、俺たちの協力も求めようという意識がどこかで働いているのかもしれない。また少し俺の中で窮屈な思いが生まれた。

父親が持ってきた段ボールに、確かにたいしたものは入っていなかった。段ボールの大方は文庫本で埋められていた。通勤の途中に読んでいたものだろうか。何枚かのCDとデジタルオーディオ。電子辞書。使い損ねた自分の名刺。まだ使えそうな筆記用具。それらを掻き分けるようにしてノートパソコンを手に取り、俺は父親に聞いた。

「これ、中を見ても?」

「構いませんが、何も入っていませんよ」

「え?」

説明するより見たほうが早いというように、父親は段ボールの中からパソコンの電源アダプターを取り出し、パソコンと部屋の隅のコンセントにつないだ。俺は画面を手前に向け、電源を入れた。ディスプレイは作動したが、そこに見慣れたOSの起動画面は現れなかった。

「ああ、OSごと削除されてますね」

俺の横から画面を覗き込んでいた山瀬が言った。

ブログなどをやっていてくれればベストだが、そうでなくとも送受信されたメールから何かがわかるかもしれない。あるいはホームページの閲覧履歴に毒物入手の手がかりがあるかもしれない。

「復旧できるか?」

「削除ソフトを使ったんでしょう。削除レベルにもよりますけど、一番、丁寧にやられてたら、ペンタゴンにも無理ですよ」

証拠隠滅、という言葉が思い浮かび、俺は首を振った。これから自殺しようとしているOLに隠滅したい証拠などあるはずもない。丁寧に身辺を整理した。高野章子は、だからそういう性格だったというだけのことだ。

「入っていたのはこれだけですか?」

「細々としたものは少しありましたが、あとは下着とか」

「あ、ああ」と俺は頷いた。

結局、たいした手がかりを得られないまま、俺と山瀬は高野家をあとにした。

社に戻れば高野章子だけにかかずらっているわけにもいかず、俺と山瀬はそれぞれの仕事をした。とあるヤクザ内部のいざこざについての記事を頼んだライターから、まだ原稿は届いていなかった。おおよそにおいて、ライターの仕事というのは細分化されている。中でも、ヤクザ関係の仕事には、それに特化したライターがいて、俺なんかではうかがい知ることのできない内部事情まで結構詳しく書いてくる。裏など取りようもないが、それでもこれまで難癖はつけられていないのだから、その内容は確かなのだろう。

当面、やれる仕事をやり終えても原稿は届かなかった。今日は仕舞いにするようだ。山瀬がデスクを整理して立ち上がり、手持ち無沙汰にしている俺を見た。

「まだ仕事ですか?」

そう聞かれて、ヤクザ待ち、と答えると、ああ、と山瀬は笑った。主にヤクザ関係の仕事を依頼しているそのライターは原稿が遅いことで有名だった。けれど、ヤクザにツテを持つライターなどそう見当たるわけもない。どんなに仕事が遅くても、彼に頼むしかなかった。

「それじゃ、徹夜覚悟ですね。終電までなら付き合いますよ」

山瀬は言って、椅子に座り直した。すでに夜の十時を回っていたが、それでも編集部には編集長をはじめ、まだ六人ほど部員が残っていた。俺はデスクの引き出しからウィスキーとショットグラスを二つと、まだ半分ほど中身が残っているピスタチオの缶を出した。

「お前ら、そういうの、やめろよな」

自分のデスクから編集長がぼやいた。

「ここは会社で、お前ら、サラリーマンだろが。何十年前の編集者だよ。そういうの、はやんねえぞ」

　部内でもっとも流行からほど遠い編集長の言葉を聞き流し、俺はウィスキーを注いで、山瀬とグラスを合わせた。

「やっぱり原田さんはナイーブです」

　ストレートのウィスキーを口に含み、その高いアルコール濃度に型通りに顔をしかめたあと、山瀬は口を開いた。

「何の話だ？」

「ようやくわかったんですよ。原田さんが何をそんなにムキになっているのか」と山瀬は言った。「持田和夫。それに如月俊。そうなんでしょう？」

「お前はすごいな」と俺は心の底から言った。「それ、本気で今まで気づかなかったのか？」

「だから、この前、言ったでしょう。原田さんがそんなにナイーブだなんて知らなかったんですよ」

　山瀬は簡単に言った。

「持田和夫と如月俊。確かに、原田さんは二人とも取材してます。その後、二人は死んでいる。でも、それは先輩のせいじゃないですよ。ましてや如月俊のほうは、あれはドラッグのやり過ぎでしょう？　病気のことは同情はしますけど、自業自得ですよ」

「ドラッグじゃない」と俺は言った。「そんなものをやるタイプじゃない。如月俊も自殺だよ。毒を飲んで死んだんだ」

「それにしたって先輩のせいじゃないです」

「ああ、わかってるよ」

そんなことはわかっている。そもそも、その二人に取材したのは、二人ともが自殺する理由を抱えたからだとも言える。因果な商売だ。けれど、それももちろん、俺のせいなんかじゃない。

「それならいいんですけどね」と山瀬は言った。

「持田和夫と如月俊。自殺自体は不自然じゃない」

しけたせいか、やけに殻の剝き難いピスタチオと格闘しながら俺は言った。

「俺が会いにいった時点で、二人はいつ自殺したっておかしくないような状況にあった。二人がたまたま毒物で自殺したってだけなら、少し引っかかるけど、それほど気には留めなかっただろう。けれど、この二人の自殺にはもう一つ共通点があった」

「何です？」

「時間だ」

「時間？」

「俺が会いにいった時点で、二人はいつ自殺したっておかしくなかった。だが、二人は死ななかった。持田和夫は榊伸明の死刑執行が報じられてから一年一ヶ月後。如月俊は発病から一年半後だ。なぜ、二人はそこまで自殺を引っ張ったのか。なぜそんなに時間が経ったあとで、申し合わせたように同じ時期に死んだのか」

「ああ、そういうこと」と山瀬は言い、ちょっと考えた。「確かに、そう考えれば不自然かもしれませんね」

「そう考えると、今回の高野章子の件も、同じ共通点がある。毒物。それから時間。なぜ服毒自殺なのか。会社で受けたストレスが自殺の原因だというのなら、なぜ退社から一年もしてから死んだのか」

「三人の間に、つながりは？　どこかで知り合っていた可能性はないですか？」

「ゼロではないだろうけど、今のところ、そういう話は出てきていないな。可能性は恐ろしく低いだろう」

「まったく何のつながりもない人間が、毒物で自殺する。それぞれの周囲に毒物の気配はなかった。三つの自殺が無関係である可能性は低い。が、ゼロではない」

「そうだな」

「自殺の理由が生じてから、自殺を決行するまで、かなり時間が経っている。その三人ともが似たような時期に死んでいる。それも偶然」

「なくはないな」と俺は言った。

「でも引っかかる」

「そういうことだ」

「面白いですね」と山瀬は言った。「どう考えてるんです？」

「理由と結果が逆になってるんじゃないかってな。そう思ってた」

「どういうことです？」

「三人は自殺を考えた。そのために毒物を入手した。そう考えるからおかしいんだ。それが逆だったらどうだ？」

「逆？」

「いつ自殺をしてもおかしくないような三人のもとに、毒物が毒物のほうから転がり込んできた。結果、三人は自殺した。三人は自殺を待ったんじゃない。三人に自殺を促すように、毒物が三人のもとにやってきたんだ。それがあのタイミングだった」

「毒物が毒物のほうから?」と山瀬は言った。

「そう」

「どうやって?」

「わからんよ」

「わからんよったって、何か考えがあるんでしょう?」

俺はグラスを傾けた。

「笑うなよ」

「笑いません」

「最初に考えたのはセールスマンだ」

「セールスマン? 毒物を売って歩いているやつがいるってことですか?」

「そう」と俺は頷いた。「持田和夫。如月俊。二人とも有名人だ。二人が抱えた絶望は、色んなメディアが報じていた。新聞も、テレビも、俺たち週刊誌もな。そこで二人の名前を知った誰かが、毒物を売りにいった」

俺は割ったピスタチオを手のひらに載せて、山瀬に差し出した。

「ほら、これを飲めば楽になりますよ」

山瀬は俺の手のひらからピスタチオを摘み上げた。

「そんな感じでさ」

「だから、二人は死んだ」

こりこりとピスタチオを噛みながら山瀬は言った。

「そう」

首をくくる、手首を切る、電車に飛び込む、ビルから飛び降りる。車の中で練炭を焚くにしたところで同じことだ。そこには高いハードルがある。日常の中にはない行動だからだ。それを超えるのは、生半(なまなか)な覚悟ではできない。だが、それが、たとえば錠剤一つを飲むだけだとしたらどうだろう。ハードルはぐっと低くなるのではないだろうか。

持田和夫も、如月俊も、死に惹かれた。けれどその前には高い壁がそびえていた。その壁に誰かがドアをつけた。そんな高い壁を乗り越えなくても向こう側にいけるドアを。二人は、そのドアを開けた。

俺がそう言うと、山瀬は頷いた。

「ない話じゃない気もしますね。錠剤一つで死ねるなら」

山瀬はちょっと考えてから、首を振った。

「そうですね。酔っ払ってたら、僕でも飲むかもしれません」

俺は少し驚いて山瀬を見た。山瀬は照れたように視線を外した。

「それで」と視線を外したまま山瀬は言った。「最初に考えたのは、っていうことは、今はそう考えていないんですね？　なぜです？」

「高野章子だ」

「ああ」と山瀬は頷いた。「ただのOLでは、セールスするきっかけがない」

「そう。持田和夫や如月俊とは違う。高野章子の絶望は誰も知らなかった」

「思い切って、例外と考えたらどうです?」

当初は俺もそう考えた。高野章子は持田和夫と如月俊との死には関係ない、例外なのだと。けれど、高野章子を取材してみれば、それも無理な考えだった。毒物。そして時間。高野章子を例外と考えるのなら、持田和夫と如月俊も、それぞれ関係のない別個の事例と考えなければ、話が合わない。

俺がそう言うと、山瀬は首を振った。

「そういう意味ではないです。そうではなくて」

ピスタチオを剝きながら山瀬は言った。

「セールスマンは、高野章子の身近にいた」

「ああ」

虚を突かれて、俺は頷いた。

それならば、なくはない、か。

「会社員時代ではないでしょう。時間が開き過ぎてますから。会社を辞めてから死ぬまでのどこかで、高野章子はそのセールスマンと個人的につながりを持った。身近に顧客を見つけたセールスマンは、これ幸いと高野章子にも毒物を売りつけた」

「筋は通るが、リスキーだ」

「リスキー?」と山瀬は笑った。「ないですよ、リスクなんて。現に、持田和夫と如月俊の死を結びつけて考えている人なんていやしない。原田さんだけです。リスクがないのなら、身近な人間にだって、それは売るでしょう」

俺は少し考えた。そうかもしれない。少なくとも山瀬の言う論理に穴はなかった。

「少し探ってみましょうよ。高野章子の周辺」

山瀬に言われて、俺はその気になった。所詮、机上の論理だ。セールスマンが高野章子の周辺にいた確率は低い。そもそも、そんな人物が存在するのかどうかさえ覚束ない。かといって、このまま終わらせたのでは俺だって据わりが悪いし、他に当たってみる線はなかった。それにはまず、と俺は視線を巡らせた。

「編集長。一杯やりませんか」

「見りゃわかるだろ。不真面目な部員を山ほど抱えた編集長さんは、そのつけが自分に回ってきて、ただ今仕事中だ」

「仕事の話ですよ」

俺が言うと、そうか、仕事の話か、それならしょうがないな、と言いながら編集長は俺のデスクに近づいてきた。

4

保険の契約が成立し、死ぬ時間が、一年よりひと月延びた。保険の契約成立からちょうど一年後は、公園の約束より一ヶ月あとだった。一日の終わりに、カレンダーにバツを入れるのが私の日課になった。

アレレ？　マジ、逝っちゃったかな？

もう死にたい。その一言に寄せられた最後のメッセージに『マジ、逝っちゃいました』とレスをつけ、それきりブログの更新はやめた。見ることもしなくなった。

会社勤めのころには、あれほど焦がれていた暇な時間も、まとめて押し寄せてくればさすがに持て余した。勤めていたころと同じように、決まった時間にアパートの部屋を出るようにしていたのは、ありもしない周囲の視線を気にしたからだろうか。それとも、長年で身についた習性に従ったほうが気分が楽だったからか。私はまだ残っていた定期を使って、それで行ける範囲の場所を歩き回った。ただ時間があるだけでは何もできないのだと気づくまでにたいして時間はかからなかった。町に出れば色々なものがあった。けれど、その色々なものには、もちろん、それに応じた値段がついていた。貯金プラス退職金。それさえあれば、さして節約しなくても暮らしていける。それは会社勤めの人間の発想だった。時間を潰すのにも、お金はかかるのだ。残っていた定期が切れると、私の行動範囲はぐっと狭くなった。それでも外には出続けた。一人で部屋の中にいると、公園のあの人の言葉で頭がいっぱいになってしまうからだ。眠るように楽に。その言葉が頭をぐるぐると回った。そのご褒美が早く欲しかった。私は新しい餌場を探すはぐれたカラスのように、一人で町の中をさ迷い歩いた。

百合の家でドイさんと再び顔を合わせたのは、桜が満開の時期を過ぎてしばらくしたころだった。

「この前の話、考えてくれました?」

何の話かわからなかった私に、ドイさんはぷくりと頬を膨らませた。

「ボランティア。ほら、ホスピスの。考えてくれるって言ってたじゃないですか」

「あ、ああ」と私は思い出して頷いた。

「嫌なら、それっきりでいいですから。一度だけ付き合ってください」

ね、と首を傾げたその可愛らしい仕草とは裏腹に、ドイさんはかなり強引にその場でホスピスへ行く日取りを決めてしまった。

翌週、私はドイさんと待ち合わせて、近くの総合病院に併設されたホスピスへと足を向けた。子供の扱いにだって慣れてはいなかったが、入院患者の扱いになどもっと慣れていない。いったい何をさせられるのかと身構えていたのだが、婦長から受けた説明によれば、話し相手になったり、散歩の付き添いをしたりと、つまるところは百合の家とさして変わらないことを求められているようだった。婦長に連れられて個室を回り、私は五人の患者さんを紹介された。患者さんたちの入院期間は、平均すれば二ヶ月ほどだという。それはつまり、あと二ヶ月後にはその五人の患者さんたちはこの世界からいなくなるということだ。

「あまり多くの人を相手にはできないでしょうから」

五十代に差しかかった辺りと思しきその婦長は、なぜだかいつも囁(ささや)くような喋り方をした。

「取り敢えず、こちらに見えられたときには、今の五人の方を回ってください。何もご要望がないときには、何もされなくて結構です」

その日は一人の老女の話し相手になり、一人の男性の背中を三十分ほどさすり続けた。婦長だけでなく、他のスタッフも、ボランティアも、そこではいつも囁くように話した。一日いれば、その理由はわかった。併設されているとはいえ、一般病棟からは距離を置いた別棟にあるそのホスピスは、いつも静寂に満ちていた。その静寂が目に見えないベールのように不思議な安心感を生み出していた。それを乱すことは、患者さんに対してひどく罪作りなことに思えた。そしてその静寂は、私にも心地よかった。常に動き回って落ち着く間もない百合の家より、こちらのボランティアのほうが私には向いているように感じられた。

週に一度は百合の家へ行き、週に三度はホスピスに顔を出す、というのが私の習慣になった。仕事はどうしているのだと、ドイさんに疑問に思われないか少し危惧したが、大学もあれば、他のボランティアにも飛び回っているからだろう。私を紹介したあと、ドイさんがそのホスピスに顔を出すことはあまりなかった。考えようによってはずいぶん無責任な紹介者だったが、別にそれならそれで構わなかった。

本来、世界は無音であるべきなのだ。そこに通うようになって、私はそれに気づいた。世界の中で、音は本来、異物であるべきなのだ。異物であるからこそ、発生した途端に消えていく。その異物に満ちている外の世界の方が異常なのだ。ホスピスを包み込む静寂の中で私は静寂の一部であるように動いた。通い始めて一ヶ月ほどしたころには、特段、意識をしなくても、私自身が囁くような喋り方をするようになっていた。そこはまるで私のために用意された世界のようだった。かなうことならば、そこに寝泊りしたいくらいだった。それが勘違いだと私に気づかせたのは、担当していた患者のうちの一人だった。

冒されているのは呼吸器なのだろう。その老人はよく乾いた咳を立て続けにした。その日の咳はいつもよりひどかった。私が吸い飲みを差し出すと、その吸い飲みに口をつけ、彼はそれでもまだいくつか乾いた咳を重ねた。

「大丈夫ですか?」

そう問いかけた私に、押し付けるように吸い飲みを返しながら、老人は私を見た。

「他人のことより、自分はどうなんだ?　いいのかね。こんなところにいて」

そうしていることを咎めるような目つきと言い方だった。私が受け持った他の四人の老人たちは、ボランティアの私に対して、ときにこちらが恐縮するほどの感謝と遠慮を示してくれたけれど、この老人だけはそんな風情はおくびにも出さなかった。

「他にすることもないですから」

受け取った吸い飲みを棚に戻して、私は答えた。

「することもない、か」

彼はしゃがれた声で苦々しく笑った。

「それだけ若ければ、することなどいくらでもあるだろうに」

嫌味のように言うその言葉を聞き流し、私は尋ねた。

「他にご用はありますか?　背中、さすりましょうか?」

「あんた、院長と会ったことは?」

私の問いかけには答えず、彼は聞いた。

「はい?　院長ですか?」

私が顔を認識している医師はホスピスを担当している年老いた医師だけだった。一般病棟とは別棟になっているとはいえ、病院にくれば他の医師だって何人かは見かけたが、特に注意を向けたことはなかったし、会話を交わしたこともなかった。仮にどこかで院長とすれ違ったことがあったとしても、会った、というちには入らないだろう。

「いえ。ないと思いますけれど」と私は答えた。

「そうか」と老人は言った。「そんなに暇なら一度、話してみればいい」

何のために、と聞きかけたが、老人はすでにそっぽを向いてしまっていた。好かれないことには慣れている。無視されることにだって慣れている。けれど、これほどまでに露骨に嫌われた記憶はあまりなかった。

「もしも私がお世話することがご迷惑のようでしたら、他のボランティアの方に代わってもらいますが」

「そんなことは言っとらんだろう」

老人は怒ったように答えた。本当は感謝している。そんな言葉が続くことを少し期待したが、そっぽを向いたままの老人に、そんな言葉を言うつもりはなさそうだった。

「またご用ができたら呼んでください」

そう言って部屋を出かけた私の背に老人の声がかかった。

「あんた」

私は足を止め、振り返った。老人はまだそっぽを向いたままだった。その視線の先には何があるのだろうと、私がそちらへ目をやりかけたときだ。

「死にたいんだろ?」

ずばりと言われて、私は息を飲んだ。その私に視線を向けると、老人はゆるく笑った。少し呆れているようでもあり、それ以上に軽蔑しているようでもあった。

「驚くことはないだろう。そんなこと、みんなわかってるよ」

「みんな」と私は惚けたように繰り返した。「みんな、ですか？」

「わかってるだろうよ。そんなのはな、わかるんだよ。俺たちからすれば。別にあんたが初めてってわけでもないしな」

「え？」

「あんたみたいなのが、ここにはよくくるよ。自殺志願者っていうのか？　そういう人間は匂いでわかる。なあ、教えてくれ。どうしてだ？　これから死ぬだけの俺たちを見て、それで何だ？　安心するのか？　仲間だって思うのか？」

「ああ、いえ、そんな」と私は言った。

なおも答えを強要するように私を見ていた老人は、答えのない私に、やがて諦めたように目を逸らした。

「馬鹿にすんなよ」

「え？」

「俺たちとあんたとは違うよ。辛くったって、苦しくったって、俺たちは歯を食いしばって生きてきたんだ。楽して終わらそうとしているあんたなんかと一緒にするな。そんなに死にたきゃ、こんなとこにきてないで、さっさと死んだらどうだ？」

異物だと老人は言っていた。ここでも私は異物だと。ここは私のために用意された場所などではないと。

返事はできなかった。

それきり、私はそのホスピスへ行くことをやめた。

みんなわかってるよ。

本当かどうかはわからない。けれど、そう言われてしまえば、それまでと同じように患者さんたちに接することなどできなかった。そうなるともう、私には百合の家ぐらいしか行く場所がなくなってしまった。毎日、通ったってよかったのだが、園長には当初に伝えた以前の勤め先を辞めたことを話していなかった。話して、事情を穿鑿されるのがいやだった。私の部署は特殊な仕事で不定期休なのだと伝え、どうにも暇を潰せなくなった日にだけ、百合の家へ行くようにした。


毎日は緩慢に過ぎていった。一日の終わりに、カレンダーにバツをつける。それが私にとって至福の時間だった。今日も頑張って一日潰した。約束の日まで一日近づいた。

その日、私は電車に乗って図書館へ出かけた。私のアパートからもう少し都心へ近づいた場所にあるその図書館は、本だけではなく、漫画やDVDも置いていた。席はいつ行っても、だいたいふさがっていた。多くはお年寄りだった。その気持ちはわかった。時間はあるけど、金はない。特段、何かやりたいわけでもない。そういう人間を受け入れてくれる場所など、都市にはそう多くはないのだ。

私は埋まった席をちらちらと見ながら漫画を物色した。何冊かを手にし、一人の老人が立ち上がったその席に、足早に向かった。逆の方向から、別な人がその席を目指しているのが目の端に留まった。私の勝ち、とにんまりしながら席に着いたとき、背後で声が上がった。

「あ」

私は振り返った。ほとんど同時にその人が私に背を向けていた。

「あ」と私も声を上げた。

その人は、仕方なさそうに私を振り返った。

「ああ」とサトシくんが言った。

「何やってんの?」と私は聞いた。

「あ、いや、別に」

答えたサトシくんは少しうろたえていた。辞書でも手にしているのだろうかと思ったが、彼はカバンを持っているだけだった。何をうろたえているのだろうと考えてから、私は気づいた。

「学校は?」

「あ、休み」とサトシくんは言った。

そんなはずはないだろう。休みなら、その制服とカバンは何?

「ああ、そう」と私は言った。

彼が学校をサボろうが、登校拒否をしようが、別に興味はなかった。

「そっちは?」とサトシくんが話を逸らすように言った。

「あ、休み」と私は言った。

「ああ、そう」とサトシくんが言った。

「うん」と私は言った。

私は机に置いた漫画に向かおうとしたのだが、サトシくんは何かを言いたそうにそこに突っ立っていた。

「席は譲らないから」と私は言った。「ここは当分空かない。他を探して」

「え？　席？　ああ、うん」

サトシくんは頷き、それでもまだそこに突っ立っていた。

「辞書なら、あっち。あの奥の棚にある。百科事典もあった」

「辞書？」

「辞書」

「ああ、辞書」と言って、サトシくんは笑った。

何だかおもねるような笑顔だった。この子らしくなかった。

「何？」と気味が悪くなって、私は聞いた。

「おばちゃん、まだしばらくいる？」

「この漫画を読むまではいる」と私は言った。「だからこの席は当分空かない」

「ああ、うん」とサトシくんは言った。「それじゃ、またあとで」

それじゃ、またあとで？

私が聞き返す間もなく、彼は背を向けて立ち去った。私が座る場所から少し離れた席が空き、彼はそこに座るとカバンを開けて、ノートと教科書を取り出し、勉強を始めた。勉強するくらいなら学校へ行けばいいのに、と一瞬そう思ったが、学校へ行かなくても勉強ができるなら、そっちのほうがいいという言い分だって、それはあるかもしれないと思い直した。それからはサトシくんを気にせず、漫画に没頭した。もう古典とも言える漫画だった。ゆっくり時間をかけて三巻を読み終え、その余韻にしばらく身をゆだねていた。その作者である漫画家はすでにこの世にはない。それでも作品がこの世に残り、多くの人に読み継がれている。価値ある人生というのはそういうことを言うのだろう。あっちょんぶりけ。

ふと視線を感じて目を上げると、シャーペンを手にしたサトシくんがこちらを見ていた。何？と目線で聞くと、何でもない、というように首を振って、彼はまた机に向かった。彼から視線を外し、私は壁の時計に目をやった。いつの間にか二時近くになっていた。コンビニでおにぎりでも買って、図書館の建物の脇で食べよう。そう思って私は腰を上げた。漫画を返し、図書館を出ようとすると、サトシくんが足早に近づいてきた。

「あ、帰るの？」とサトシくんが言った。

「昼ご飯」と私は言った。「コンビニに行く」

「それじゃ、俺も」とサトシくんが言った。

別に断る理由もなく、私はサトシくんと連れ立ってコンビニに行き、おにぎりを買った。サトシくんは唐揚げ弁当を買った。

「お弁当は？」と私は聞いた。

「ああ。俺だけだから」とサトシくんが言った。

「え？」

「みんな、給食あるから。俺だけの分を作らせるのも悪いし、自分で作るのも面倒だから、いつも買ってる」

「いつもコンビニ弁当?」

「うん。あ、いや」

「え?」

「あ、だから、いつもは学校の購買部で」

「ああ、うん」

私たちは図書館の脇のベンチに座り、それぞれの昼食を食べた。何だか変な図柄だな、と私は思った。知らない人が見たら、私たちは何に見えるのだろう。年の近い親子だろうか。いやいや、別に普通の親子に見えるのかもしれない。

「いくつだっけ?」と私は聞いた。

「え?」とサトシくんが言った。

「年」

「ああ、年。十四だけど?」

二十二で出産していれば、これくらいの子がいる計算になるのか、と私は少し落ち込んだ。二十一、二で出産している同級生なら、小学校の同級生に何人かいた。私たちは、やっぱり普通の親子に見えるのかもしれない。どう見比べても似てはいないだろうが、年格好はそれで合う。

「あのさ、おばちゃん」

食べ終えた弁当の容器をがさごそとコンビニのビニール袋の中にしまいながら、サトシくんが言った。

「今日のこと、内緒にしといてくれないかな」

「今日のこと」と私は言った。「辞書では飽き足らず、百科事典使って、何かしてたの？　大丈夫。私は見てない」

「だからそうじゃなくて」とサトシくんは少し怒ったように言った。

「冗談よ」と私は言った。「いいよ、別に。サトシくんが優等生だろうが、登校拒否児だろうが、私には関係ない。黙ってて欲しいなら、別に喋る気はない」

「ああ、そう」

ホッとしたように、あるいは気が抜けたようにサトシくんは私を眺め、それからベンチの背もたれに体重を預けた。私もそうした。真上に向いた顔のずっと先に真っ青の空が広がっていた。

「おばちゃんはどういう人？」

私と同じ姿勢になったサトシくんが言った。

「どういう人って何よ」と私は聞いた。

「そんなに親切な人にも見えない。何でうちにきてる？」

「この前、話したでしょ。園長が間違えたの」

「だからって通い続けることはない。辞めりゃいいんだ」

その口調に、私はホスピスの老人を思い起こした。私は異物だ。そう。そんなこと、あの老人に言われるまでもなく、とうにわかっていたことだ。私は異物だ。居場所などどこにもない。

「私が行くの、迷惑？」

「そんなことねえよ、別に。どっちでもいい。きたってこなくたって。だから、きたくないなら、無理にくることない」

「無理はしてない」

サトシくんの答えに少しだけ安心している自分がいた。

「ただの暇潰しだから」

「ああ。暇潰しか」

「そう。暇潰し」

「ならいい」とサトシくんは言った。

「うん」と私は頷いた。

その後、まだ時間を潰さなければならないサトシくんと別れ、私は百合の家へ行った。サトシくんに休みだと言ってしまった手前、そうしなければならないような気がしたのだ。家には、幼稚園から戻ったリュウくんとアキヒコくんが昼寝をしていた。エリちゃんとヒトミちゃんはまだ小学校から戻っていなかった。園長も留守で、いたのは工藤だけだった。

「園長は?」

昼寝をしている二人を起こさないよう、私は小声で聞いた。

「お役所」と工藤も声を潜めて答えた。

「ああ」と私は頷いた。

特に詳しく説明を受けてもいないが、児童養護施設ならば役所とつながりはあるだろう。国や地方自治体からの補助金も受けているという話くらいは聞いていた。

「いや、ここも色々難しくてさ」と工藤が言った。

「何？」

「児童養護施設っていうのは、それなりの設置基準っていうのがあるのね。俺みたいな保育士を雇わなきゃいけないとか、もっと規模の大きいところなら栄養士もつけなきゃいけないとか」

「ああ、うん」と私は頷いた。「そうなんだ」

「ここはその基準を満たしてない」

「え？」と私は言った。「そうなの？」

「保育士、俺しかいないし。本当は、この規模でももう一人必要なんだ。前はいたんだよ。もう一人。でも、その人が辞めちゃって、新しい人も募集はしてるんだけど、ほら、こっちが」

工藤は人差し指と親指で丸を作った。

「ああ」と私は頷いた。「でも、それでいいの？」

「よくないよ。よくないから、お役所からは早く何とかしろっていつも言われてる。いつも言われてるけど、どうしようもないんだよ。だったら補助金増やせって話だろ？ でも、お役所にだってそんな余裕はない。お金はないけどこの施設がなくなったら子供たちが困る。子供たちが困るっていうことは、それが問題になったらお役所が困るっていうことで、だからお役所も今はまだ目をつぶってくれてる。それに、ここ、モデルケースなんだ」

「モデルケース？ 何の？」

「児童養護施設っていうのには、規模の大きいところが多いんだ。何十人ていう子供が暮らしているような。でも、そういう施設はどうしても社会の中で浮いちゃう。一般家庭と同じように、近所に溶け込みながら暮らしていくっていうわけにはいかない。子供たちの生活を考えても、そういう大規模な施設よりは、一般家庭に近いような環境で育てたほうがいいんじゃないかっていう話が最近になって色んなところから出てきてる。規模の大きなところも頑張って分校みたいな感じで小規模な施設を作ってはいるんだけれど、そう簡単に作れるものじゃないし、なかなか広がらない。それじゃっていうんで、区がモデルケースとして始めたのが、うちともう一ヶ所。だから、今のところはそうひどい文句も言われずに済んでいるんだけど、でもずっとこのままやっていくわけには、ああ、いかないんだろうなあ」

ドイちゃんさえ卒業してくれたらな、と工藤は言って、でれっとした。

「ああ」と私は頷いた。「ドイさんがきてくれるんだ」

「園長も話はしているはずだよ」

「ドイさんはいいって?」

「え?」と工藤は私を見た。「いいって、そりゃ、いいでしょう。子供たちだってなついているし、ドイちゃんだって、ここの子たち、好きみたいだし。今だってボランティアできてくれるくらいだから、お金がどうこうなんて言わないでしょ」

学業の片手間のボランティアとはわけが違う。就職先となれば、ドイさんにだってそれなりの条件というものがあるだろう。そうは思ったが、口にはしなかった。それはこれまでの人生、奉仕などとは無縁の生活をしてきた私みたいな人間の考え方でしかないのかもしれない。違う価値観の人生だって、もちろん、ある。

「お金、そんなに苦しいの?」

「苦しい」と工藤は頷いた。「滅茶苦茶、厳しい。今だって、園長の持ち出しで何とか回っているだけだから」

「持ち出し?」と私は聞いた。「園長って資産家なの?」

「もともとはね、旦那さんがお金持ちだった。会社経営をしてたらしいよ。その旦那さんが亡くなって、残してくれた家とお金で、ここを始めた。でもなあ」

工藤は、はあとため息をついた。

「会社は息子さんが継いだんだけど、その会社の経営がここのところよくないらしくて。おばちゃん、会ったことなかったっけ?」

「息子さん? ないな」

「ああ、そうだったっけ。最近も、ちょくちょく顔を出すんだ。園長も俺なんかには言わないけど、あれ、お金を借りにきてるんだと思うよ。ちょっとね、二人が喧嘩してるのを聞いちゃったことがあって。うちだって、もうお金なんてないんだって、園長には珍しく、きつい言い方だった」

「そう」

ふと二千万のことが頭に浮かんだ。その半分でも、ここに寄贈しようかと。けれど一千万程度では、たいした回転資金にはならないだろう。仮に全額渡したところでそれは同じだし、第一、それではうちの親が可哀想だ。別に好きでも嫌いでもないとはいえ、やはり親子だ。そちらを差し置いて、何の義理もないここに保険金を渡すわけにもいかない。

「大変ね」

私が言ったときに、おばちゃんという声が上がった。リュウくんだった。その声にアキヒコくんまで目を覚ましてしまった。私は即座にブランコを押すおばちゃんロボットに変身させられ、その話はそれきりとなった。それからしばらくして園長が帰ってきたが、ただのボランティアの私に園長もそんな話はしなかったし、私からも敢えて聞きはしなかった。聞いたところでどうしようもない話だし、それほどの野次馬根性も持ち合わせてはいなかった。

ホスピスから突然の呼び出しを受けたのは、ゴールデンウィークが明けてしばらくしたころだった。何事かと出かけてみると、用件は形見分けだった。形見は古い懐中時計。遺したのは、そんなに死にたきゃ、さっさと死んだらどうだ。私にそう言い放ったあの老人。

時を刻まない手巻きの懐中時計。

それを受け取った病院からの帰り道、私の足取りは重かった。その小さな時計は私のポケットの中でやけに重く感じられた。

すでに止まった時計と思えば、次はあんたの番だなという皮肉な意味にも受け取れた。けれど渡された際のやり取りからするならそれは、いつでも動かせる時計と考えるべきなのだろう。あんたはネジを回して時を刻み続けろと、そういうメッセージなのだろう。

私は老人の顔を思い浮かべた。

ひどく面倒な宿題を出された気がした。

アパートに帰り着くと、パソコンを載せたデスクの上で、携帯電話が光っていた。解約しようと思ったまま解約もせず、どうせかかってくる相手もいないと思えば持ち歩くこともしなくなっていた。どうやらメールの着信があったらしい。誰だろうと開けてみると、誰でもなかった。

『ラッキーメール。このメールを受け取ったあなたはラッキーです』

記号でふんだんにデコレートされたメールが私を落ち込ませた。

このメールを読んで、五秒以内に願い事を一つ思い浮かべ、五分以内に五人にこのメールを転送すれば、その願い事がかなうという。

『ただし、このメールを馬鹿にして無視した場合、五日以内に危ないことが起こります』

チェーンメールというやつだろう。馬鹿馬鹿しいと思う一方で、五日以内に危ないことが起こるというその言葉は、私の胸に嫌な棘(とげ)を残す。そんなことが本当に起こると思っているわけではない。そういう言葉を他者に向けて発信する、そういうことをできる人が存在しているという事実が、小さな棘になる。その人はたぶん、多くの人に紛れて何食わぬ顔で普通に生活している。そしてたぶん、その人の中に罪悪感などない。その程度の罪など、誰も責め立てはしない。今頃その人は、自分の小さな悪戯にほくそえんでいるだろうか。いや、それならまだいい。ひょっとしたらその人は本当に、世界に幸運を配信したつもりでいるのかもしれない。もしそうなら、怖い。

どうというほどの話ではない。けれど、今の私に、そのメールはきつかった。携帯を窓から放り投げ、だから嫌なんだ、馬鹿野郎、と叫びたくなった。

窓から放り投げはしなかった。私はデスクの引き出しを開け、そこに携帯電話を放り込んだ。今しがた受け取ってきた懐中時計もその中に入れ、引き出しを閉めた。それから壁を背にして足を抱え、約束の日までにはまだ遠いカレンダーを眺めた。

＊＊＊＊

その日、両親は労働基準監督署に労災の認定を求めるために弁護士に会っていたという。俺が訪問したとき、両親は弁護士事務所から戻ったばかりだったようだ。ひどく疲れた表情を隠そうともしなかった。

「先日のお話ですが」

勧められたソファーに座って俺は切り出した。

「先日、お話をおうかがいいたしまして、私どもといたしましても、高野さんのお力になれたらということで、記事を掲載させていただこうと思っております。本日はそのご相談にあがりました」

「章子のことを？」

「ええ」

父親の顔に喜色が浮かんだ。

「すでに編集長の許可も出ています。ただ、うちは新聞なんかとは違いますから、ニュース記事ではなく、ある種の読物として書かせていただきたいと思っております」

「読物、と言いますと」

「会社でのストレスで自殺をした、あるＯＬのお話、とでも言いますか。章子さんの人物像を立体的に読者に提示して、共感を呼ぶような形ですね」

「なるほど」と父親は頷いた。

「章子さんや会社を実名で出すのかどうかは、今後の労災認定の進展なども見ながら、ご相談させていただこうと思っております。高野さんの意向は、できる限り誌面に反映させていただくつもりでおります」

俺の言葉のどこにも嘘はない。俺は父親の言い分にそった形で高野章子のことを記事にするつもりだったし、編集長のゴーサインだってもらっていた。ただその本当の理由を隠しているだけだ。

「会社時代のことは、また会社の同僚の方々を取材させていただくとして、今日は、その後のことをお聞かせ願えませんか？　会社を辞めて、章子さんは何をされていたんでしょう？」

「何といって、特に何かをしていたわけではないようです」と父親は言った。「とにかく会社で受けた心の傷が深かったようで、すぐに再就職というような気持ちにはならなかったようで」

貯金と失業保険で暮らしていく。竹下さんにもそう言っていたはずだ。

わかります、と俺は頷いた。

「こちらには、よくこられていたんですか？」

「ああ、いえ」と父親は言った。「ストレスと言っても、私はそれほど重くは受け止めていなかったんです。もう三十半ばを越えたいい大人ですから、しばらく好きにさせようかと思いまして」

会社を辞め、実家にも寄りつかず、高野章子は何をしていたのだろう。大家は、高野章子が会社を辞めていたことすら知らなかった。ということは、大家に不自然に思われない程度には、高野章子はどこかへ出かけていたはずだ。まさか部屋にじっと閉じこもっていたわけでもあるまい。

「ああ、少しボランティアをやっているという話は聞きました」

「ボランティアですか?」

「ええ」

仕事に疲れ、会社を辞め、貯めたお金でふらりと旅行に出るわけでもなく、向かった先はボランティアか。高野章子のイメージがまた少し強い輪郭を備えてきた。根が真面目なのだろう。真面目で、不器用で、その真面目さが報われることもなく、その不器用さが救われることもなく過ごしていた三十代半ばの女性。俺はその女性の顔を見たくなった。そこで思い出した。

「あ、お線香」

「え?」

「上げさせていただけますか?」

「ああ、それは、ええ、どうぞ。こちらです」

父親がリビングの引き戸を開け、奥の和室に案内してくれた。その和室の片隅に仏壇があった。俺は型通りに線香を上げ、手を合わせた。期待したのだが、仏壇の中に高野章子の写真はなかった。けれど、和室の中を眺めてみると、和風の戸棚の上に写真たてがあった。俺はその写真の前に立った。場所はどこだろう。花時計を背景に両親と写真に収まる女性がいた。

あなたが高野章子か。

いつごろの写真かはわからないが、さほど前のものではないだろう。写真の高野章子は二十代には見えなかった。三十半ば過ぎで死んでいると知っているからそれ以上の年齢は想像しないが、何の前知識もなく見たら、四十代も想像したかもしれない。老け顔なのだ。おそらく子供のころから、そうだっただろう。そう思わせる顔立ちだった。

「いまだにピンとこないんですよ」

いつの間にか背後にきていた母親がそう言った。

「大学に上がってからずっと、離れて暮らしていたせいでしょうかね。今も東京で生きているような気がして」

「お写真を一枚、貸していただけませんか?」

母親の顔に警戒するような表情が浮かんだ。

「写真を載せるんですか?」

「ああ、いえ。それはないです。将来的にはあるかもしれませんが、お二人の許可なくそういうことはいたしません。ただ」

ただ、何だろう、と俺は思った。何で俺は高野章子の写真など欲しいと思ったのだろう。

「取材するときに、写真が一枚あったほうが、色々と便利なものですから」

嘘ではなかった。けれど、それ以上に、俺は、ただ何となく高野章子の写真が欲しかっただけだ。

「ああ」と納得したように母親は頷き、「ちょっと待ってくださいね」とその戸棚の引き出しを開けた。何かの空き箱に詰められていた写真の中から、母親は一枚の写真を抜き出した。今度はどこかの海を背景に、高野章子が一人で写真に収まっていた。

「お借りします」

俺はその写真を受け取り、さらに細々としたことを両親に質問して、高野家を辞した。

社に戻ると、俺はパソコンに向かった。

高野章子がどこでボランティアをしていたのか、両親は知らなかった。高野章子が住んでいたアパートの近くにある障害者施設をネットで調べ上げ、俺は片っ端から電話をかけた。そこに高野章子という女性がボランティアにきていなかっただろうか。尋ねてみたが、高野章子を知っている人はいなかった。会社を辞めた一年前から自殺した先月の半ばまでのどこかの間、という時期が特定できないこともネックになった。そういった施設でも居ついてくれるボランティアは限られていて、すぐに顔を見せなくなったボランティアまでは、記憶に残っていない限り、特別に記録は残しておらず、把握できないとのことだった。個人情報保護のため、いたかいなかったかまで含めてお答えできない、という答えもあった。さらに範囲を広げてみたが、結果は同じだった。山瀬に頼んで竹下さんにも聞いてもらったが、竹下さんは高野章子がボランティアをしていたことすら知らなかった。

「老人ホームとかはどうです?」

山瀬に言われて、俺はネットでヒットした老人ホームへも片っ端から電話してみた。徒労だった。そのうちのどこにもいなかったと思えば、俺だってまた考えるが、そのうちのどこかにはいたかもしれないと思えば、それ以上の探索は意味がないように思えた。

回線を使った探索は諦め、俺は写真を手に高野章子が住んでいたアパートの近所の商店街を回ってみた。八百屋や魚屋。惣菜屋、弁当屋、喫茶店。一人暮らしの女性が足を運びそうな店には片っ端から飛び込んでみたが、誰も高野章子の顔を覚えていなかった。きたことがあるかないかを断定できた店すら一つもなかった。

まだ三週間。その死から、それだけの時間しか経っていないにもかかわらず、高野章子の痕跡は見事にこの世界から消えていた。いや、ないはずはない。そこに高野章子が生きていた以上、その痕跡は必ずどこかには残っているはずだ。残ってはいるはずなのだが、その痕跡はあまりに薄過ぎて、情報収集が仕事の一環である週刊誌記者の俺にすら探し当てることができなかった。

半ば諦めかけ、何かまったく違う角度からのアプローチはないだろうかと考えていた矢先だった。電話した老人ホームの一つから、俺宛に電話がかかってきた。相手はその老人ホームでボランティアをしている五十代の主婦だった。

「高野章子さんをお探しと聞きまして」

「ええ、はい。ご存知ですか?」

「もうずいぶん前ですが、ご一緒したことがあります」

「そちらの老人ホームでですか?」

「ああ、いえ、違います。ここことは違うところです。私、そちらでもボランティアをしておりまして、そこで何度か高野章子さんとご一緒しました」

「どちらでしょう?」

「病院の緩和ケア病棟です」

緩和ケア病棟。ホスピスか。それは思いつかなかった。

「お話、うかがえますか?」

ちょうど明日、相手もボランティアでその病院を訪れる予定だという。俺はそこで会うことを約束して電話を切った。

ようやくつながった。

そこで何が聞けるのかはわからないが、高野章子の一年間の空白の一コマにようやく手が届いた。

高野章子がボランティアをしていたという病院は、東京から横浜に向かう幹線道路の脇にあった。入院病棟は百床余りというのだから、町医者レベルではないがさほど大きな病院でもない。都区部にある十いくつかの緩和ケア病棟についてざっと調べた限りでは、その科があるかないかは必ずしも病院の規模とは関係がないようだ。すでに手の施しようのない患者にどうかかわっていくのかというのは、つまるところは理念の問題なのだろう。

総合受付でもらった病院のパンフレットを外来患者に混じって待ち合いで眺めていると、俺の前に五十代半ばと思しき女性が立った。

「原田さんですか?」

目印にしていた今週号の週刊誌を膝から取り、俺は立ち上がった。

「今井さんですね? わざわざご連絡をいただきまして、ありがとうございます」

俺が差し出した名刺を受け取ると、ここでは何ですからと言って、今井さんは歩き出した。病院を出て建物を回り込むように歩くと、今井さんは中庭の小さなベンチに腰を下ろした。俺もそこに腰を下ろした。一人の老人が花壇の脇で別の老人の乗った車椅子を押していた。入院着らしきものを着ているところからすれば、どちらも患者のようだ。

今井さんの話によれば、高野章子がボランティアとして初めてここを訪れたのは、会社を辞めた前後ということになりそうだった。

「穏やかなお嬢さんでしたねえ」

今井さんはそう言って微笑んだあと、すぐにその笑顔を消した。

「そうですか。亡くなられたのですか」

高野章子が住んでいたアパートの大家と同じように、今井さんもまた、自殺を一つの事件と捉えたようだ。週刊誌の記者がその身辺を嗅ぎ回ることにさほどの違和感を持たなかった。そして大家と同様、今井さんも高野章子の個人的なことまでは知らないようだった。

「高野さんがこちらにこられたのが、どんなきっかけだったか、わかりますかね?」

「どうでしたでしょう。誰か他のボランティアの方の紹介だったように思いますけど」

今井さんはしばらく考え、首を振った。

「ごめんなさい。定かではないです。ネットの募集を見てこられたのだったかもしれません」

「こちらにはどれくらい?」

「ずいぶん何度もお見かけしましたよ。私とは違う日にもこられていたでしょうから、かなりの頻度でいらしていたはずです。ただ、さほど長くはいらっしゃらなかったですね。ひと月きたかどうか。その程度だったと思います」

若い方には、中々難しいボランティアですから、と今井さんはゆったりと言った。

「こちらで、どなたか高野さんと親しい方はありませんでしたか?」

「さあ、どうでしたでしょう」

今井さんは少し考えた。

「そのころにいらしていたボランティアで、今でもいる人はほとんどいませんですし」

「ボランティアの方でなくとも、他のスタッフの方とか」

医者ならば、毒物だって一般の人よりは容易に手にできるだろう。あるいは薬剤師でもいい。

俺はそう考えたのだが、今井さんはまたしばらく考えたあと首を振った。

「ちょっと思い当たりません。私たちは、お医者様や看護師さんたちとそれほど密な関係があるわけではないですから。高野さんは積極的に人に話しかけるようなタイプでもありませんでしたし、親しいというほどの人はいなかったように思いますけど」

「そうですか」

思った以上に落胆が声に出てしまった。

「申し訳ありません。何だか、かえってお手間を取らせてしまったようで」

「ああ、いえ。とんでもないです」

花壇の脇にいた二人の老人に若い男性が近づいていった。白衣を着ているのだから医師なのだろう。

「ああ、あれが院長です」

俺の目線を追って、今井さんが言った。

「院長ですか?」

その若さと肩書きとが頭の中でうまく釣り合わず、俺は聞き返した。

「ええ。お父様がされていたこの病院を継がれたようです。お会いになりますか?」

「え?」

「本来は外科のお医者さんなんですけれど、緩和ケア病棟にも時々顔を出してらっしゃいますし、高野さんのこともあるいは覚えてらっしゃるかもしれません。ご紹介いたしましょうか?」

その口ぶりから、どうやらあまり期待はできそうになかったが、ここまできたのなら、ついでということもある。

「もしよろしければ、お願いします」

立ち上がった今井さんが小走りに駆け出したのは、ついてこいではなく、連れてくる、という意味なのだろう。今井さんに釣られて咄嗟に立ち上がったまま、俺はその様子を見守った。しゃがみ込んで車椅子の老人と話していた院長に今井さんが声をかけた。今井さんが何かを言うと、院長は俺を見て、一つ頷くように会釈をした。二人の老人に声をかけると、院長は今井さんとともにこちらへと歩いてきた。まだ四十前後だろう。白衣よりはモード系のスーツが似合いそうな、すらりとした細身の男性だった。

「お忙しいところ、失礼いたします」

俺の差し出した名刺を受け取って、さして興味もなさそうに目を落とすと、彼は俺にベンチを勧め、自分もそこへ腰を下ろした。

「それでは、私はこれで」

今井さんが俺に言った。

「あ、どうもありがとうございました。また何か思い出すようなことがあったら、ご連絡ください」

中途半端に腰を浮かして一礼した俺に、今井さんは一つ頭を下げ返してから、病院の中へと戻っていった。

「ボランティアの方についてということですね」

俺がベンチに座り直すと院長が言った。

「はい。高野章子さんと言います。先日、自殺されました。そのことについて記事を書きたく思っております。こちらにご迷惑がかかるようなことは決してありませんので」

俺の言葉の途中で、そんなことは気にしていない、と言うように院長は二度、軽く手を振った。

「高野さん。高野章子さん」

院長は呟いてこめかみに指を当てた。記憶を探るようなその仕草に、俺は高野章子の写真を取り出した。

「この方です」

写真を受け取り、目を細めると、ああ、と院長は頷いた。

「覚えておいでですか」

「こちらにきたのは、確か去年でしたね」

「今井さんからもそう聞いています」

「ええ。覚えてますよ。そうですか。彼女、自殺したんですか」

「こちらにきたのは、ひと月ほどだったと聞いたのですが」

「ええ。ここにはあまりこないよう伝えました」

院長は俺に写真を返しながら言った。

「ボランティアにきていただいている方に、私から直接はさすがに言えませんでしたので、人を介してですが」

俺はその言葉を訝った。

「なぜです？　高野さんにこられると何か不都合なことでも？」

院長は今しがた戻した俺の手の中の写真を見やり、軽くため息をついた。

「ここは死を待つ人間がいるところです。彼女のような人間がいていい場所じゃない。お互いのためにならない」

高野章子の中にあった死への衝動に、院長は気づいていたということか。そう問いかけた俺の目線から逃げるように、院長はすっと視線を外した。

「生と死の間には深い溝がある。患者さんたちはその溝を覗き込みながら毎日を生きています。こちら側とあちら側。その境目をね。それはひどく怖いことです」

院長の視線は先ほどの二人の老人のほうへ向いていた。

ええ、と俺は頷いた。

「私たちが求めるものは、その溝を覗かずに済む時間です。我々は生を感じさせて欲しいのですよ。生と死を秤(はかり)に載せている彼女のような方にいられると迷惑なんです。有り体にいって」

院長は淡々と言った。

「その境目をいつも覗いている人間なら、ここには大勢います。わざわざ彼女にきてもらうまでもない。ましてや彼女はそう望むのなら生きていける人です。それでも患者さんたちと同じようにその境目をいつも覗いている。そういう人間は、ときに腹立たしくさえある」

わかりますか？

視線を戻しながらそう問われて、俺は頷いた。

「わかる気がします」

たまにいるのですよ、そういう人が。

院長は苦々しく呟いた。

「ある種の人にとって、死は希望であるらしい。その希望に吸い寄せられるようにここにやってくる人もいる。彼女が初めてではありませんし、彼女が最後でもない。光に集まる蛾のようなものです。ここには、ボランティアの募集に、往々にしてそういう人がやってきます。どこの施設でも似たような話はあるようです。そういう方々とは、なるべく距離を置こうと思っております」

当然の配慮だろう。

「どなたか、こちらで高野章子さんと親しかった方はありませんか？」

俺は今井さんに向けたのと同じ質問を発した。

「何人か、患者さんとはそれなりに会話をしていたはずですが、どうでしょう。親しく個人的な話をしていた人も、それはいたかもしれません」

「患者さんをご紹介していただくことはできませんか？」

「それはできません」

「そうですか」

単純な拒絶と受け取った俺に、院長は小さく笑みを浮かべた。

「もう一年も前ですから。そのころにいらした患者さんは、みなさん、亡くなられています」

「ああ」

俺は間抜けた声を上げた。通常の病院ではない。緩和ケア病棟だ。一年前の患者など、それは、もう生きてはいないだろう。

「失礼しました」

自分の間抜けさを俺は詫びた。

花壇の脇にいた二人の老人は、いつの間にか姿を消していた。花壇では、色とりどりの花たちが、春を楽しむように小さな花弁を誇らしげに広げていた。他に人影もない中庭を眺めながら、俺はふと聞いていた。

「自殺についてどう思われますか?」

院長が俺を見た。

「どう、とは?」

問い返されて、俺は言葉に詰まった。さして深い考えがあって発した質問ではなかった。ただ、日常、生と死の境を覗き込んでいる患者と同じ時間を過ごしているこの若い院長がどんな考えをするのか、興味を覚えたのだ。高野章子よりはいくつか上だろうが、世代はほぼ同じだ。

俺が言葉を継げないことを察したのだろう。院長が口を開いた。

「あまり興味がありません」

冷淡というよりは無表情な声だった。

「死にたいやつは勝手に死ねと？」

反射的に俺はそう聞き返していた。

「そうは言いませんが」と院長が軽く笑った。「それでも、煎じ詰めてしまえば、そういうことになるのでしょうか。自殺する人間にも、その心情にも、私はほとんど興味を持てません」

「そうですか」

それで話は終わりかと思ったのだが、当てもなく中庭に視線を巡らせた院長は言葉を継いでいた。

「つまるところは、孤独なのでしょう」

「え？」

「その孤独に耐え切れずに死ぬ。自殺とは、つまるところそういうことなのだろうと思います。名前も知らないもの同士が、ネットで誘い合って心中するなどというニュースをよく耳にしますが、あれなど、その典型でしょう。どうしたって分け合えるはずのない孤独を、その最後にどうにか分け合おうとする。分け合えるはずもなく、分け合う必要すらないものを」

「必要すらない、ですか」

「ないでしょう。人はみな孤独です。誰だって一人分の孤独を抱えている。そんなものに重いも軽いもない。等しく一人分の孤独を、みんな抱えているんですよ。一人分の孤独になら耐えられる。そういう耐性を人間は備えているはずです」

「では、絶望は？」

俺の頭には持田和夫の顔があり、如月俊の顔があった。平均に比べればはるかに短い二人の人生が、不当に貶(おとし)められたような気がしていた。

「人を絶望させる状況というものはあるでしょう?」

「絶望」と院長は軽いため息とともに言った。「私に言わせれば、贅沢なフィクションです」

反論したかった。もし持田和夫が抱えた絶望を、如月俊が抱えた絶望を、それと同じものをあなたが持ち得たとしたら、それでもあなたはそう言い切れるのか、と。けれどそれも虚しい反論だろう。生きたくても生きられない。そういう人たちと同じ時空間を共有している院長にとって、生きようと思えば生きられる人間が抱える絶望など、確かに無用な作り物なのかもしれない。

「患者さん以外に、高野さんと親しい方はありませんでしたか?」

それ以上そのことについて話せば、自分のしていることのすべてが意味を失いそうな気になり、俺は話題を戻した。

「あるいは不自然に高野さんに近づこうとしていた人とか」

「男性ですか?」

「あ、いえ、そういう意味ではなく」

「さあ、どうでしたでしょう」

「たとえば、こちらのスタッフの方とか」

「医師や看護師と話す機会はあったでしょうが、それほど親しい付き合いはなかったと思います」

「そうですか」

「どうにもお力になれないようで」

中庭に別な患者が出てきたのを機に、俺は院長と別れた。

中庭を出る前、不意に奇妙なほどの生々しさを感じて、俺は足を止め、花壇の花たちを眺めた。考えてみれば、花は生殖器だ。人の目を楽しませるその鮮やかさは、あるいは生の象徴なのかもしれない。セイはセイに通じ、シはシに通じる。そう言った人がいた。それは何の話だと聞き返した俺に、彼は生、性、子、死、と漢字を書き並べた。

「要するに、生まれてきたら、セックスをして、子供ができれば、あとは死ぬだけ。生き物なんてそれだけって話だよ。ネズミも人間も変わらねえ」

死の淵を覗き込む老人たちとともにこの場にいた高野章子のことを思った。彼女はどんな目で老人たちを眺めていたのだろう。この花を眺めたこともあっただろうか。

俺は首を振った。確かなことはただ一つ。高野章子が確かに死んでいる以上、ここに高野章子にとって救いになるものは何もなかったということだけだ。

俺は何の手がかりも得られないまま、その病院をあとにした。

5

焦れる私をからかうように、毎日は緩慢に過ぎていった。会社を辞めてから、三ヶ月が過ぎるころには、さすがに私もその毎日の緩慢さに歩調を合わせられるようになっていた。

ある日、百合の家へ行くと、少し深刻な顔をした園長に話があると言われた。

「何でしょう?」

二階に上がり、園長の個室になっている和室へ通された。最初に百合の家にきたとき以来、そこに入ったことはなかった。

「お仕事は、お忙しいですか?」

園長は突然、そう切り出した。退職がばれたのだろうかと、一瞬、焦った。が、考えてみれば、ばれたところで別にどうこう言われる筋合いの話ではなかったし、園長の話もそういうものではなかった。

「あなたさえよければ、ここで働くことを考えてみてもらえませんか?」

「は?」と私は言った。

「今、お給料はおいくらくらい?」

「給料ですか?」

私は退職する直前までもらっていた金額を告げた。それを聞くと、園長はため息をついた。

「やはり、それくらいいただいているんですね。そうですよね。あなたくらいの年齢ならね」

園長はまたため息をつき、意を決したように顔を上げた。

「三分の二。ああ、いえ、ごめんなさい。半分です。図々しいのは承知です。今の半分の給料で、うちにきてもらうわけにはいきませんか?」

「そんな」と私は言った。

「やはり難しいですよね」と園長は言った。

「あ、いえ、そういうことではなく、だって、私、何でもないですよ。保育士でもないし、栄養士でもないです。ただのおばちゃんです。お給料をもらってこちらにくるような、そういう、あれではないです」

「資格は、ここに勤めながら取っていただくということではどうでしょう? ああ、でもその費用は負担できないんですが」

園長はしばらく考えた。

「こちらに住まわれて、という条件ではどうです? こちらに、私たちと一緒に住んで、それで子供たちの面倒を見ながら、昼間は資格を取る勉強をしていただいて、それで」

言いながら、その計画に無理があることに園長も気づいたようだ。資格を取る費用を私が負担するというその身勝手さには目をつぶるとしても、ここは今だって、園長と子供たちで手一杯だ。私が新しく暮らす部屋などない。園長と一緒にこの部屋で寝るにしたって、私の荷物を置くスペースすら確保するのは難しいだろう。

「やはり難しいと思います」と私は言った。

「そうですわねえ」と園長も言った。

「ドイさんは、どうなんです? 来年の三月で卒業でしょう? そこまで待てないんですか?」

「ドイさんは、こちらには無理なようですから」

「ああ」と私は頷いた。「そうでしたか」

頼みにしていたドイさんに就職を断られ、進退窮まったということか。数合わせに私を職員にして、今、資格を取っているところだと、役所を納得させる。妙手というよりは奇策だし、その策の土台にそもそも無理がある。園長はそれくらい切羽詰まっているということなのだろう。

「どうなるんです?」と私は聞いた。「このまま人手が確保できないと、補助金を打ち切られるとか、そういうことになるんでしょうか?」

「さすがにそこまでひどいことはしないでしょう。現実に、ここには子供たちが暮らしているんですから」

園長は言ったが、確信はないようだった。それは、まさかそこまではしないだろうという希望的観測にも聞こえた。

「いざとなれば銀行とも少し話をしてみます」と園長は微笑んだ。「ここの地所を担保にすれば、相応のお金が出てくるでしょう」

「だって、どうやって返すんです?」と私は言った。

「返さなくたっていいんですよ。私が死ねば、この地所を売って清算してもらう。そういう条件なら、お金は出てくるはずです」

少し足元を見られるかもしれませんが、と園長は笑った。

「ああ」と私は頷いた。

「今だってそうすればいいんですけどね」と園長は言った。「わかっているんですけど、中々、踏ん切りがつかなくて」

ここ、長いから、と園長は言って、部屋を見回した。

「結婚してすぐにやってきて、ここで子供も授かって、ここでその子を育て上げて。連れの葬式もここでしたから。担保にする気にもなれなくて。銀行なんて血も涙もないところでしょう? そういうところじゃなくて、本当は、もっと血の通った人に、私の死後にもここを継いでもらって、いつまでも変わらないこの家に、いつまでも子供たちの笑い声があってって、そんな風になればいいいと思っていました」

「ああ、はい」と私は言った。

「でも、そんなこと、言ってられないですね」と園長は言った。

「あの」

少しためらったが、話の筋からするならそれほど失礼にはなるまいと思い、私は聞いた。

「たとえばそうしたとして、園長が亡くなったら、ここはどうなるんです?」

「七十二になります」

「はい?」

「私、七十二です」

「ああ、はい」

「あと十四年。それは贅沢でしょうか?」

「え?」

「一番年下のアキヒコくんが十八になるまで、あと十四年。そこまで何とか生きられたらと思っています。アキヒコくんまで。新しい子は受け入れるつもりはありません」

「ああ、なるほど」と私は頷いた。

あと十四年。園長は八十六。平均を頼りにするなら、それはそう贅沢な言い分ではないはずだった。とはいえ、八十六の老人なら、それはもう自分に介護が必要になっているかもしれない。子供たちの面倒など見られるのだろうか。

「実際には、何とか十年と思ってます」

私の思考を察したように園長は言った。

「あと十年。そうすればアキヒコくんも十四歳。今のサトシくんと同じ年です。それならば、仮に私の手が離れてしまっても、何とか一人で立ってくれるのではないかと、そう思ってます」

「そうですね」と私は頷いた。

あと十年。そうすれば十四のサトシくんは二十四になっている。立派な成人だ。経済的にも精神的にも、下の子たちのことを少しくらいは見られるようになっているだろう。

さっきの話は忘れてください。失礼な申し出でした。

園長が頭を下げ、私はその部屋を出た。

「あ、何だった?」

下に降りていくと、ヒトミちゃんとリュウくんと一緒に折り紙を折っていた工藤が言った。

「あ、何でもない」と私は言った。

ドイさんの話は喋らないようにと園長に念を押された。みんなが卒業後にきてくれるものだと勝手に期待している。その期待が裏切られたとわかったらみんなも傷つくだろうし、ドイさんももうここにはこられなくなるだろう。いずれ時機を見て私から話すから、と園長は言った。

けれど、そんな気遣いも無用だった。ドイさんはそのころから、極端に百合の家にくる回数が減った。たまにきても、簡単な雑務をこなすとすぐに帰ってしまった。

「来年で卒業だから、色々忙しいんだよ」

工藤は子供たちにそう言ったが、それは自分を納得させているような口ぶりでもあった。ドイさんが取り始めた距離に、工藤よりは子供たちのほうが敏感だった。

「ドイさん、うちにはこないんだろ?」

私とサトシくんは図書館の脇でコンビニ弁当を食べていた。最初に会ってから、月に一度ほどの割合で、私たちはそこで顔を合わせるようになっていた。あまり多くもない会話をつなぎ合わせてみた限りでは、サトシくんは不登校児というほど学校へ行っていないわけではないらしい。ただ一、二週間に一度、「気分が乗らなくなった」ときだけ、ここで一日を潰しているという。

「私の口からは言えない」と私は言った。「園長に聞いて」

「それって、もう答えてるようなもんじゃないか」とサトシくんは笑った。

少し寂しげな笑いだった。家では当初のころとさして変わらないが、この図書館の脇でだけなら、サトシくんは以前よりは少しだけ、私に素の表情を見せるようになっていた。

「そうだね」と私も笑った。「付き合ってって頼むなら、急いだほうがいいかも」

「何だよ、それ」とサトシくんは言った。「だって、あの人、彼氏いるだろ?」

「そうなの?」

「そうだよ」

「そんな話、いつ聞いた?」

「聞かなくてもわかるよ。誕生会だってやらなかったし」

六月が誕生日のリュウくんのために、百合の家では六月の頭に誕生会を催した。そのとき、同じく六月に誕生日を迎えるドイさんのための誕生会もやろうという話が持ち上がったのだが、ドイさんに固辞された。

「それに、最近、指輪してる」

「指輪？」

「誕生日まではしてなかった。あれ、きっと彼氏からのプレゼントだよ」

私はそんなこと気づきもしなかった。

「へえ。よく見てるね」

私は単純に感心しただけだったのだが、サトシくんの耳には嫌味がこもっているように響いたようだ。逆襲がきた。

「おばちゃんは何してたんだよ」

「え？」

「誕生日。五月だったんだろ？」

「別に」

答えながら、私は少し驚いていた。最初に百合の家を訪れて自己紹介をしたとき、確かに誕生日も言った。けれどまさかサトシくんがそれを覚えていたとは思わなかった。

「一人でハッピーバースデーを歌って、ケーキでも食ってたか？」

「ケーキは買った」と私は言った。「ホールで買って、三日かけて食べた。ハッピーバースデーは歌ってない」

「シケてんなあ」とサトシくんは笑った。

「確かに」と私は頷いた。「シケてる。うん。シケてるね」

「反論しろよ、少しはさ」

「三十？　いや、もうちょっとかな。三十二、三ぐらいまでは、そういうことで結構傷ついたような気がする」

「え？」

「誕生日を一人で過ごすこととか、クリスマスに連れがいないこととか、夏休みに何の予定も入らないこととか、そういうのが嫌で何とかしようとした。最近は、そういうのもない」

「終わってんな」

「そうだね。終わってる」と私は頷いた。「終わったことにすら気づかなかったんだから、本当に終わってる」

「ああ、あのさ、おばちゃん」とサトシくんは言った。

「何？」

「何ってこともないけど」とサトシくんはしばらく考え、言った。「そのうちいいことあるよ」

「ありがとう」と私は言った。

そのうちではなく、いいことはある。約束の日まで、あと九ヶ月を切っていた。

サトシくんとそんな話をしたころから、ドイさんはぱったりと百合の家に顔を見せなくなった。そうなれば、さすがに工藤もドイさんはもうここにはこないのだということを事実として認めたようだ。工藤よりは敏感に気づいていたはずの子供たちも、そのことを改めて認識したようだった。前よりも家の雰囲気が暗くなった。ドイさんだって、そう始終やってきていたわけではない。それでも、いつかはくるというその思いが、この家の片隅に小さなランプを灯していた。ランプが消えてみると、その灯りは思っていたよりも暖かな光を家に与えていたということだろう。ランプが消えて、生活が困るわけではない。それでもやっぱりどこかがほの暗い。そんな感じだった。

新しくボランティアにやってくる人もいた。私のときと同じように、ヒトミちゃんやリュウくんやアキヒコくんは、誰にでもすぐ馴染んだ。けれども、誰も長続きはしなかった。ドイさんと同じように明るく若い女の子がやってきたこともあった。けれど、彼女は三度で音を上げた。

「私、もう無理です」

その日は、工藤が休みだった。私とその若い女の子に留守を任せ、園長も用事を済ませに出かけていた。子供たちも見ているリビングで、いきなり私に頭を下げたその子に、私は言った。

「あ、ちょっと、外、行こうか」

私と彼女は子供たちを家に残し、庭に出て、ガラス戸を閉めた。

「ごめんなさい。私、もう無理です」

庭に出ると、彼女はまた私に頭を下げた。

「別に謝ることはないと思う」と私は言った。「そもそもがボランティアなんだから、きたくないなら無理にくることはない。それでも誰かに謝りたいっていうなら、頭を下げるのは別に構わないけど、その相手は私じゃないと思う」

「子供たちにも悪いと思ってます」

「ああ、だから子供たちにも悪くなんてないって」と私は言った。「頭を下げるなら、あなたを当てにしている園長だろうけど、それだって園長の勝手だから。あなたは何も悪くない」

「はい」

「でも、一つ聞いていい？　どうして無理なの？」

「重いんです」と彼女は言った。

「アキヒコくん？」

　私が笑いかけると、彼女もようやく笑った。

「子供たちの気持ちが、重いんです。仲良くしてもらって私だって嬉しいですけど、でも、私、そういうんじゃないんです」

「私だってそういうんじゃないよ」と私は言った。「真面目に考え過ぎだと思う。もっと気楽でいいんだよ。ボランティアなんだから」

「でも、やっぱり無理です」

「そう」

　私としても、別に無理に彼女を引き止めるつもりなどなかった。彼女には彼女の事情があるし、それで園長が困ったところでそれは園長の事情だ。私には関係ない。

「園長には伝えておくよ」

「ごめんなさい」

　もう一度頭を下げた彼女とともに、私は家の中に戻った。家に戻るとすぐに、彼女はそそくさと自分の荷物を持って帰っていった。

「一名様、おかえりい」

サトシくんが面白くもなさそうに声を上げた。

「おねえちゃん、もうこないの?」

ヒトミちゃんが私に聞いた。

「ああ、うん」と私は言った。

どうして?

一瞬、そう聞きかけたように思った。が、ヒトミちゃんはそうは聞かず、黙って一つ頷いた。

その手には、赤いフェルトがあった。

「クレヨン、持っておいで」と私は言った。「カモノハシ、描いてあげる」

「カモノハシ?」とヒトミちゃんは言った。

「卵を産む、唯一の哺乳類。どんなのか教えてあげる」

うん。

にっこりと頷いたヒトミちゃんはフェルトをその場に放り出し、クレヨンを取りにどたどたと二階へ上がっていった。私はそのフェルトを手にした。白い花の刺繡が半分だけできていた。彼女に習っていたものだった。おそろしく人なつっこく、そのくせ誰にも決してなつきはしない。自分が暮らしている環境の中で、それがヒトミちゃんの選んだ進化の方向なのだ。私はそのことを改めて考え、ヒトミちゃんが戻ってくる前にフェルトを目につかない場所に片付けた。

ドイさんもこなくなり、きちんと居ついてくれるボランティアの人もいないとなると、私の負担は否応なく増えた。やっていることはさして変わりはなかったが、その密度が少し違っているように私にも感じられた。園長、工藤、その次の存在として、子供たちの中に私はある位置を占めてしまったようだった。普通の感覚で付き合うのなら、それは「重い」ということになるのだろう。けれど、私は特段、そうは感じなかった。もともとが一年の暇潰しだったし、一年という時間に関しては、一番最初に園長にも伝えてある。それにそのときにはもう、約束の日まで、三分の二を切っていた。

三分の二を切ったその日、私は一人のアパートでささやかな祝杯を上げた。私はもう三分の一頑張った。あと二回繰り返せばいい。これなら頑張れる。

そう心がけていたせいもあり、貯金はまだかなり残っていた。計算し直してみると、月々の生活に今より少し余裕を見て、月々の保険の支払いも忘れずに入れて、それでもまだかなりの額のお金が残る計算になった。

祝杯を上げた翌日、私は近所のショッピングセンターへ出かけ、それまで気になっていたけれど遠慮していた本を何冊か買い、古くなっていたやかんを買い、新しい白いスニーカーを買った。買い物を終えて、ショッピングセンターを出たときに、ふと宝くじ売り場が目についた。三億円。そんなポスターが見えた。本日大安。そんなのぼりがあった。それまで、私は宝くじなど買ったことがなかった。一等が当たるのは、一千万分の一の確率だという。そんな幸運が自分の人生に訪れるはずがないと思っていた。

けれど、今なら、と私は考えた。この先、すべての幸運を放棄した今なら、ひょっとしたらいくらかは当たるかもしれない。一等は無理にしたって、前後賞くらいなら、あり得るかもしれない。神様にだってそれくらいの愛嬌はあるかもしれない。

私は連番で一組だけ、宝くじを買った。

「三億当たったらか」

その次に百合の家を訪れたとき、私の軽口からそんな話になった。

うーん、三億ねえ、と工藤は腕を組んで考えた。

「何に遣うかな。まずはマンションだよな。すげえ見晴らしのいいところに、でかいやつ。それから車。フェラーリがいいな。あ、でも、フェラーリってオートマあるのかな？」

「ゲーム」とリュウくんが言った。「リュウくんのゲーム」

「そんなの、一万個だって買えるよ」とエリちゃんが言った。「私は服でしょ。それとバッグ」

「それだって一万個くらい買える」と私は笑った。

「余ったお金で世界一周。大きな船で。一周でも余ったら、もう一周。お金がなくなるまで世界中を旅するの」

「やめろよ、つまんねえ」

お喋りをする私たちをよそに、一人でテレビを見ていたサトシくんが、こちらをちらりと見て不機嫌に言った。

「あんたは何なのよ」と私は言った。

「当たるわけねえだろ、そんなもん。考えるだけ無駄だ」

「夢のない男ねえ」と私は言った。「当たるかもしれないって、楽しいことを考える、その代金でしょうが。宝くじなんて」

ねえ、と私が言うと、「夢のない男だな」と工藤が頷き、「夢のない男」とエリちゃんも頷いた。夢？　とアキヒコくんが聞き、昨日、ジャガイモをいっぱい食べさせられる夢を見た、とリュウくんが騒いだ。そんなのいい夢じゃない、とヒトミちゃんが自分が見た夢を話し出し、話題がそちらに移りかけたころ、サトシくんがぼそりと呟いた。

「テレビ」

「え？」と私は聞き返した。

「テレビ」とサトシくんは言った。「液晶のでかいやつ。映画館みたいな、でかいやつ」

「ちっちゃい男」と私は笑った。「三億で、テレビ？　ねえ、聞いた？　テレビだって」

「ちっちゃい男だな」と工藤が頷き、「ちっちゃい男」とエリちゃんも頷いた。

ちっちゃい、ちっちゃい、とちっちゃい三人がはやし立てた。

「それからＤＶＤプレイヤーも」と私たちには構わず、サトシくんは続けた。「リュウ。トーマスのＤＶＤ買ってやる。すげえでけえ画面でトーマスが見られるぞ。タツヤくんちになんて行かなくても、うちで見られるぞ。　アキはアンパンマンがいいか？　それも買ってやる。出てるＤＶＤ、全部買ってやる。ヒトミは？　あの変身するアニメのやつか？　それも揃えよう。あと、何かそれが変身するゲームもあったよな。みんな持ってるんだろ？　買ってやるよ。エリ、お前には何にも買ってやんねえ。俺はちっちゃい男だからな」

ふん、と鼻を鳴らして、サトシくんは立ち上がった。

「あー、嘘。ちっちゃくない、ちっちゃくないって」

エリちゃんがその背中に叫んだ。うっせえよ、と言ってサトシくんは二階に上がってしまった。

「あ、まずかったかな」と私は言った。

「いいでしょ、別に。ただの話なんだから」

工藤が何でもないように言った。エリちゃんも気にしていないようだった。アキヒコくんとリュウくんとヒトミちゃんは、テレビをどこに置くのかで、あっちでもない、こっちでもないと話し始めた。それでも少しはフォローしておこうかと腰を浮かしかけたとき、私たちのいるリビングを男が覗き込んだ。

「何？　テレビ買うの？」

園長の息子だった。先月、初めて顔を合わせ、その後、何度か挨拶程度の会話は交わしていたが、親しく口をきいたことはなかった。四十代半ばの、押し出しの強い男だった。一目見て、苦手なタイプだと思ったし、相手も私に興味はないようだった。

「買いませんよ」

工藤が言った。普段は屈託のない工藤が、唯一嫌っている相手がその園長の息子だった。何だか爬虫類みたいだから、というのがその理由らしい。

「買うの」とリュウくんが言った。「ここに置くの」

こっちだって、と言ったヒトミちゃんに目をやってから、彼はまた私と工藤を見た。

「何？　補助金？　特別に何か出るの？」

「違いますよ」と工藤は言った。「買いませんって」

「買うの」とリュウくんが言った。「トーマス見るの」

「そう。トーマス見るのか。いいな」とリュウくんに言って、彼は工藤に目をやった。「何だよ。

話せよ」

「ああ、違うんです。宝くじです」と私は口を挟んだ。「宝くじにもし当たったら、何を買うかって、そういう話です」

「何だ。宝くじか」

彼はつまらなそうに言って、さっきまでサトシくんが座っていた椅子に腰を下ろした。工藤が仕方なさそうに席を立ち、お茶を淹れてきた。

「で、工藤は何を買うの？」

「ああ、別に。マンションとか、車とか」

「車？　ベンツ？」

園長の息子は古い型のベンツに乗っていた。サトシくんがそう言い始め、他の子供たちもみんな彼をベンツと呼んでいた。

「ベンツはいいよ。ビーエムもいいらしいけど、やっぱりベンツだろ」

「フェラーリです」と工藤が言った。

「ああ、フェラーリね」とベンツが言った。「まあ、若いからな」

ベンツはハハハと笑った。工藤もつまらなさそうにハハハと笑った。おかしくもないので、私は別に笑わなかった。サトシくんやエリちゃんは席を立って、二階に上がっていってしまった。三人も近づいてこなかった。エリちゃんはともかく、普段、人見知りをしない子供たちが近づいてこないというのは、それはもう一つの才能だろうと私はいつもながらに感心した。

「でも、お前、あれだぞ。マンションとか、車とか、そんなものより前に、ここ、買ってくれよ」

「はあ?」と工藤が言った。

「もうお袋も年だしさ。俺も、楽させてやりたいんだよ。ここの仕事続けるの、結構きついだろう? だから、お前がここを買い取ってさ、それで若い人を集めて、やればいいじゃないか」

「はあ、まあ」と工藤が言った。「それもいいっすね」

「ま、宝くじに当たったら、考えてみてくれ」

ベンツがまたハハハと笑うと、工藤もまたハハハと笑った。ハハハと笑った工藤は、そのまま立ち上がってトイレに行った。当然、戻ってくるのだろうと思ったのだが、トイレを流す音のあと、二階へと上がっていく足音が聞こえた。どこにテレビを置くのかについて、サトシ兄ちゃんの意見を聞いてみようと、三人も二階へ上がり、リビングに、私はベンツと二人で取り残された。

「ああ、お袋、遅いな」とベンツが言った。「どこ?」

「買い物です」と私は応じた。「もうじき戻ると思います」

「ああ、そう」

私は別に構わなかったが、沈黙がベンツには気まずかったようだ。

「おばちゃんは、この近くだっけ」

「ええ、まあ」

お前にまでおばちゃんと呼ばれる筋合いは断じてない、と思いながら、私は頷いた。

「駅の向こう側ですけど」

「ああ、あっち」とベンツは頷いた。「住民票も、そこ?」

「住民票? ええ、まあ、そこですけど」

ベンツがちょっと身を乗り出した。

「今のクセイについてどう思う?」

「クセイ?」

しばらく何のことか考え、ようやくそれが区政のことだろうと思い当たった。思い当たったが、区政に何の興味もなかった。国政だって、ろくにコメントなど浮かばない。区政をどう思うかと言われても、私は区長の名前すら知らなかった。

「ああ、どうでしょう」と言った私に、ベンツは区政について熱く語り始めた。色々語ってはいたが、煎じ詰めるならそれは、今の区政は大企業に甘い代わりに、零細、中小企業には厳しいということで、さらに煎じ詰めてしまうのなら、それは、うちの会社に仕事を寄越せ、という一言にまとめても問題はなさそうだった。

「ただ、まあ、言っているだけじゃ駄目なんだよな、政治っていうのは。特に地方自治っていうのは、一人一人がもっと積極的にならないと」

「はあ、まあ、そういうものですかね」

「だから、次の区議選に立とうと思うんだ。ある党の支部から、ちょっとそんな話があってね。立つなら、生まれ育ったこの区でと思ってるんだ」

「ああ、そうでしたか」

「まあ、もしも立候補したら、おばちゃんも、一票、よろしくね」

「はい」

次の区議選というのがいつなのかも知らなかった。九ヶ月以内なら、別に入れてやってもいいと思った。ベンツが次の話題に思いを巡らせ、それを考えつく前に園長が帰ってきた。

「ああ、きてたの。ごめんね。遅くなって」

園長が言った。この家の誰からも歓迎されていないベンツでも、訪ねてくれば実の母親だけはさすがに嬉しそうだった。用件が金の無心だとしたところで、母親にはたいした問題ではないだろうし、できの悪い子供ほど可愛いともいう。けれども、それならそれで母親をもう少し喜ばせてやってもいいんじゃないかと私は思うのだが、ベンツは自分の妻子を連れてやってくることはなかった。工藤の情報が正しければ、ベンツはここより都心に近いマンションで派手な嫁さんと恐ろしいほどベンツによく似た娘と三人で暮らしているという。もうじき高校生になる娘の教育に悪いから、ということで、ベンツの嫁は自分の娘がここにくることを病的に嫌がっているとのことだった。

「もうちょっとお願いできるかしら?」

私が頷くと、園長はベンツとともに二階の自室へ向かった。ほとんど同時に、工藤と子供たちが下に降りてきた。壁越しにどうしても漏れ聞こえてしまう親子の会話に遠慮したのかもしれないが、まるで蚊と蚊取り線香みたいだと私はおかしくなった。

園長が買ってきた食材をエリちゃんとともに冷蔵庫にしまい、お米を研ぎ始めたエリちゃんの近くに立って、タイミングを見計らっていると、サトシくんがトイレに立った。トイレから出てきたところを捕まえた。

お、おばちゃん、と驚いたサトシくんに私は頭を下げた。

「さっきはごめん。悪かった」

「さっき?」

「宝くじの話。お金の話なんて、無神経だった」

「そうかあ?」とサトシくんは不思議そうに言った。

何のことはない。本人も本当に気にしていないようだった。

「ああ、いや、気にしてないならいいんだけど」

「まあ、俺はちっちゃい男だからな」とサトシくんは言った。そっちは気にしているらしい。

「あれくらいしか思いつかない」

「ちっちゃくても立派な男はいる」と私は言った。「あんたはそういう男になれ」

「ああ、うん」とサトシくんは頷いた。

十年、と私は思った。そのときサトシくんは二十四歳。二十歳になったエリちゃんとともに、すでに年老いた園長に代わって、子供たちの支えになってくれるだろうか?

十年後。私は四十六歳。

ふとそう思った。そう思って慌てた。

「どうかしたか?」

リビングに戻りかけていたサトシくんが私を振り返った。

「ああ、いや、何でもない」と私は言った。

十年後。四十六歳。この四ヶ月、私は約束の日から一ヶ月後より先の自分のことを想像したことなどなかった。私の未来は、甘美に彩られたその日で終わるはずだった。それなのに今、私は、何の抵抗もなく十年後の自分を想像していた。

私は生きたいのだろうか?

＊＊＊＊

病院の緩和ケア病棟を最後に、高野章子の一年間の足取りはその手がかりをなくした。そこに行かなくなってからの高野章子はどこで何をしていたか。

他のボランティアを始めたかもしれないと、俺は別の施設を探し始めた。が、今井さんを見つける前までと同じことが繰り返されただけだった。電話とは違う話が聞けるかもしれないと思い、高野章子のアパート近くにある老人ホームや障害者施設に足を運んでみたが、結果は同じだった。電話のように愛想なく切られることはなかったが、愛想良く出てきた職員たちは高野章子の写真に首を振るばかりだった。

それ以上を考えあぐねて、俺は高野章子の実家に電話をかけた。電話に出たのは母親だった。

「章子さんが亡くなられたあと、そちらにお線香を上げにいらした方はどなたかいらっしゃいますか?」

高野章子の葬儀は両親、二人だけで執り行ったと聞いていた。高野章子と親しい人があれば、その後に訪ねてきた可能性はある。

「あるいは、お墓参りをしたいとその場所について問い合わせてきたような人とか」

「ええ。一人だけ」

思わずペンを構えたが、誰かと聞いてみれば、会社の同僚の竹下さんだった。お線香、上げてあげなきゃ。その義務感は実際に竹下さんを動かしたようだ。

「他にはどなたも？」

「ええ」

葬儀は両親二人だけで行った。娘が自殺したと二人が喧伝して回るわけもない。そうだとしても、高野章子の死からすでに三週間以上が経っている。その間、高野章子が世界から消えたことに、誰も気づいていないということか。竹下さんにしたところで、俺たちが接触しなければ、今だって高野章子の死を知らずにいただろう。

「どなたか、章子さんのお友達を紹介していただけないでしょうか」

娘の自殺は周囲に伏せていたようだが、訴訟となれば隠し切れるものでもない。その覚悟は両親にもできていたようだ。俺が頼むと、母親は高野章子と以前交流があったはずの友人を二人紹介してくれた。俺は二人に連絡を取った。

最初に会ったのは、高野章子と同じ小学校を卒業し、同じ中学から同じ高校に進んだという主婦だった。今は嫁いで、水戸に住んでいた。日曜日でよければ東京に出るついでがあるという彼女の言葉に甘え、俺は上野駅近くの喫茶店で彼女と待ち合わせた。彼女は七歳になる息子と四歳の娘を連れて現れた。その上に中学生になる男の子がもう一人いるという。着古したジーンズに、ややくたびれたチェックのシャツ。顔に化粧っ気はほとんどなく、結婚指輪以外の貴金属も見当たらない。仮に子供を連れていなくとも、小さい子供を持つ主婦だと、その外見からだけで想像できるだろう。やってきたウェイトレスに、彼女は子供の意見も聞かずクリームソーダを二つと自分の分のコーヒーを頼んだ。

「アイスがよかった」とメニューを手にした妹のほうがぼそりと不平を述べた。

「そう言って、アイスを食べたら、今度はソーダが飲みたいって言うんでしょ。だから二つが一緒のやつにしたの。それでいいでしょ」

娘は不満そうな顔のまま頷いた。兄のほうは最初から諦めているようで、メニューを見もしなかった。

「真面目に付き合っていると、一日が四十時間あっても足りないですから」

彼女は俺にそう言って笑った。まだ幼い子供の前で自殺した人の話題というのもどうかとは思ったのだが、彼女のほうは、特段、気にしていないようだった。

「自殺ですか」

簡単な自己紹介を済ませてから俺が本題を切り出すと、彼女は好奇心を隠そうともせずそう言った。

「驚いたな。章子、自殺したんですか」

「高野さんとは、高校まで同じ学校に通われたとうかがいましたが」

「ええ。ああ、でも高校を出てからのことはほとんど何も。章子は、ほら、東京の大学に行って、そこで一人暮らしを始めてましたし、私は地元で短大に行きましたから学生時代はほとんど付き合いがなかったですし、章子が就職したころには、私は」

できちゃったので、と子供たちの耳をはばかるように彼女はそこだけ小声で言った。

「すぐに結婚して、水戸に行っちゃいましたから、ますます縁が薄くなっちゃって」

「卒業からは、まったく没交渉ですか？」

「年賀状のやり取りくらいはありましたよ。お互い、たまに地元に帰ったときには会ったりしたこともありましたけど」

「ここ一年ほどはどうです？　何か連絡は？」

「特にないですね」

「会社を辞めたことについては何か聞いてませんか？」

「辞めたんですか？　いつ？」

「一年ほど前です」

「そんなの、全然。そっか、辞めちゃってたんだ」

母親が知る限り、彼女が少女時代の高野章子と一番親しかった友人のはずだ。けれど、そう呟いた彼女からは、それを知らされなかったことに対する驚きすらないようだった。

やってきたクリームソーダに、二人の子供が早速、取り掛かり始めた。

「ああ、ほら、こぼさないで。ちゃんとストロー使って。お兄ちゃん、見ててよ」

「高野章子さんはどんな人でしたか？」

笑いながら子供に言う彼女に俺は聞いた。

「どんな人って言われてもねえ」

妹のほうの口を紙ナプキンで拭いてやると、彼女はちょっと首をかしげた。

「どう言えばいいのかな。あんまりうまく言えないけど、ほら、たとえば遠足に行くでしょう？

それで、帰りのバスで、みんながちゃんと乗ってるか先生が確認する。人数を数えると、どうも一人足りない。いないのは誰だって先生に聞かれて、みんなが周りを確認する。みんないますって、みんなが答える。そんなはずはないだろう、一人足りないんだからって先生が言って、みんなが誰が足りないのか一生懸命考える。たとえばそういう人です」

特に悪意もなさそうに彼女は言った。

「ああ、いや、でも」

先ほどからやけにあっけらかんとしたその口調に違和感を覚えて俺は言った。

「あなたは高野さんと一番親しかったんじゃないんですか?」

「私が?」

彼女は驚いたように聞き返して、笑った。

「そんなことないですよ。それは小学校から高校まで同じ学校に通いましたから、少しは話もしましたけど、そんな人は他にもいたでしょうし」

母親の口からは、彼女が一番親しい友人と聞いてはいたが、親が子供の交友関係を把握している場合など稀だ。一度、家に遊びにきたことがある。あるいは、学芸会やら文化祭やらである時期頻繁(ひんぱん)に会っていたことがある。そのときに覚えた名前が親にとって「一番親しい友人」になってしまうことはあるだろう。

「では、高野さんと一番親しかった方というのはどなたでしょう?」

彼女は少し考えた。

「マユミかな。ああ、でも、マユミよりは私のほうが仲良かったかな。アッコはそうでもなかったし。章子と仲が良かった人ねえ。ああ、誰かな」

ちょっとわからないですね。

しばらく考えてから彼女は言った。

「誰かと仲が悪いとかそういうことはなかったですよ。むしろ誰とでも仲が良かったような人で、でも、特に親しい人っていうと、そうですね、そのころの同級生の中では私になっちゃうのかな」

「恋人とかは?」

思いついて俺は言った。親の知らない親しい交友関係として、異性ならばあり得る。

「恋人ですか?」

少し声のトーンを上げて笑い出したあと、彼女は首を振った。

「ああ、笑うことないですよね。いたっておかしくはないですから。でも、どうかなあ。私の知る限りではいなかったですけど、ひょっとしたら誰かと付き合ってたことも、それはあったのかもしれませんね」

ああ、ほら、もう、お兄ちゃん、ちゃんと見ててって。

妹のほうがわずかに傾けたグラスからソーダがだらだらと零れ落ちていた。彼女は慌てて紙ナプキンを何枚か取るとテーブルを拭いた。彼女の中に高野章子はいない。その様子を見ながら、俺はそう結論づけるしかなかった。

もう一人は高野章子の学生時代の友人だった。高野章子が通っていた女子大の近くにある学生寮で一緒だったという。卒業後に勤め始めた証券会社で今も働いていた。電話で高野章子が自殺したことを伝えると、彼女はかなり驚いた様子だった。いつなら会えるだろうかという俺の問いかけに、退社後ならいつでも、と彼女は応じてくれた。

「どうせ家に帰ったって誰もいないですし」

勤める会社近くにあるというショットバーで、俺は彼女と会った。同じ独身OLという境遇から、もう少し近しい存在かと期待したのだが、彼女はOLというよりはいわゆるキャリアウーマンだった。

「もう本当に忙しくて嫌になります」

約束の時間より三十分ほど遅れて現れた彼女は、遅刻を俺に詫びたあと、少し疲れたように笑った。どこかのブランドものだろうか。その背の高さを際立たせるような、すらりとしたパンツスーツを着ていた。

どうやら馴染みのようだ。オーダーを取りにきたウェイターと挨拶を交わしてギムレットを注文すると、彼女は俺に向き直った。

「章子のことでしたよね。自殺って聞いて、びっくりしました。あのあと、すぐにご両親にお悔やみの電話は入れたんですけど、もうどう慰めて差し上げればいいのかもわからなくて」

「高野さんとは、最近、会われていましたか?」

「ああ、いえ、最近は全然。お互いに仕事が忙しかったですから」

「高野さんは会社を辞められて、もう一年以上になるのですが」

「辞めた? え? 彼女、会社を辞めていたんですか?」

「ええ」

「辞めて、何をしてたんです？」

それをあなたに聞きたかったのだと思わず愚痴りそうになり、俺は言葉を飲み込んだ。

「そこがどうにもはっきりしないんです」

勘のいい女性のようだ。俺の返答で、飲み込んだ俺の愚痴にまで思い至ったらしい。

「ああ、それで私に」と呟くと、彼女は頭を下げた。「ごめんなさい。私もわかりません。ここ一年はほとんど何の連絡もなかったですし。ああ、そういえば、毎年きていた年賀状も、今年はきてなかったですね」

何かあったのかな、と彼女は呟いた。

ギムレットが運ばれてきた。それに口をつけた彼女に俺は聞いた。

「あなたの目から見て、高野章子さんというのはどういう女性でしたか？」

グラスをテーブルに戻した彼女は、即答して笑った。

「字の綺麗な人」

「ああ」

遺書の文字を思い出し、俺は頷いた。

「字って、人柄を表すんだなって、章子の字を見ると、いつもそう思いました。きちんとしていて、丁寧で」

そう言ったあと、彼女は俺を見て笑った。

「ちょっと意地悪な言い方でも？」

「どうぞ」

「でも友人としては少し物足りない」

「ああ」と俺は頷いた。「なるほど」

「個性っていうんですかね。癖っていってもいいかもしれません。それがないはずはないんですけど、わかりづらいんです。本当に字と一緒。彼女のお母さん、昔、書道の先生をしてたんですって？　それを聞いたときに、私、納得したんですよ。親から与えられたお手本を丁寧になぞっている。なぞり続けているうちに、それが本当に自分になってしまった。意地悪過ぎる言い方ですけど、章子って、そういう人なんだろうなって私は思っていました」

高野章子の母親が書道の先生をしていたというのは初耳だったが、その言い分はわかる気がした。特に会社でもばりばりと仕事をこなしている彼女のような女性にとって、高野章子はどこか物足りなさを感じさせたのだろう。

「エネルギーがどこにあるのか、よくわからないんですよ。どうしたらこの人は本気で怒るのか。何があったらこの人は心から悲しむのか。何だったらこの人を熱くさせることができるのか。ああ、でも」

グラスの細い脚を指で撫でるようにしながら、彼女は言った。

「自殺したのだったら、何かに傷ついたんでしょうね。たぶん、私も知らなかった彼女の心の奥に、誰かが深い傷をつけた」

「会社のようです」と俺は言った。

「え?」

俺は許されるだろうと思える範囲で、高野章子の自殺の原因について喋った。

「そうですか」

彼女は頷いた。

「でも、ちょっと意外でした」

「意外ですか？」

「ええ。会社や仕事くらいでって、そんな気もしますけど」と彼女は言ってから首を振った。

「でも、そうですね。ひょっとしたら容量から溢れちゃったのかもしれませんね」

「容量？」

「章子っていう人間の容量。積極的でも社交的でもなかったですけど、それでも自分のところに降ってくる色んなことを何でも素直に受け止めちゃう人でしたから。たぶん、三十年以上も生きてきて、その中に溜まっていた色んなものが溢れちゃったのかもしれません。それで、もう無理って」

「ああ」と俺は頷いて、聞いた。「高野さんに恋人は？」

「恋人」

彼女は繰り返して、生真面目に考え込んだ。

「そう呼べる人はいなかったと思います。好きだの恋愛だのって、そんな話をしたのは、まだ若かったころ」

もうずいぶん前ですけど、と彼女は悪戯っぽく笑った。

「そういう話をしたことはあります。ちょっと気になる人がいるなんて話も聞きましたけど、それは私に話を合わせるために無理やり作っていたような気がします」

ああ、どうかな、と彼女は呟いた。

「ひょっとしたら彼女にとっての恋愛っていうのは、そういうものだったのかもしれません。私が聞けば、それって恋愛じゃないでしょって思えてしまうような程度のことでも、章子にとっては」

彼女はちょっと唇を噛んで考えた。

「そうですね。そのくらいのエネルギーでも、章子にとっては恋愛だったのかもしれません」

「そのころに聞いた話の中で、誰か、名前を覚えている人はいますか?」

「ああ、いえ」と彼女は首を振った。「覚えていないっていうか、名前すら聞いてなかったのかもしれません。だから、その程度の話なんですよ。通学電車で何度か見かけた違う制服の男の子を思う中学生みたいな、そんなレベルの話です。そのときは言いませんでしたけど、実際にそんな人が本当にいたのかどうかすらわかりません。私に話を合わせるためだけの嘘なんじゃないかって思ったときもありました」

そう考えると、と彼女は言った。

「本当に友達だったかって聞かれると、素直に頷けない気がします。章子のことを私は何にも知らない」

ああ、お墓参り、行ってあげなきゃ。

どこかで聞いたような呟きだと考え、俺は思い出した。

お線香、上げてあげなきゃ。

それは会社の同僚の竹下さんの呟きと同じだった。

結局、彼女が一杯目のギムレットを飲み終える前に、俺が聞くべきことはもう何もなくなってしまった。

写真から目を上げ、俺はもう一度、記事を読み直した。

記事はサッカー選手についてのものだった。一年前、リーグ戦でアキレス腱を断裂した熊谷という その選手は、年齢的にも現役続行は絶望的かと思われたが、懸命のリハビリの末、今期のリーグ戦開幕からピッチに立ち、結果を残してレギュラーの座を奪い取った。来年のワールドカップに向けて、今はもう一度代表に招集されることが目標だという。その記事に併せる写真を選んでいたのだが、候補に残った何枚かはどれを使ってもいいように俺には思えた。どれも精悍で、生き生きとした顔だった。

優れたアスリートだ。素直にそう思う一方で、これはやはり一部の恵まれた人間の話だと思う俺もいる。高野章子がこの記事を読んだらどう思っただろう？

俺は手帳に挟んで持ち歩くことが習慣になってしまった高野章子の写真を取り出して、デスクに置いた。二人の年はさほど変わらない。さほど変わらない時間を過ごしてきた二人の写真の、片方は生き生きとしたエネルギーを放ち、もう片方は生きていることに戸惑うような弱々しい笑みを浮かべていた。

緩和ケア病棟でボランティアをしていたこと以外、高野章子の一年間は空白のままだった。その空白を埋める術すら、もう思いつかなかった。

あんた、どこにいた？　どこで何をしていた？

俺は写真を手に取り、高野章子に聞いた。

今更、何よ。

海を背景に寂しく笑いながら、高野章子はそう答えているようだった。

あなただって私に興味なんてなかったでしょ?

「何だか恋人みたいですよ」

かけられた声に目をやると、苦笑を浮かべて山瀬が俺を見ていた。

「ずっと高野章子のことばかり考えてるでしょう?」

写真をデスクに戻して、俺は苦笑を返した。

「参ったよ。どこで何をしていたか、さっぱりわからん」

「どこにも出かけず、何もしてなかったってことは?」

山瀬は言ってから、ああ、それじゃ駄目なんでしたね、と首を振った。

そう。それではセールスマンと出会うきっかけがない。高野章子はどこかで社会との接点を持っていなくてはならないのだ。

「あ、アパートの住人は? 極端に言うなら、たとえば隣に住んでいたとか」

思いついたように山瀬が言った。

「高野章子は、会社を辞めて部屋に引きこもっていた。鬱々と部屋に引きこもっているその様子に気づいたセールスマンは、高野章子の部屋をノックした」

山瀬は自分のデスクをコンコンと叩いた。

それは俺も考えた。あまりにでき過ぎの気はしたが、可能性としてあり得なくはなかった。だからアパートへ行き、住人たちに尋ねてもみたが、彼らは高野章子の名前すら知らなかった。ああ、あの自殺した人ね。それが彼らの知っているすべてだった。それが演技のようには、少なくとも俺の目には見えなかった。

俺がそう答えると、それじゃ、お手上げですね、と山瀬は言った。

「なあ、お前が会社を辞めたら、何をする?」

「何をするって、次の仕事を探しますよ」

「ああ」と俺は頷いた。「そりゃそうか」

高野章子が再就職をしていた様子はない。していれば、いくらなんでも親には伝えるだろう。そこまで考えてから、俺はふと思った。会社で受けた心の傷が深くて、すぐに再就職する気にはなれなかった。父親はそう言っていた。それにしたって、一年は長過ぎないだろうか。大学卒業以来、真面目に働いていた高野章子が派手な生活をしていた様子もなく、だとするなら相応の貯金はあったかもしれない。竹下さんに言っていたように失業保険ももらっていたかもしれない。けれど、どちらともたいした額であるはずがない。徐々に目減りしていく貯金に、高野章子は不安を感じなかったのだろうか。そんな生活をいつまで続けるつもりだったのだろう。

再就職するつもりはあったが、どこにも雇ってもらえなかった。それも考えられはする。けれど、停滞感があるとはいえ、今の日本経済にかつてほどの厳しさはない。ある程度の事務処理仕事ならばできるはずの高野章子がその気になってなお、どこにも就職できなかったとも考えにくい。高野章子は死の寸前まで再就職する気はなかったと考えるほうが自然だろう。

一年後のそのとき、セールスマンが高野章子に接触し、毒物を渡した。だから高野章子は死んだ。俺はそう考えていた。けれど、そうだとすると、高野章子がなぜその一年間、就職をしなかったのかという疑問が残る。

俺は受話器を取り、高野章子の実家に電話した。電話に出たのは、高野章子の母親だった。

「先日はありがとうございました。来月から記事を掲載する方向で調整を始めています。それでちょっと聞きにくいことをおうかがいしますが」

「はあ」

「亡くなられたとき、章子さんにはどれほどの貯蓄があったでしょう?」

「貯蓄、ですか?」

「ええ。預金やら、あるいは何か財テクをされていたのなら有価証券の類やら」

「そういうことはしてなかったようですが、預金は百万ほどでしたでしょうか」

「そうですか。ありがとうございました」

それは何に必要な情報かと聞く母親に、章子さんの実像を読者にわかりやすく伝えるためだと適当な返事をして、俺は受話器を置いた。

「なあ」

俺は山瀬に聞いた。

「たとえば、お前が自殺しようとするよな。そのとき、貯金て残すか?」

「は? 貯金ですか?」

山瀬は聞き返してから、いやいや、と笑った。

「全部、遣い切ってから死にますよ。だって、もったいないじゃないですか」

「そうだよな」

「高野章子には、貯金、あったんですか?」

「百万ほどあったらしい」

「もったいないですね」

会社生活で自信をなくし、再就職する気はなく、そんなとき、セールスマンから毒物を手に入れた。その後、蓄えていた金がなくなり、高野章子は死んだ。それならば筋は通る。けれど、高野章子にはまだ百万の貯金があった。その気になれば、半年は暮らしていけただろう。

もちろん、自殺する人間の思考など、他者にはわかりはしない。だから、それは不自然というほどの話ではない。

けれどどこか腑に落ちなかった。

高野章子は会社を辞めたときか、あるいは辞めた直後、すでに一年先の死を決めていた。そうなれば、話は通る。一年後には死ぬつもりだったから、再就職をする気もなかった。一年間は暮らしていかなければならないから、慎重に貯蓄を切り崩していた。結果、百万のお金が残った。

もちろん、会ったこともない相手だから、俺の勝手な想像だ。けれど、百万の貯蓄の理由として、それは高野章子という人間像にそぐう気がした。それは遣い損ねたお金ではなく、何かがあったときに備えて取っておいたお金。けれど、予定外のことは何も起こらず、高野章子は予定通り順調にその一年後に死んだ。

違うか?

俺は高野章子の写真に問いかけた。

どうでしょうね。

高野章子が返した。

いいだろう、と俺は思った。あんたを知ってやるよ。もっと徹底的に知ってやる。

俺はすでに自分の仕事に戻っていた山瀬に声をかけた。

「お前、今日、夜、時間ないか？」

「今日は無理です。あ、このコラム、原田さんがやってくれるなら別ですけど」

仕方がない。

俺一人でも応じてくれるかどうか多少の不安を感じながら、俺はまた受話器を取った。

少し硬いその表情は、山瀬がいないからという理由だけではないようだった。竹下さんはどこかよそよそしい表情で俺が勧めた椅子に座った。やはり店を間違えたかと俺は後悔した。前と同じ店では芸がないと、ネットで調べたイタリアンレストランを予約したのだが、慣れないことはするものじゃない。その個室は明らかにカップルのために作られていた。ほの暗く狭い部屋の壁にはテーブルの上に置かれたキャンドルの光が揺れていた。カップルでくればムードのある店ということになるのだろうが、そうではない男女にとってはただの気まずい店だった。

早々に店を変えよう。そう思ったのだが、それも俺の誤解だった。竹下さんの硬い表情には違う理由があった。

「何だか不思議な感じです」

オーダーを済ませると、竹下さんは言った。

「会社を訴えるっていうことは、それは取りも直さず、私たちを訴えるっていうことですよね」

法人格が与えられていたところで、所詮、会社に実体などない。もしどうしても会社に実体を求めるとするのなら、それはどうしたって会社を組織している個々の人間に行き着くことになるだろう。

「会社の仕事がそこまで高野さんを追い詰めたというのだったら、元同僚として、その訴訟を応援したい気持ちはあります。けれど、彼女を追い詰めた会社っていうのが、自分であり、自分の同僚たちでもありって考えると、何だか複雑な気持ちです」

「ああ、ええ。わかります」と俺は頷いた。

竹下さんは俺をちらりと見て、少し気まずそうな笑みを浮かべた。

「だからなのかもしれませんけれど」

「はい?」

「私たちはそこまでひどいことを高野さんにしただろうかって、そう思っちゃうんですよ」

竹下さんはそう言ったあと、その言葉を打ち消すように、ああ、嫌だ、と強く吐き出して、天井を仰いだ。

「私、嫌なこと言ってる」

「何です?」

竹下さんは上げていた視線を下ろして俺を見た。その目線にある表情には、これまで何度もぶつかったことがあった。この人は敵か、それとも味方か。竹下さんはそれを推し量っていた。そういうときに「私はあなたのサイドに立っています」という顔ができればいいのだろうが、俺にはできなかった。力任せの一本背負いも、こつこつ体勢を崩してからの巴投げもありだが、相手の勢いを利用しての足払いはなし。自己嫌悪を積み重ねなければやっていけないこの仕事の中で、俺がかろうじて持っている職業倫理だった。それが負け惜しみであることくらい俺だって百も承知している。

「竹下さんが望まないなら、書きません」

俺はそれだけを告げた。なおもしばらく俺を推し量り、やがて竹下さんが首を振った。

「こういうことって、子供のいじめと一緒で、その人がそう感じたなら、周りがどういうつもりであっても意味はないと思います。ただ」

「はい」

「ただ、ご実家にうかがってお線香を上げさせていただいて、ご両親から訴訟の話を聞いたときに、私、ちょっと呆れたんです。あの程度の残業で労災？　あの程度の職場環境で自殺？　ちょっと待ってよって、私はそう思いました。確かに、残業時間を合わせれば、月々それなりの時間になったでしょう。そのほとんどがサービス残業だったのも事実です。でも、残業っていったって、無理なノルマを課せられてそれをこなそうと懸命に頑張ってたとか、そういうことじゃないんですよ。たかだかパソコンと睨めっこするだけの事務処理仕事です。それだって、彼女が律儀だから残業になっただけで、翌日に持ち越したって誰からも文句は言われなかったと思いますよ。それで追い詰められたっていうのなら、それは彼女が勝手に彼女自身を追い込んだだけで、私たちは別に何も」

徐々に熱を帯びてきた言葉とともに少しずつこちらに身を乗り出してきていた竹下さんは、そこで中途半端に言葉を切り、体から力を抜いた。

「って、そうですね、そんな風に私は思いました」

軽く肩をすくめて、少し居直ったように竹下さんは俺を見た。頼んだワインと料理が運ばれてきて、俺も竹下さんもしばらく口をつぐんだ。ウェイターが二つのグラスにワインを注いで姿を消すと、俺たちは形式的にグラスを掲げた。

「そうすると」とワインを一口飲んでから、俺は話を続けた。「自殺するほどの職場環境ではなかった?」

「人によるんでしょう。ただ、私の目から見る限り、十人いて十人ともが自殺するような環境じゃなかったのは確かです」

「十人いて、たとえば一人、二人とか?」

「百人いたって一人もいないですよ」

切り捨てるように言ってから、竹下さんは首を振った。

「ああ、ごめんなさい。それは少し言い過ぎです。それでも、やっぱり百人いて、一人、二人じゃないですかね。もちろんそれは私の目から見てというだけのことですけれど」

まあ、どうぞ、と俺が勧めると、竹下さんは料理を口に運んだ。

そんなことに客観的な基準などありようはずもない。訴訟相手に名指しされた会社に今も属している竹下さんの目が歪んでいることだってあるだろうし、そうでなくとも一年以上前の話だ。竹下さんの記憶が都合のいいように改竄(かいざん)されているおそれだってある。けれど高野章子の自殺が職場とは関係ないかもしれないという可能性は、俺にとって大きな意味を持つものだった。毒物と時間。高野章子の自殺が職場と無関係だとするなら、時間というキーワードが失われる可能性もあるということだ。高野章子は先の二つの自殺とは関係ない。ただ毒死したというだけならば、そういう推論も成り立つ。

とすると、なぜ高野章子は自殺したか。それが重要になる。それが自殺から時間的にどれだけ離れていたか……。

「ああ、いや」とそこまで考えて俺は首を振った。「でも遺書がある」

「ええ。そうですね」と竹下さんは言った。「だから、こんなことを言ったって意味がないのはわかってるんです。高野さんがそう思ったのなら、私たちにそんなつもりがないって言っても意味がないって。だから、私は、ただ、ああ、何だろう。だから、そう、やり切れないんです。ただ、何だかやり切れないだけです。それならそれで、せめて一言くらい、何か相談めいたことがあったってよかったじゃないかって」

「何もなかった?」

「それは、仕事の愚痴くらいなら、何度も聞きましたよ。でも、そんなの、日常会話でしょう? 今日は寒いですねとか、嫌な雨ですねとか、そんなのと同じ。挨拶程度の意味しかないものじゃないですか」

そこまで言って竹下さんは椅子の背もたれに体を預けた。

「ああ、やめましょう。どうせ今更何を言ったって意味なんてないんですから」

過剰にデリケートにも見えないが、普通より愚鈍にも思えない。平均的な、そういう言い方が悪ければ、健全な、三十代半ばの女性。それがこれまでの会話から推測される竹下さんという女性の人物像だった。その竹下さんが何も感じておらず、また何の相談もされていない。職場のストレスが、さらにその一年後の自殺の原因だとするのなら、それは確かに少し不自然かもしれない。けれど、考えてみれば、高野章子は退職に際しても竹下さんに一言の相談もなかったのだ。そう考えれば、二人の間にあったのは、あくまで会社の同僚としての関係であって、それ以上のものではなかったのかもしれない。少なくとも高野章子がそう捉えていた可能性は高い。

「あるいは、何もなかったのかもしれませんね」と俺は言った。「特に何もなかった。それでも、ふとそれまで過ごしてきた時間のすべてが無意味に感じられた。けれどそれは特段言葉で示せるようなものではなくて、それで遺書があいう形になったのかもしれません。無理に説明しようとすれば、それは今まで自分が暮らしてきた環境のせいだと。あの遺書は、説明のための説明でしかなくて、その実、何も説明していないのかもしれません」

「そういうこともあるかもしれませんね」

竹下さんは頷いた。

高野章子はその死の前にいったい何を考えただろう。会社には竹下さん以上に親しい同僚はいなかった。その身辺をさらってみても、特段の交友関係は浮かんでこない。

一人分の孤独、と俺は思った。高野章子は、それに押し潰されながら死んだのだろうか。

「もしあなたが亡くなられたら」

ふと俺は聞いていた。

「え?」と問い返して竹下さんが顔を上げた。

「不吉な話ですみません。もしも、あなたが亡くなられたら、そしてそれを私が取材したくなったら、私は誰のもとへ行けばいいですか?」

「誰って?」

「あなたを一番知っている人。あなたが正確に何を考えていたかまではわからなくとも、あなたという人間を知ろうとしたら、私は誰に会えばいいでしょう?」

ああ、と頷き、竹下さんは少し考えた。

「前の旦那? ああ、いえ、駄目ですね。お互いがお互いをわからなくなったから別れたわけですし、第一、別れてから一度も会っていないですしね」

「昔の、たとえば学生時代の友達は?」

「駄目でしょうね。今でもたまに会いますよ。それでも話すのは昔のことばかりです。今の話は、何ていうか当たり障りのないことしか喋りませんね」

この年になると、女性は色々変わってきますから、と竹下さんは言った。

「結婚したり、しなかったり、子供がいたり、バツ一だったり。それは男性だって同じなんでしょうけど、でも、女性だとやっぱりそういう違いは大きいです」

「そういうものですかね」

答えながら、俺は竹下さんに問いかけたのと同じ質問を自分にも問いかけてみた。俺を一番知っている人。それは、誰か。これまで付き合った何人かの女性の顔を思い浮かべ、途中でやめた。三人目から先はその顔さえ、今となってはろくに思い出せもしなかった。相手だって同じだろう。では山瀬や編集部の仲間たちだろうか。彼らは俺について何を語るだろう? 彼らは俺の何を知っているだろう?

「原田さんだったら？」

俺が頭に浮かべた疑問を竹下さんが発したのかと思った。が、違った。

「たとえば私が死んで、私のことを知りたがった誰かが原田さんのもとに訪ねてきたら、原田さんは何て答えます？」

「あ、ああ」

平均的で健全な三十代半ばのOL。俺はそう答えるのだろうか。それで竹下さんについて何かを語れているわけではない。わかっていても、俺はそう答えるしかないだろう。

「ああ、やめましょう」

俺が答える前に、竹下さんは笑った。

「何だか出口のない話になっちゃいそう」

「そうですね」

それから一時間ほどかけて、俺と竹下さんは料理を平らげ、ワインボトルを一本空にした。その後の成り行きにお互いの意思がどれほどあったのかは判然としない。少なくとも竹下さんに会うまでの俺にそんなつもりはなかったし、それは竹下さんにしたところで同じだったと思う。それでも最後のワインを飲み干してから三十分あとに、俺はありふれたホテルのやけに固いシーツの上で竹下さんの体を組み敷いていた。求めていたのか、求められたから応じたのか、それもわからない。背後に絡められた足が不快だった。絡めた舌からは同じワインの匂いがした。こんなところで何をしている？　十秒に一度は襲ってくるそんな思いは、まだ残っている酔いに紛れさせた。

首の後ろに両手が回された。求められている気はしなかった。ただしがみつかれている気がした。鬱陶しかった。

これが高野章子だったら……。

そんなことを考えた。彼女はどう求め、どう応じただろう。あるいは何も求めはしなかっただろうか。応じることもなかっただろうか。ただ自分の殻の中で目を閉じ、声を上げただろうか。いや、この女だって、今、そうしているのではなかったか。俺は今、同じことをしているのではないか。

「今度は私が」

女が半身を起こして俺の体を押した。仰向けになった俺の上で女が動き始めた。

一人分の孤独、と俺は思った。女はそれを背負っているのだろうか。俺はそれを背負っているのだろうか。耐性があるから、それに押し潰されずに済んでいるのだろうか。耐え切れないから、そこから目を背けているのだろうか。

女が一際大きな声を上げると、俺の胸に崩れた。荒く呼吸を繰り返す女を再び下にした。女が終わっても、俺は終わっていなかった。同じ動作を繰り返した。できる限り深く。女はもう足を絡めなかった。腕を回すこともなかった。ただ切れ切れに嗚咽のような声を漏らした。

いったい誰がこんな空しい爆発に快楽という名前をつけたのだろう。それが快楽と名づけられてしまったから、人は誰かを求める。ありもしない快楽を探して。そんな気がした。

目をやると、女が泣いていた。

「ごめんなさい」

俺の目線に気づくと、女はそう言って涙を拭った。

「そうじゃないの。あなたとは関係ない。ごめんなさい」

「わかるよ」と俺は言った。

もちろん俺とは関係ない。

俺は女の体から離れた。シャワーを浴び、ベッドに戻り、目を閉じた。女がいつ泣き止んだのか、いつシャワーを浴びたのか、いつ出て行ったのか、どれも知らなかった。

6

ひどく蒸し暑い夏がやってきた。報道によれば、それは進み過ぎた温暖化の影響で、つまりは声にならない地球の悲鳴だという。さすがにそう露骨に言い切っている人はいなかったけれど、誰の目にも原因は明らかだった。人類は増え過ぎたのだ。私に言わせれば、平和なのがよくない。人類はもっと単純に殺し合えばいいのだ。自分とは違うものに向かって、牙を剝けばいいのだ。人類にとってはそれが自然なのだ。その自然な発散ができないから、身近な人に当り散らし、悪意を撒き散らし、ときに敵意を剝き出しにして、簡単にキレる。そんな似合わない仮面は脱いで、もっと素になって殺し合えばいい。理由なんて、神様のせいにしたっていいし、肌や目の色にしたって構わない。そうすれば、少なくとも同じ神様のもとに集う人や、同じ肌や目の色を持った人には優しくなれるだろう。そのほうが地球だって喜ぶ。

夏休みに入ってすぐのある日、私はエリちゃんとともにショッピングモールにいた。エリちゃんは二枚のTシャツを手に、ずいぶん長い間迷っていた。夏休みのキャンプへ行くための服を選ぶという。エリちゃんにとっては、久しぶりのおニューの服だそうだ。留守を工藤に任せて、園長が付き合うことになっていたのだが、園長は、その朝、体調を崩し、病院へ行くことになった。この夏の暑さのせいだろう。たまたまそこに顔を出した私がエリちゃんに付き合うことになった。

「どっちがいい?」

二枚のTシャツを交互に自分の前に持ってきて、エリちゃんが聞いた。

どっちでもよかった。というよりも、その二つの差異がどこにあるのか、私にはよくわからなかった。

「今のそっち」と私は適当に言った。

「こっち?」

エリちゃんがそちらを自分の前に合わせて、鏡の前に立った。

「やっぱこっちだよね」

やっぱと言うくらいなら迷うな。

「やっぱそっち」と私は言った。

エリちゃんはまた二枚を見比べて、ため息をついた。そのため息は何、と思って見ると、エリちゃんが手にした二枚のTシャツは置き場が違っていた。一枚は七百八十円の棚。もう一枚は千二百円の棚だった。二千三百円の棚の前で、エリちゃんより少し年下に見える女の子が、お母さんと一緒に服を選んでいた。

「プレゼントするよ」と私は言った。

「え？」

「私が買ってあげる。みんなには内緒にしておいて」

「ホント？」

「その代わり、ショウヘイくんに告白した、その結果は聞かせて」

エリちゃんが同じクラスのショウヘイくんに気があるらしいというそれは、ヒトミちゃんからの情報だった。

「ヒトミね」とエリちゃんも気づいたらしい。「あいつめ」

「夏の夜。キャンプファイアーに照らされた彼の横顔を眺めながら、そっと愛の告白。いいじゃない。思い出すと自分が嫌になるくらいこっ恥ずかしい経験は、今のうちにしておくべきだ」

「大きなお世話」とエリちゃんは顔をしかめて舌を出した。

「じゃ、スカートも選ぼう。思いっ切り短いやつ」

その通りのスカートも選び、そのせいで見られても恥ずかしくないパンツも買い、ちょっと可愛いサンダルも買って、私たちは電車に乗った。

「簡単には見せちゃ駄目」と私は言った。「見えるか見えないかくらいがいい」

「そうなの？」

「そうなの」と私は頷いた。「服と同じよ。絶対に買えないものは欲しくもならないだろうけど、簡単に買えるものだって欲しくはならない。その中間、ぎりぎりのラインを狙う」

「ぎりぎりの。うん」

「買えそうだけど、買えないかもしれない。それくらいがちょうどいい」

「わかった」とエリちゃんは真面目な顔で頷いた。

家に戻ると、園長も病院から戻ってきていた。

「お加減、いかがです?」

私が聞くと、園長は気軽に答えた。

「ああ、たいしたことないの。ただの夏風邪」

おや、と思った。このところの園長は、最初に会ったころよりずっと、私を頼るようになっていた。直接、何かを頼むわけではないが、そこが痛そうに腰に手をやって顔をしかめたり、少し時間が空くと、自室で横になるようになっていた。それは婉曲に手伝いを要求しているのだろうと私は思い、買い物やらゴミの分別やら部屋の掃除やら、それまでやらなかった細々とした雑用もするようになっていた。風邪となれば、園長はもう少し辛そうな顔をしてもよさそうなものだった。けれど、本人がたいしたことないと言っているのに、わざわざ辛そうにさせることもない。

「おばちゃん、あのさ、悪いんだけど、もうちょっときてくれない?」

工藤にそう言われたのは、七月も終わり、それまでの暑さが懐かしく思えるほどの八月に入ってすぐだった。

「もうちょっと?」

このところ、週に二日は必ず百合の家に顔を出していた。別に義務感でも何でもない。週の暇の潰し方が、そういうペースで回っていただけのことだ。

「仕事もあるだろうから、そんなに無理は言えないのはわかってるんだけど、たとえば仕事のある日とかでも、会社帰りに寄れたりしないかな?」

「何? 園長、悪いの?」

「ああ、いや、本人は、別に大丈夫だって言ってるんだけど、このところ、結構辛そうだから」

「あれ、演技じゃなかったの?」

「ああ、ちょっと演技が入ってる気もするけど、最近のは本気だと思う」

年寄りは夏風邪があとを引くから、と工藤は言った。

「駄目かな?」

「ああ、うん。どうかな」

私はしばらく考えた。約束の日まであと七ヶ月。それからひと月後には、私はここにこられなくなる。戦力として当てにされても、その先に困るのは園長や工藤だ。

「なるべく気にかけておくけど、でもあんまり当てにしないで」

「ああ、そうだよね。うん」と工藤は言った。

「新しい人はまだ入らないの?」

「この前も一人面接したんだけど、給料聞いたら逃げ出した」

「ああ」

私は頷き、ふと思いついて聞いた。

「あんたは?」

「俺? 俺が何?」

「あんたの給料だって安いんでしょ？　逃げ出さないの？」

「俺が逃げ出してどうすんのよ」と工藤は言った。

「新しい人が入らないってことは、ここよりいい条件の職場がいくらだってあるってことでしょ？　いや、いくらだってってことはないのかもしれないけど、ないことはないってことでしょ？　あんた、転職とか考えないの？」

　うお、悪魔の囁き、と工藤は笑った。

　ここのところの工藤には、休日すらなかった。週七日、朝から晩まで働いている工藤に、特別な手当てが出ているとも思えなかった。

「そりゃ、まあ、あんたがいなくなったらみんな困るし、そんなことして欲しいとは思ってないけど、あんたはそれでいいの？」

「給料が上がるなら、それに越したことはないけど、まあ、今でも何とか暮らしてはいけてるし。それに俺だって、あいつらのこと、好きだし」

「偉いね」と私は言った。

「偉くなんてないよ。もう家族みたいなものだから」

「まあ、そうだろうけど」と私は言った。「でも、今の給料じゃ、あんたが家族を作れないでしょう？」

「え？」

「今の稼ぎで、結婚、できる？」

「ああ、いや、それは確かに」と工藤は言った。「でも、まあ、相手もいないから」

あ、と工藤は言った。

「おばちゃん、今、俺を口説いた?」

「口説かないわよ」と私は言った。「そんなわけないでしょ」

「ああ、そう。それならいいんだ」

工藤は結構本気でホッとしたように言った。

「俺もさ、ガキのころ、こういうとこで世話になったから」

「え?」と私は言った。

「あれ? 言ってなかった?」

「聞いてない」

「そっか。話したような気がするけどな」と工藤は首をひねった。

もう五ヶ月近く、週に一、二回は顔を合わせているのに、考えてみれば、これまで工藤の個人的な話など、聞いたことがなかった。

「うちの親も滅茶苦茶いい加減な親でさ。俺が生まれたとき、親父は十七でお袋は十五」

「げ」と私は言った。「それじゃ、今、お袋さんて、ええと」

「ちょうど四十」

私とさして変わらない。

「生きていればだけど」

「亡くなってるの?」

「ああ、いや、たぶん、どっかで生きてる。三、四年前に年賀状もきた。それっきり、死んだって連絡もないから、たぶん、どっかで生きてる」

「ああ、そう」

「俺、母方のじいちゃんの家に預けられたんだけど、そこも、まあ、何だか色々あってね。小学校のころにこういうところに預けられた」

「そうだったんだ」と私は言った。「それじゃ、そのころの恩返しみたいなもの?」

「恩返し?」

工藤の声が裏返った。

「そんなんじゃないよ。あんなところに恩義なんて一つもねえ」

工藤は吐き出すように言った。

「そう」とその迫力に気圧されて、私は頷いた。「よくなかったんだ?」

「よくないっていうか」と自分の口調にそこで気づいたように、工藤は少し笑って声を落とした。「ひどいとこだったよ。今と違って、そういうところ、世間からあんまり関心ももたれてなかったし、今みたいにきちんと法律とかも整備されてなかったし。怒鳴る、殴る、蹴る、閉じ込める、なんて、日常茶飯事だった」

まあ、その気持ちはわからないでもないけど、と工藤は言った。

「これだけ、子供がわらわらといればさ。面倒臭い、ってんで、そうなっちゃうよ」

でもね、とそれまで見たことのない暗い目で工藤は続けた。

「実の親ならいいんだよ。いや、いいってことはないんだろうけど、怒鳴っても、何しても、子供はどこかで親を信じてる。だって、親だもん。それまで自分を育ててくれたんだから、今、何をしたところで、この先だって育ててくれるって、どこかでそう信じられると思うよ。でも、他人は駄目だ。そういうことをしちゃ、絶対に駄目だ。また捨てられる。子供はそう思うんだよ。親にだって、親戚にだって捨てられた。この人は他人なんだから、また捨てられる。いい子にならなきゃ、この人の言うことを聞かなきゃ、自分はまた捨てられる。そう思うんだ。そんなところ、捨てられたほうがいいって、傍(はた)から見ればそうなるんだろう。そんなところ、捨てられて、別なところへ行ったほうがまだマシだって。でも子供にとっては、捨てられてそのあとどうなるとか、それが不安だとか、そういうことじゃなくてさ。捨てられることそのものが、もう怖いんだよ。これ以上、捨てられたくない。そう思うんだ」

暗い目で吐き出された言葉に、暗い熱があった。怒鳴る、殴る、蹴る、閉じ込める。そこではそれ以上の何かがあったようだった。聞きたくない。そうは思ったが、そこまで聞いてしまっては、聞くしかなかった。

「何をされたの?」

私はそっと聞いた。その私を見つめ、工藤は首を振った。

「言わない」

私なんかには言わない。そういうことだろうかと思った。けれど、違った。

「誰にも言わない。あそこの記憶は、一生、俺の中に取っておいて、俺が墓場に持って行く。あんなことは、もう起こっちゃいけないんだ。あのときだって、あっちゃいけないことだったんだ。だから、絶対に誰にも言わない」

工藤はきつく口を結んだ。

そこで何があったのか、工藤がそう言う以上、私がそれを知ることは生涯ないのだろう。親に見捨てられ、縁者からも遠ざけられ、他人の中でひどい仕打ちを受けながら一人ぼっちで暮らしていた少年は、それにしたって、いったいいつからこんなに屈託なく笑えるようになったのだろう。こいつにこんな笑顔を教えてあげたのは、いったい誰だったのだろう？　いったい何だったのだろう？

「そう」と私は言った。「あんたはすごいね」

「すごくはないよ。すごくはないけどさ」と工藤は言った。「あいつらには、絶対にそんな思いはさせない。ここがどうなろうと、俺は一生、あいつらの面倒を見続ける。役所が見捨てたって、園長が諦めたって、俺は絶対にあいつらを見捨てないし、諦めない」

だったら、と私は思った。口にするべきかどうかを少し迷い、結局、口にするのはやめた。工藤がどうなろうが、ここの子供たちがどうなろうが、私には関係なかったし、思いついたそのことを口にするほど、私だって立派な人間ではない。そこで止まっているにしたところで、工藤は私なんかよりはよっぽど上等な人間だ。

夏休みが終わり、変化が一つあった。エリちゃんはショウヘイくんと「付き合う」ことになったらしい。

「ぎりぎり作戦、成功」

キャンプから帰ってしばらくしてから、エリちゃんは私を捕まえて、にんまりと笑った。

小学生同士が「付き合う」とはどういうことなのか、色々聞いてみたのだが、要するに、学校から一緒に帰り、クラスの中であの二人は「付き合っている」と囁かれる、それだけのことのようだった。ぎりぎり作戦が功を奏する相手である以上、その作戦が、変な展開を生まないとも限らない。私はそう心配したのだが、杞憂だったようだ。

エリちゃんに連れられて、ショウヘイくんはたまに百合の家を訪れるようになった。前髪がちょっと長めの細面のその子は、小学生の分際でアンニュイな雰囲気を漂わせていた。誰かに似てるな、と思ったら、何のことはない。その面影は少しサトシくんに似ていた。なるほど、これがブラコンというものか、と私はおかしくなった。雰囲気がサトシくんに似ているその子は、性格までもどうやら似ているようで、まとわりついてくるヒトミちゃんやアキヒコくんやリュウくんに対しても、面倒臭そうな顔をしながらも、その実、結構、きちんと相手をしてやってくれていた。

「あれはいい男だ」と私はエリちゃんに言った。

「そうでしょ」とエリちゃんはにんまりし、言った。「おばちゃん、手出しちゃ駄目よ。そのブラウス、ちょっと襟元開き過ぎじゃない？」

九月が終わり、十月に入っても、園長の体調はよくなる兆しを見せなかった。そのころになると、さすがに私にも、それが演技だとは思えなかった。夕飯の支度は、もっぱらエリちゃんが担当するようになっていた。会社帰りと言ってもおかしく思われない程度の時間には、私もなるべく顔を出すようにしていた。エリちゃんの支度を手伝い、夕飯もともにするようになった。

「少し、じっくり治したほうがよくないですか？」

ある日の夕飯の席で私は園長に言った。このところ、園長は頻繁に病院に通っていた。ただの夏風邪とは思えなかった。

「しばらく入院でもされたらどうです？　きちんと検査もしてもらって、悪いところは全部治して。私が休みを取りますよ。有給が溜まってるんです」

「そうね」

私に微笑んだ園長は、これ、お食べ、と言って、自分のイシモチの塩焼きの皿を子供たちのほうへ押しやった。エリちゃんがちょっと心配そうに園長を見た。脂っこいものはどうも食べたくないようだ、とエリちゃんが気を遣ったメニューだった。

「そうしなよ」とサトシくんも言った。「ばあちゃんに倒れられると、みんなが困るから。軽いうちに治しておいたほうがいい」

「大丈夫よ。もう大分いいんだから」と園長は言った。「ありがとうね」

あと五ヶ月とひと月。

その日の夜、アパートに戻り、いつもの習慣でバツ印をカレンダーにつけながら私は思った。あとちょうど五ヶ月で約束の日だった。そのひと月後には、保険の契約成立からも一年が経つ。眠るように楽に。

その言葉が私の頭の中から消えたことなど、この七ヶ月の間、一日たりとてなかった。その言葉だけが、私の支えのすべてでもあった。今という時間、今日という一日は、その約束の日に近づいていくための一歩一歩でしかなかった。けれど、あの日、思い浮かべた十年後の自分の姿も、頭の片隅のどこかにあった。始終意識していたわけではない。けれど、家に行って子供たちの顔を見るとき、私は子供たち一人一人の成長した姿を浮かべ、そこに年を重ねた自分の姿を並べてみることがあった。

もっと生きていたい。積極的にそう思ったことはない。けれど、「死ねる手段を差し上げます」。あの人はそう言ったのだ。約束の日を過ぎても、ただそれだけでは別に死ぬわけではないのだ。私にとって、私はどうでもいいものだった。けれど、その日が近づいてみれば、それだけでは死ねないということのほうが意味を持ってきていた。

もう死にたい。

それが思いつきの呟きではなく、積極的な願望にならなければ、私は死ねないのだ。死んでもいい、と、死にたい、とでは全然違うのだ。

それでは、私は死にたいだろうか?

別に生きていたいとは思わない。今でもそうだ。百合の家に行き、子供たちや園長や工藤と話していれば、それは楽しいときだってある。けれど、そんなのはあくまで仮の姿だ。あと一年。だからこそ、私は働きもせず、苦労もせず、努力もせず、中途半端なボランティアをしながら、のらりくらりとこの七ヶ月をやり過ごしてこられた。平均からするなら、あと五十年。それだけ暮らしていかなければならないとなると、そんな生活を続けていけるはずがなかった。私は社会に出て、金を稼ぐために、嫌味を言われ、嫌がらせをされ、過剰な悪意をぶつけられ、自分の価値のなさを毎日確認しながら生きていかなければならないのだ。そんなのは……

面倒臭かった。

＊＊＊＊

俺が訪ねたとき、高野章子の父親は家を空けていた。俺を迎えた母親の顔には疲労の色が強く浮かんでいた。

労働基準監督署による労災認定については、かなり厳しいというのが弁護士の意見だということだった。認定までに時間がかかるということもあって、両親はすでに会社に対する民事提訴の準備を始めているという。

「そちらもかなり難しいものになるだろうというお話です」

この前の竹下さんの話からするならば、そうなるだろう。竹下さんの言葉が、竹下さん一人のものではなく、職場の同僚共通の思いだとするなら、両親にとって有力な証言が職場から出ることはないはずだ。あるとするなら、高野章子自身が書き残した職場への怨嗟の言葉ということになるのだろうが、それも所詮主観の話だと言われればそれまでのことだ。何より客観証拠が重んじられる民事裁判という場において、両親に勝ち目は薄いだろう。

「今日はお願いがあってまいりました」と俺は言った。「章子さんの預金通帳を見せていただくわけにはいかないでしょうか」

「通帳ですか?」

母親の顔に警戒が浮かんだ。それはそうだろう。預金通帳など、プライバシーの最たるものだ。たとえ本人が死んでいるにしたところで、それを他者に見せるのは相当の抵抗があるだろう。

「前にもお話ししました通り、雑誌上では、高野章子さんという一人の女性の人物像をできるだけ立体的に提示したいんです。一般論ではない。高野章子さんという一人の女性にとって、会社というのがどういう存在であったのか。それは、経済的な側面からも見てみる必要があります。

賃金に縛りつけられている会社員、という見方を提示すれば、たとえば言葉やノルマという形でのプレッシャーが薄かったとしたところで、高野章子さんの感じたストレスは読者に届くと思うんです。そこから生まれた読者の反応というのは、あるいは今後の展開に何か役に立つのではないかとも考えています。現状での労災認定が難しければ、労災認定そのものの根幹から問いかけていくという戦い方もあるのではないでしょうか」

嘘だった。俺自身が驚いていた。俺はこれまで、取材の過程においてここまで積極的な嘘をつくことはなかった。それは俺が誠実だからではなく、そのときに生まれる自己嫌悪が煩わしいからだ。逆に言うのなら、そこまでして知りたいと思った事象など、これまでなかった。けれど、俺は知りたかった。高野章子という女性を知りたかった。そしてきっと高野章子はそれを許す。根拠のない自信だが、それは揺るぎなく俺の中にあった。

母親はまだ迷っていた。時間をかけたくなかった。父親が戻ってくる前に話を決めたかった。

「章子さんはすでにこの世にありません。その言葉を社会に届かせるためには、章子さんの残したもの、それこそすべてを提示するしかないのではないでしょうか。章子さんはそれを厭うとは私には思えませんし、それが我々にできる唯一のことだと考えています」

我々の、という部分に力を込めた。会社でも、行政の側でもない。私はあなたの側に立っています。俺はそういう顔をしていた。

母親が動いた。

立ち上がり、戻ってきた母親が差し出したのは、メガバンクの一つに数えられる銀行の通帳だった。俺はそれを広げた。定期的に振り込まれていた給与は、退職した月を最後に止まっていた。その時点での残額が三百万弱。それから毎月一日に、七万円前後のお金が引き出されていた。それとは別に定期的に引き落とされているのは、そう記載されている光熱費と電話代とクレジットカードの代金。記載がないのはおそらく家賃だろう。そして残額が百万と少し。死後解約されたということなのだろう。それも引き出されて、通帳は終わっていた。

ここから何がわかるというわけでもない。解釈の仕方は、それこそ百通りだってあるだろう。けれど、俺は高野章子の思考を追えた気がした。毎月、一日に引き出されているお金には、若干のばらつきがあった。けれど、その金額と、前月に引き落とされている光熱費や家賃などを足し合わせれば、ぴったり十五万になった。月々、十五万で暮らしていく。高野章子はそう決めたのだ。一人暮らしの女性が月々、十五万。裕福ではもちろんないが、さほど切り詰めた生活でもない。ぎりぎりの生活をして、今ある貯金でできるだけ長く暮らしたいと考えたのなら、もう少し下の額を設定したはずだ。それでも、高野章子は十五万と決めた。なぜか。

それで足りるからだ。

俺はそう思った。

高野章子は三百万弱の金額を何かで割ったのだ。出てきた答えが十五万だとするなら、それは二十には足りないが、十八でも、十九でもいける。けれど、高野章子が現実にそこから十三ヶ月半で死んでいることを考え合わせれば、それは、十三、あるいは十四だったと考えたほうが自然だし、高野章子の性格を考え合わせれば、ぎりぎりの割り算をしたということも考えにくいだろう。だから、残りの百万余りは、やはり予定通り残ったお金なのだ。高野章子は、会社を辞めた直後から、そのときに死ぬことを決めていたのだ。

だが、なぜ？

なぜそのときなのか。あるいは、なぜそのときでなければならなかったのか。

俺は預金通帳を母親に戻し、聞いた。

「三月の十八日。章子さんの亡くなられた日ですが、この日に何か特別な意味はあったでしょうか？」

「意味？」と母親は問い返した。「意味とおっしゃられますと」

「何でもいいんです。誰かの誕生日だったとか、何かの記念日だったとか、そういうことはないですか？」

「さあ、そういうことはないように思いますけど」

「そうですか」

それでも高野章子には意味があった。俺はそう思った。その日なのか、その時期なのか、それがどこまで厳密なものかはわからない。けれど、高野章子はすでに一年も前からその日のことを計算に入れていたのだ。

どこを訪ねようかと迷っていたのだが、目当ての本人が正面からやってきて、俺はその行く手を塞いだ。突然、目の前に出てきた俺に、何事かを考えるように歩いていた院長が驚いたように目を向けた。

「ああ、あなたは」

「先日はありがとうございました」

頭を下げた俺に、やめてくれというように手を振ると、院長は言った。

「まだ、何か?」

問いかけには、特に追い払う意図はないようだ。院長が近くにあったベンチに座り、俺はその隣に腰を下ろした。

三月の十八日。あるいは半ば。そのことにどんな意味があるのか。気まずい思いをしながら、竹下さんに電話してみたが、竹下さんは何も知らなかった。他に当たってみる線としては、もうこの病院くらいしかなかった。

「高野さんが死に焦がれていた。それは察せられていましたよね」

院長は頷いた。

「その時期について、考えています。こちらに通われていたのは、もう一年も前。そのとき、高野さんはなぜ死ななかったのか。そして一年後、なぜ死んだのか。何かご意見をうかがえないかと思いまして」

「揺れていた、ということではないのですか?」

院長は言った。

「高野さんはこの一年間、生と死の間で揺れていた。その揺らぎが死のほうへふっと振れた。その原因まではわかりかねますが」

「一年前から、その日の死を決めていた。取材でいくつかわかったことがありまして、その結果から、私はそう考えています。ただその一年という時間の意味がわからないんです」

「意味などないのでは?」

「一年間、生きてみようと思った。取り敢えず、一年間。それでもやはり死にたかったら、そのときには死のうと思った。それだけでは?」

「ない、とは?」

それはあり得た。そう思っていた高野章子に、どこかの時点でセールスマンが接触した。

ああ、いや、駄目だ。

俺は首を振った。

高野章子、如月俊、そして持田和夫。三人がほぼ同時期に死んだのは、セールスマンがそこで動いたからだ。如月俊と持田和夫は死に惹かれていた。けれど、死ぬつもりはなかった。そこにセールスマンが現れ、簡単に死ねる薬を差し出した。だから原因と死との間に時間が生まれた。二人の死についてはそれで通る。けれど、高野章子にはそれは通らない。一年後にセールスマンが現れることをあらかじめ予見していたわけでもないだろう。

あるいは、と俺は考えた。高野章子は最初から一年後に死ぬつもりだった。その時期にたまたまセールスマンが現れた。セールスマンが現れなければ、高野章子は別の手段で死んでいた。

それならあり得るか。

理屈の上ではあり得ても、たまたまというのが気に入らなかった。

それにそもそも一年だ。一年後には死ぬつもりで、取り敢えず、あと一年、生きてみようと決めた。そして実際に一年生きた。そのとき、人はそう簡単に死ぬだろうか? 取り敢えず一年。そう決めた一年前の自分の意思に従って、死んでしまうだろうか? 高野章子という女性は、そこまで脆(もろ)かったのだろうか?

やはり「取り敢えず」などではない、と俺は思った。高野章子は一年間生きたのではない。おそらく、何らかの事情で一年間は死ねなかったのだ。いや、あるいは一年後に死ななければならなかった。そういう考え方もできるのではないだろうか。

思考が混乱した。高野章子という人間を知るには、その手がかりがあまりに少な過ぎた。

「ずいぶんお悩みのようですが」と院長は言った。「あまり考えられなくともよいのではないですか?」

俺は院長に視線を向けた。

「いずれ死者のことです。生きているものにわかるはずもない」

「死ぬ前は生きていました」と俺は笑った。「だから、生きていた高野章子を理解したいんです」

「職業的好奇心、というやつですか」

「たぶん、違います」と俺は言った。「最近、ふと思うんです。たとえば、街中で誰かと肩が軽く当たる。ぶつかるというほど強くなくとも、そのとき、私が一言、すみません、と声を発していれば高野章子は死ななかったんじゃないかと」

「どういう意味でしょう?」

「何でもいいんです。たとえば、自分が疲れているとき、自分よりもっと疲れているように見える人に電車の席を譲っていれば、高野章子は死ななかったんじゃないか。たとえば、近所でたまに顔を見かける名前も知らない人に、こんにちは、だけではなく、そこに続けて、いいお天気ですね、と声をかけていれば高野章子は死ななかったんじゃないか」

「今の社会が他人に無関心過ぎる、ということでしょうか」

言葉にすればそういうことなのかもしれない。けれど、それは俺の実感から少しずれていた。

「高野章子の吐き出した息が、そこにあったたとえば窒素の一つの原子が、風に流されたり、他の人の肺に出入りしたりを繰り返したあと、いつか私の胸の中に入ったこともあったかもしれないという意味です」

そう。俺と高野章子はどこかで確かにつながっていた。お互いに気づかなくとも、きっとどこかでつながっていた。今の俺にあるのは、そんな感覚だった。

院長は少し考え、軽く笑った。

「面白いことを考える」

あなたは少し、と院長は軽く笑ったまま続けた。

「罪悪感にとらわれやすい方のようですね」

罪悪感、と俺は考えた。この件に関して動き始めた当初、俺をとらえていたのは間違いなくそれだった。けれど、今は少し違う気がした。かといってそれをうまく院長に伝えられる言葉もなかった。

「一つだけよろしいですか?」

「何でしょう?」

「私も死にます。あなたも死にます」と院長は言った。「人はいずれ死ぬのですよ。例外なく」

そう考えれば少しだけ、と俺から視線を外して、院長は続けた。

「罪悪感が薄まりませんか?」

院長もまた、死に行くものへの罪悪感を抱えているということだろうか。いったいこの人はこれまで、どれだけの数の死を見てきたのだろう。どれだけの罪悪感を抱え込んでいるのだろう。

「緩和ケア病棟にはどれくらいの患者さんがいらっしゃるんです?」

「ベッドは二十床あります。本来ならばもっと受け入れたいのですが、なかなか難しいのが現状です」

「そうですか」

「実際、続けていくべきなのかどうか、悩むこともあります」

「病棟をですか?」

「ええ。ここ、もともとは父が作ったんです」と院長は言った。「父が、自分のために」

「え?」

「うちの緩和ケア病棟の最初の患者は父です。色々と理念を謳(うた)ってはいますが、もともとの話はシンプルなものです。痛いのは嫌だ。父はそう言ったんですよ。痛いのは嫌だ。だから緩和ケア病棟を作る」

こちらの笑みを誘い出すかのように、院長は俺に笑いかけた。

「ああ。そうでしたか」

「そのシンプルさは大事だと思ってますよ。痛いのは嫌だ。誰だってそうです。ましてや、すでに手の施しようのない患者さんならば、苦しみながら長らえさせるより、痛みをコントロールしながら静かに死を受け入れていただいたほうがいい。それは私もそう思うのですが」

「ええ」

「それでも、患者さんが亡くなると考えてしまいます。あの患者さんをあと一日、長生きさせることが医師としての私の仕事だったのではないかと」

「ああ」と俺は頷いた。

贅沢なフィクション。

そう言った院長の言葉を思い出した。

「高野さんと会話をされたことは？」

「いえ。ないですね。お見掛けしたことは何度かありましたが」

何度か見ただけで高野章子の死への衝動を汲み取ったということか。そういう環境にこの若い医師は暮らしているということなのだろう。それだけ、死というものに近い環境に。

「もし高野さんと会話することがあったなら、何て言ったと思いますか？」

「何も申し上げなかったと思いますよ」と院長は言った。「それは私の領分ではない」

「ああ」と俺は頷いた。

「ただこうは思ったと思います」

「何です？」

「私も死ぬ。あなたも死ぬ」と言って、院長は笑った。「だったら、何をそんなに急ぐ必要があるのかと」

そうですね、と俺は曖昧に頷いた。

この若い医師が見ている死と、高野章子が見ていた死とでは、おそらく意味が違うのだろう。具象と抽象。そうでなければ目の前にある現実の死と頭の中にある概念としての死。院長に言わせれば贅沢なフィクションであるところのその死だって、それでも立派に人を殺せる。それを愚かだと笑おうが嘲ろうが、やはりそれも死なのだ。愚かであることは認めよう。けれど、それを笑うことも嘲ることも、俺にはできそうにない。その程度にはきっと、俺だって愚かしい。

俺は院長と別れて、病院を出た。かなうことなどない。そうわかっていても、何だか無性に高野章子に会いたかった。

7

園長が病院に担ぎ込まれたのは、十一月に入って間もなくのことだった。おそらく退院することはない。それを私はベンツの口から知らされた。

「もう駄目なんだよ」とベンツは言った。「わかってたんだ。夏の頭に検査を受けて、もう手遅れだって。君らには言うなって、お袋から言われてたから言わなかったけど」

リビングに私たちみんなを集めたベンツはそう言った。工藤は泣きそうな顔になった。サトシくんはきゅっと口を結んでいた。嘘、嘘と呟きながら、エリちゃんが何度も首を振った。小さい三人には、そのことが今ひとつぴんときていないようだった。

「どれくらいですか?」

私は聞いた。自分でも驚くほど冷たい声だった。ベンツが私を見た。

「あと三、四ヶ月。もっと早い可能性もある」

「手術は?」

「やってもたいして意味がないだろうっていうのが医者の見解だ。それよりも、残りの生活のクオリティーを考えたほうがいいだろうって」

クオリティー？　生活のクオリティー？　何だ、それは？

「先々のことを考えてくれ」とベンツは言った。「役所には、俺から話した。そういう事情ならしょうがないっていうことだった。どこか引き取り手を探してくれるそうだ。なるべくみんなが一緒になれるように配慮してくれるって言ってた」

「ちょっと待ってください」と工藤は言った。「ここ、なくなるんですか？　だって、俺もいますし、おばちゃんだっているし、それに新しい人を雇えば続けていけますよ」

「新しい人？」とベンツは言った。「それは誰だ？　どこにいる？　お袋が散々探しても見つからなかったんだろう？　それに、仮にそんな人が見つかったところで、どこで続けていくんだ？」

「どこでって、だから、ここで、このままで」

「ここ、お前が買ってくれるのか？」

「え？」

「この土地と建物、お前が買ってくれるのか？」

「あ、いや」

「それじゃ、おばちゃん、あんたが買ってくれるか？」

答えるまでもない質問だった。

ここは園長の私有物であり、園長が死ねば、それは当然、一人息子が相続する。そしてその一人息子は、このままここを施設として使わせる気などない。ベンツはそう言っているのだ。

「俺だって、こんな冷たいことは言いたくないよ」とベンツは少し声を和らげて言った。「でも、もう無理だろう？　お袋がいなくなっても、ここがやっていけるっていうのなら、それは俺だって考えないでもないけど、それが無理だっていうなら、早いほうがいい。どうせ環境が変わるなら、少しでも早くそっちの環境に慣らしてやるっていうのが大人の務めだろう？」

確かにそうなのかもしれない。けれど、そういうベンツの口調からは、違うものが感じられた。一刻も早くここを売り払って金を作りたい。ベンツの顔にはそう書いてあった。今だってここは、園長の持ち出しでどうにか回っているのだ。ベンツにしてみれば、相続する財産が一日一日減っていくようなものなのだろう。

「ばあちゃんが死ぬまではいるよ」

サトシくんが言った。

「ばあちゃんが死ぬまでは、ここにいる。それまでは、ここはばあちゃんのものだろう？　あんたにとやかく言われる筋合いはない」

「なあ、サトシくん。君はそろそろ家に帰ったらどうだ？」とベンツは言った。「アル中のお母さんだって、少しはよくなってるらしいじゃないか。お父さんじゃない男と一緒に暮らしているらしいけど、君から頼めば、お母さんだって考えるかもしれない」

親切めかしてはいたが、その言葉には鋭い棘があった。サトシくんの顔が小さく歪んだ。

「それからエリちゃん。君も」とベンツは言った。「君にひどいことをしたって、お父さんもずいぶん後悔しているらしいじゃないか。お母さんだって、君と一緒に暮らしたいみたいだよ」

エリちゃんの顔から表情が消えた。

「お母さんは」とエリちゃんは言った。「だって、助けてくれなかった」

「これからは違うよ。お二人だってきちんとするんじゃないかって、役所の人ともそう話してたところなんだ」

「やめろ」

工藤が叫んだ。

「ここがこいつらの家だ。それ以上言ったら、ぶっ殺す」

「甘くないんだよ」

ベンツが怒鳴り返した。

「それほど甘くないんだよ、世間は。そのころはひどい親だったんだろうよ。でも、もう時間が経ってる。後悔だってしてるし、反省だってしてる。だったら、親が面倒を見るのが当たり前だろう? それをぐずぐずとお袋に甘えやがって。お前らがいなければ、お袋の病気だって、もっと早く何とかなってたかもしれないんだ」

「てめえ」

工藤が身を躍らせた。つかみかかってきた工藤の両手をつかんで、ベンツはその鼻先に頭突きを食らわせた。うっと工藤が鼻を押さえてかがみこんだ。

「甘いんだよ」とベンツが言った。「なあ、工藤。ここの職員でもない俺に、どうして役所がこいつらのことを相談するんだよ。お前じゃ相手にならないからだろ? お前じゃ何にもできないから、だから仕方なく俺が話をしてるんじゃないか。一人前の顔をするなよ」

そういう世の中なんだよ、とベンツは言った。

「弱い人をことごとく救ってあげましょうって、それほどの余裕はどこにもないんだよ。お国だって、社会保障費を減らしてるんだ。お前らだけじゃない。この国のご老人はみんな辛い目にあってるよ。障害者だってそうだよ。まだ若くて、体だってしっかりしてて、お前らなんか恵まれてるほうじゃないか。弱いなら弱いなりに、辛いなら辛いなりに、てめえの器量の中で戦えよ。それが人生ってもんだろうが」

正論だった。けれどその正論には根本的な欠陥があった。ベンツだって、自分の会社がどうにもならなくなって、園長の遺産を当てにしているのだ。そんな台詞を吐けるタマじゃない。その細く老いた脛(すね)に、これだけの人間がかじりつこうとしているのか。

「何だよ。何がおかしい?」

ベンツが鋭く私を睨んだ。

「別に」と私は言った。「ただ、結局、みんな、園長の羽の中にいるのかと思ったら、何だか笑えた」

「何、言ってんだよ」とベンツは私を睨めつけ、みんなに言った。「なるべく早く出て行ってくれ。役所ともその方向で話をつける。役所だって、基準を満たしてないここを早く潰したいみたいだ。問題ないだろう。そのつもりでいろ」

お前も、とまだ足元にうずくまっていた工藤をベンツは足で軽く小突いた。

「さっさと新しい職場を見つけろ」

それじゃな。

ベンツがいなくなった途端に、アキヒコくんが泣き出した。釣られるように、ヒトミちゃんとリュウくんも泣き出した。園長がじきに死ぬということがようやく理解できた。それもあるのかもしれない。けれど、何が悲しいとか、そういうことではないのだろう。自分の手には負えない事柄が次々と立ち上がってきて、それで泣いているのだ。どうにもならないとなれば、子供は泣く。泣いて助けを求める。けれど、今、この場で彼らを助けてくれる人は誰もいなかった。

「泣くな」とサトシくんが言った。

「だって」とリュウくんが言った。

「ばあちゃんは死なないよ」

「死なないの?」

リュウくんが泣きやんで、サトシくんを見た。ヒトミちゃんやアキヒコくんもそうした。

「ああ、いや、死ぬかもしれないけど、まだ死なない」

「まだ死なない?」

「まだ死なないよ。日曜日にお見舞いに行こう。みんなで。な?」

リュウくんが頷いた。

「私」

呟きに目をやった。エリちゃんの顔にまだ表情は戻っていなかった。

「帰りたくない」

「帰らなくていいよ」と工藤は言った。「そんな家に帰らなくていい。ここがお前たちの家だ」

「だって」とエリちゃんは言った。

「大丈夫よ」と私は言った。

「え?」

エリちゃんが私を見た。工藤やサトシくんや、他の子供たちも私を見た。

「何とかするから、大丈夫」

「本当に?」

私はエリちゃんに頷き返した。

「工藤、ちょっと顔貸せ」

私は工藤を連れて表に出た。

「何とかするって、え? どうするの?」

「園長に頼む。それしかない」

「頼むって、何を?」

「遺言状を書かせる。子供たちがここに残れるように、財産を残してもらう。ここは法人か何かになってるのか?」

「あ、いや、どうかな」

「なってなければ、ああ、いや、仮になっていても、あんた個人に遺産を残させる。あんたはこの地所を使って、家を続けろ。それから、ここ、今、すぐに辞めろ」

「え?」

工藤がきょとんと私を見た。工藤がどうなろうが、ここの子供たちがどうなろうが、私の知ったことではなかった。ないはずだった。けれど、私はある覚悟を胸に工藤に言っていた。

「一生。この前、そう言ったな。だったら、辞めろ。辞めてもっと稼げる仕事に就け。ここがどうなっても、ここの子供たちを食わせられるくらいの稼ぎを上げろ。贅沢なんてできなくていい。年に、四、五百万の稼ぎがあれば、何とか食っていけるだろう。今のあんたの年齢なら、すぐには無理でも、何年後かにはそれくらいの給料をもらえる仕事だって見つけられないことはないだろう。もうじき、サトシくんだって稼げる年齢になる。あんたはサトシくんの助けを借りながら子供たちの面倒を見られるような仕事に就け。その間は人を雇え。今までよりいい条件で人を募集しろ。園長の財産がどれだけ残っているのかは知らないけど、あんたが必要なだけの給料をもらえるようになるまで、それで時間を稼げ」

ぽかんと私を見ていた工藤の視線が揺れた。

「だって、俺なんて、駄目だよ。そんな、いい会社なんて、誰も雇ってくれないよ」

「怖いのか？」

「え？」

「色んな会社を受けまくって、落ちまくって、それで自分に自信がなくなるのが怖いのか？　それならここの子供たちと変わらないじゃないか。あんただって、結局、園長の庇護（ひご）のもとで生きてるだけだ。子供のころの記憶を墓場まで持って行くなんて、そんなの口だけだ。持って行くんじゃない。あんたはまだ取り憑かれてるんだよ。そのころの記憶に取り憑かれて、誰かに捨てられるのを怖がっている、ただの臆病なガキだよ。いい加減、大人になれ」

「でも、だって、園長だって、もうそんなに財産なんて残ってないよ。新しい人を雇えるようなお金なんて」

「二千万」と私は言った。

「え？」

「二千万。それでどれだけ時間を稼げる？　あんたが外で働いて、この家で暮らして、生活費をなるべく面倒を見て、役所はだまくらかしながら最低限の人を雇って、それで、どれだけの時間を稼げる？」

「二千万もあれば、それは、まあ」と工藤は考え込んだ。「人は十分に雇えるだろうし、ああ、人が十分に雇えるなら、補助金だってきちんと入ってくる。うん。それだけあれば、サトシを大学にだってやれるよ。サトシを大学にやったって、五年は十分に持つ」

五年後。サトシくんは二十歳になる年だ。エリちゃんで十六。アルバイトはできる。そこに少しは稼げるようになった工藤の収入が加われば、家は回る。たとえ、そのときになって補助金が打ち切られるような事態が起こっても、家は家として存続できる。

「やれる、かな」

同じ計算をしたようだ。自信なさそうに揺れていた工藤の瞳に光が灯った。

「かなじゃない。やるんだ」

「やる」と工藤は頷いた。「俺、やるよ」

あ、でも、と工藤は言った。

「その二千万て、何？　どこから出てくるの？」

「私が出すよ」

「おばちゃんが？」

工藤が驚いたように目を剝いた。やがてその視線は少し恨みがましいものに変わった。そんなお金があるなら、もっと早く手を貸してくれたってよかっただろうに、とそう言いたいようだった。

「今はまだない」と私は言った。「あと半年もすれば入ってくる予定」

「予定？」と工藤は言った。「何？　誰かが死にかけていて、それで半年後には遺産が入るとか？」

当たらずといえども、遠からず、だ。

「まあ、そんなところ」と私は言った。

次の日曜日、私と工藤は子供たちを連れて、園長を見舞った。都心に近い病院の六人部屋に園長は入っていた。

「ばあちゃあん」

取りすがるように抱きついてきたアキヒコくんを受け止め、園長は私たちに微笑んだ。

「ごめんねえ、心配かけて。こんなところ、すぐに出るからね」

「ホント？」とヒトミちゃんが聞いた。「ホントにすぐ帰ってくる？」

「ホントよ」

園長はヒトミちゃんの頭をぽんぽんと叩いた。

「ちゃんと休めよ」とサトシくんが怒ったように言った。「ばあちゃんがいなくたって大丈夫だから。ばあちゃんはちゃんと休め」

「いなきゃ駄目」とリュウくんが言った。「リュウくん、ばあちゃんがいなくちゃ駄目」

ベッドに上がりこんできたリュウくんを園長はぎゅっと抱きしめた。

「ばあちゃんも、リュウくんがいなきゃ駄目。だからすぐ帰るね」

園長は、エリちゃんに台所のことを詳しく教え、サトシくんには子供たちの面倒を見ることを約束させた。

「しばらく大変な思いをさせるけど、よろしくね」

園長は工藤に言った。

それからしばらく子供たちが好きに喋るのに任せ、その話題も切れたころ、私は工藤に目配せした。

「それじゃ、ばあちゃんは疲れてるからな。そろそろ帰るぞ。またこよう」

「ばあちゃん、いつ帰るの?」

ヒトミちゃんが聞いた。

「じきよ。もうじき」と園長が答えた。

その答えに納得したというより、園長に会えたことに満足したのだろう。工藤に促され、子供たちが病室を出ていった。一人残った私に、園長が目を向けた。

「お願いがあります」と私は言った。

「何かしら?」

「遺言状を書いてください」

「遺言?」

「息子さんからうかがいました。もう手の施しようがないと」

園長の表情が曇った。

「それ、子供たちも?」

「ええ。みんなの前で」

しょうがない子ね。

園長はため息をついた。

「そのしょうがない子は、園長が亡くなれば、家をあのまま使わせてくれる気はないようです。ですから、工藤にあの家を残してください。あとは工藤と私で何とかします。その算段もついてます」

もちろん、簡単な話だとは思っていなかった。建物はもう古いが、それでも都区内にあるあの地所は、売れば六、七千万にはなるだろう。私は、園長に、身内でもない工藤にその財産を渡せと言っているのだ。けれど、あの家を存続させるにはそれしかない。園長にもそのことはわかっているはずだった。だから園長の答えは私を戸惑わせた。

「あの子と、話すわ」と園長は言った。「あのまま使うように、私から言います」

「でも」と私は反論しかけた。

「あれで本当は優しい子なのよ」と園長は言った。「私から話せばきっとわかってくれるわ」

本気でそう思っているのか。あるいはそう信じたいからそう口にしているだけなのか。園長がどんな気持ちでそう言っているのかがわからなかった。

「息子さんとはすでに話し合いました」と私は言った。「それでも無理だったので、こんなお願いをしています。失礼も無礼も無茶苦茶も百も承知です。けれど、あの家を続けるためにはそれしかないんです」

「それはあなたが話したから」と園長は微笑んだ。「大丈夫。私から、きちんと言うから。何も心配しないで」

「もしそれでも駄目なようならば?」

「そんなことにはならないと思うわ」

暖簾(のれん)を押す手ごたえのなさに、私は苛々していた。

そんなことにはならないと思うわ?　その根拠は何だ?　本当は優しい子なのよ、だから?　あのベンツがそんなタマじゃないってことは、なあ、母親だったらわかるだろう?

「くどいようですけど」と私は苛立ちを何とか抑えて、言った。「息子さんが、母親のあなたにいい顔をすることだってあり得ます。園長にはわかったような顔をしておいて、園長が亡くなったら自分の好きなようにする。そういう可能性だってあります。遺言状、考えてもらえませんか?」

「私から話します」と園長は繰り返した。「それで、これは駄目だと私が判断したら、そのときには、そういうことも、そうね、考えなくてはね」

他人事のように言うその熱のなさに、私の苛々は頂点に達した。頂点に達して気づいた。それは死に行くものの驕(おご)りなのだと。私をこんなにも苛々させるのは、園長から発せられる、そのどうしようもない驕りだ。私はもう長くはないのだから、だから、あんまり私を煩わせないで。あんまり私に厳しいことを言わないで。私の好きにさせて。

本当に園長がそんな気持ちを持っているのか。それとも、それはこの状況から私が勝手に作り出した幻覚なのか。それはわからなかった。ただ私は園長にその驕りの匂いを嗅ぎ、その匂いが私をたまらなく苛々させていた。

死ぬのがそんなに偉いのか？　それは色々苦労だってあったのだろう。けれど、七十過ぎまで基本的には平和に暮らしてきたあんたの、今のその死の床は、それほどまでに侵しがたいものなのか？

「責任。そうおっしゃいました」

園長が目を上げた。

「私が一番初めにあの家にうかがったときです。園長は責任とおっしゃいました。あの子たちと関われば、その時点で私には責任が生じると。覚えてらっしゃいますか？」

「ええ」と園長は頷いた。

「それなら結構です。お任せします」

私は病室を出た。

工藤と子供たちは、日曜日とあって診察のない外来の待合所で私を待っていてくれた。電車で家に戻る途中、騒ぐ子供たちを叱りつけてから、工藤は私に囁いた。

「車、買えるんじゃないかと思って」

何の話かわからなかった。

「車？　フェラーリ？」

「そうじゃないよ。子供たちとおばちゃんと俺で七人。最近のミニバン、七人乗りが多いから。中古なら、五十万くらいで、まだまだ走れるのが手に入るみたいなんだ。昨日、計算したんだ。

二千万もあればさ、それくらいの余裕ができるんじゃないかって。それでさ、日曜なんかはみんなでドライブするんだ。夏休みには海にだって連れていってやれる」

いつも電車に乗って区民プールだから、と工藤は言った。

それは罪のない逃避だった。園長の死はどうしようもなくそこにある。だったら、その後の楽しいことを、一つでも思い浮かべていたい。そういうことなのだろう。

「楽しそうね」と私は言った。

「きっと楽しいよ」と工藤は笑った。

あ、でも来年の夏なら、と工藤は言った。

「園長も間に合うんじゃないかな。三、四ヶ月って、あれ、きっとベンツが大げさに言っただけだよね。だって、全然、元気そうだったし。だったら、八人乗りのやつを探そう」

うん、そうだよな。きっと間に合うよ。

工藤は頷いた。

仮に園長が間に合ったところで、それは七人乗りでも大丈夫だった。園長が間に合わないのなら、席は一つ余る。サトシくん、エリちゃん、ヒトミちゃん、リュウくん、アキヒコくん、そして工藤。来年の夏、晴れ渡った空の下を軽快に走る古ぼけたミニバンを思い浮かべた。車内には、楽しげな笑い声が響いているだろう。はしゃぎ回るアキヒコくんをサトシくんが不機嫌に叱りつけている。助手席に乗ったリュウくんが、リュウくんも運転するのとハンドルに手を伸ばし、工藤が運転しながら慌てて止めている。エリちゃんがヒトミちゃんにアニメのテーマソングを歌ってやり、それはいつしか合唱となってミニバンの中に響き渡る。みんなの歌声を乗せて、ミニバンは走り続ける。七人乗りのミニバンの、空いているもう一つの席には、みんなの荷物があった。

「きっと楽しいね」と私は言った。

何だかそれは、本当に泣きそうなくらい楽しそうな情景だった。

「楽しいよ。絶対行こう。あ、でもおばちゃん、ビキニは勘弁ね」

「それは無理。絶対ビキニ」と私は笑った。「ぎりぎりのやつ。エリちゃんとおそろいで選ぶ」

「うげえ」と工藤が変な声を出し、うげえ、とその声を真似したリュウくんが座っていた工藤の膝の上に頭を乗せた。

「うげえ?」

「うげえ、なんだよ。リュウ。来年の夏は、うげえ、だぞ。覚悟しておけ」

うげえ、と騒ぎ出したリュウくんに、アキヒコくんもうげえ、と唱和し、あんたが煽ってどうすんだよ、と工藤に怒りながら、サトシくんが二人を黙らせようと両腕に抱え込んだ。サトシくんの腕の中で、二人はまだうげえ、うげえと騒いでいた。最近、やけにおしゃまになったヒトミちゃんが、男の子ってこれだから嫌よね、という目で三人を見ていた。そのヒトミちゃんにエリちゃんがなにやらコソコソと喋りかけていた。時折指し示すほかの乗客や、自分の太腿に指で線を引いているところからするとそれは、ぎりぎりのスカートが持つ効用について、ヒトミちゃんに諭しているらしい。

「楽しみね」と私は思わず言った。

「うん。すげえ楽しみ」と工藤が言った。

「そうじゃなくて」

「え?」

「五年後。十年後。もっと先も。何だかすごく楽しみ」

そこに私はいない。それはもう決まったことだった。今後のすべてのことは、私が手に入れる二千万を前提にしている。だったら、そこに私はいない。いてはならない。それでよかった。死んでもいい、でも、死にたい、でもなく、死ねる、と私は思っていた。これで、私は死ねる。私には死ぬ理由があり、私の死は未来につながっていく。それ以上、何を望む?

ただかなうことならば、神様、と私は思った。ほんの一目だけでもいい。私がいなくなったあとのこの子たちの姿を見てみたい。たとえば大学生になって、学業の傍らアルバイトに勤しんでいるサトシくんの姿を。たとえば高校生になって、はにかみながら男の子の横を歩いているエリちゃんの姿を。たとえばもっと大きくなって、絵のコンテストで一等賞を取って誇らしげに笑うヒトミちゃんの姿を。頼りになるガキ大将になって、同級生たちの輪の中心にいるリュウくんの姿を。可愛いと評判になって、バレンタインには山ほどチョコレートを持ち帰ってくるアキヒコくんの姿を。

死を決めて、初めて私は私のいない未来を愛しく感じていた。その未来につながっている今のこの世界の何もかもをも、それなら許せそうだった。

「おばちゃん」

ふと顔を上げると、いつの間にかヒトミちゃんが私の前に立っていた。

「泣いてる?」

それまでサトシくんたち三人に目をやっていた工藤も「え?」と声を上げて、私を見た。エリちゃんもヒトミちゃんの横に立ち、私を見ていた。

「泣いてないよ」と私は言った。

「おばあちゃん、帰ってこないの?」

ヒトミちゃんの目が潤んだ。私は椅子から立ち上がり、ヒトミちゃんの前にひざまずいて、その肩を抱き締めた。

「そんなことないよ」と私は言った。「おばあちゃんは、ヒトミちゃんのいる家に帰りたいから、一生懸命頑張ってる。でも、家にいなくたって、おばあちゃんはいつもヒトミちゃんのことを考えてるよ。ヒトミちゃんがおばあちゃんのことを考えているのと同じくらい、ううん、それよりももっと強く、ヒトミちゃんのことを考えてるよ。だから」

だから何だろう?

「だから、ヒトミちゃんも頑張ろう。ね?」

いやらしい大人の誤魔化し方だった。けれど、本来の庇護者から遠ざけられ、今、たった一人の庇護者を失おうとしているヒトミちゃんに、他にかけられる言葉などなかった。

「おばちゃんが泣かないなら、私も泣かない」とヒトミちゃんは言った。

「おばちゃんは泣かないよ。泣いてなんてないよ」

「それじゃ泣かない」とヒトミちゃんは言った。

「ヒトミは偉いね」とヒトミちゃんと同じくらい目を潤ませながら、エリちゃんがヒトミちゃんの頭を撫でた。

ああ、とその姿に私は思った。
私はやっぱりこの世界の未来が愛しかった。

＊＊＊＊

いつもの火曜日の午前中だった。編集部にはアルバイトを除けば、俺と山瀬しかまだきていなかった。昨日の夜の馬鹿騒ぎは、またさらにすごかった。カラオケボックスで酔っ払った編集長が自分で叩き割ったグラスで手に怪我をしていた。今日はいつもよりさらに遅い出勤になるかもしれない。

「持田和夫、如月俊、高野章子」

ネットで何か調べものをしているらしき山瀬に俺は言った。

「共通点は何だ」

「それは、だからアルカロイド系の毒で死んでることと、それから自殺の原因と自殺との間に時間があることでしょ?」

パソコンを見たまま、山瀬が応じた。

そう。だから俺は不審に思った。

「ああ、それと、三人ともかなり近い時期に死んでますよね。最初の持田和夫から高野章子までひと月弱しか開きがない」

だから、そこに意思を感じた。そのときに誰かが動いた。三人とは違う意思が働いている。そう感じた。俺はそれを毒物のセールスマンと仮定して、その線で調査を続けた。

「高野章子は他の二人と違って、有名人ではなかった。だとするなら、セールスマンは、他の二人とは違う接触の仕方をしたはずであって、だったら、セールスマンは高野章子の身近にいたのかもしれない。それが仮説ですよね」

パソコンから俺に目を向けて山瀬が言い、俺は頷き返した。

だが何かが嚙み合わない。何かが間違っている気がする。けれど、その思考のどこが間違っているのか、わからなかった。

「何がおかしいんです？　高野章子の身近にセールスマンが出てこないことですか？」

「ああ、いや」と俺は首を振った。「高野章子の一年間を俺はまだ調べ切れていない。セールスマンが出てこないからといって、それ自体はおかしくはない」

「じゃあ、何です？」

「高野章子の一年と、他の二人の一年が違う」

「どういうことです？」

俺は高野章子の預金通帳から立てた仮説を山瀬に話した。他の二人と違い、高野章子は初めからそのときに死ぬつもりだったと。そうだとするなら、セールスマンの接触は、高野章子の予定した時期とさほど変わらなかったことになる。二人と違い、高野章子の死は毒物に誘発されたものではないということになる。

「その偶然が気に入らない。高野章子が予定した時期に、なぜセールスマンは接触した？」

「考え過ぎじゃないですか？」と山瀬は言った。「貯金、百万くらいあったんでしょう？　それを何かのときのために取っておいたお金だと考えるからおかしくなる。高野章子はお金を遣い切るつもりで、だから自殺を予定していた日はもっとずっと先だった。けれど、それより前にセールスマンが接触してきた。だから死んだ。それならおかしくないじゃないですか」

それなら確かにおかしくはない。ああ、いや、違う。それでもおかしいのかもしれない。

「だったら、何で高野章子は予定を変えたんだ？」

「え？」

「毒物が手に入った。だったら、予定通り、貯金を遣い切ったところで、それを飲めばいい。セールスマンが接触してきたことで方法が固定されることはあっても、その時期までずらす必要はない」

「それはそうかもしれませんけど、死にたいと思っている人間のもとに簡単に死ねる道具がやってきたんですよ。使いたくなるでしょう。予定ぐらい変えちゃいそうな気がしますけどね」

けれど一年だ。高野章子はそのときすでに一年も、生と死の間の淵を覗き込んでいたのだ。他の二人とは違う一年が、そこで意味を持つ。如月俊と持田和夫。二人だって死を思ったことはあったたろう。けれど、それは高野章子とは違う。貯金を割り算して、そこで出した数字を律儀に守り通していた高野章子とはリアリティーが圧倒的に違ったはずだ。高野章子の一年は、死に向かう一歩一歩の歩みの積み重ねでしかなかった。それほどまでに死を思い定めていた高野章子にとって、毒物とはそれほど魅力的なアイテムだっただろうか。自らの予定を変えるほどの力が、その毒物にあっただろうか。どうであれ死ぬつもりであった高野章子にとって、それは手段の選択肢が一つ増えたという以上の意味を持っただろうか？

「真面目なんだよ」と俺は言った。

「は？」

「高野章子。真面目なんだよ。嫌になるくらい真面目で律儀なんだよ。死ぬってときにまで、荷物を段ボール一つにまとめ切って、その段ボールに実家宛の着払いの伝票までつけておくくらい。おまけに意固地なんだよ。自分でやると決めた仕事は、たとえ何時になっても、誰からも評価されなくても、それどころか煙たがられても、その日のうちにやり遂げるくらい。そんな高野章子が、毒物一つで予定を変えるか？　ましてや自分が死ぬ予定だぞ」

「知りませんよ、そんなの。僕は原田さんと違って、高野章子の彼氏じゃないんですから」と山瀬は言った。

やはり例外なのだろうか、と俺は考えた。

高野章子は自分が予定した通り毒物で死んだ。そこでたまたまセールスマンが接触したと考えるから気に入らないだけで、予定した死に備えて高野章子があらかじめ用意しておいた毒物を飲んだだけだと考えれば、気に入らないことなど何もない。高野章子の前にセールスマンなど現れなかった。他の二人と同様、たまたま毒物で、たまたま原因から時間が経っていて、たまたま他の二人と似た時期に死んだということにはなるが、そちらのたまたまならば、俺はまだ飲み込めそうだった。

「ああ、ただ」と山瀬が言った。

「何？」

「いや、これ、全然、違う話なんですけど、セールスマンは何で持田和夫を選んだんでしょう？」

「何でって？」

「最初に死んだのは、持田和夫ですよね。これが先々月の二十日でしたか」

「ああ」

「そのときにセールスマンが動いたと仮定したとして、何でわざわざ持田和夫だったんでしょう？　それは事件としては強烈だった。その遺族として、持田和夫が、一時期、ずいぶんメディアに名前を取りざたされていたことも事実です。でも、そんなの一時期ですよ。先々月、生きていることに絶望している人間を選ぶとき、真っ先に浮かぶ名前でしょうか？　如月俊は、まあ、死ぬ直前までテレビにも出てましたから、わからなくはないんです。高野章子がセールスマンにとって身近な人間だったとするなら、それもわかります。でも、持田和夫はちょっとわからないです。榊伸明の死刑執行が報じられた直後だとか、せいぜい二、三ヶ月後、百歩譲って半年後だっていうのなら、まだ納得はいくんですけど、一年と一ヶ月後ですよ。普通、思い浮かべますか？　それだったら」

　山瀬は自分のデスクの上に積み重ねられたうちの雑誌のバックナンバーの背を指で追い、そこから一冊を抜き出した。二ヶ月前に出したものだった。ページをめくった山瀬は、目当ての記事を俺の前に広げた。

「こっちを選ぶほうが自然じゃないですか？」

　開いたページには、酒酔い運転の車に目の前で妻子をひき逃げされた男の怒りに満ちたインタビューが載せられていた。駆け寄った男の目の前で、妻子は息を引き取っていた。その後、犯人が逮捕され、危険運転致死傷罪の適用を巡る話題で、彼はそのころメディアにもよく登場していた。うちの雑誌でのインタビューもそういう趣旨のものだった。

「これ、この人の連絡先、わかるか？」

「生きてますよ」と山瀬は言った。「確認しました。ちゃんと生きてます。毒物を売るなんていう妙な人間が接触してきたこともないそうです」

毒物と時間。それが三人をつなぐキーワードだった。俺はそこに不自然さを感じて、セールスマンの存在を仮定した。けれど、その仮定が当たっているとするのなら、逆にセールスマンにとっては、時間というキーワードはまったく必要がない。それにもかかわらず、持田和夫の死からこちら、アルカロイド系の毒物で死んだ二人には、そろって時間というキーワードが当てはまった。

「でも、高野章子がそんなに律儀なら」と雑誌を元の場所にしまいながら山瀬が言った。「毒物の入手経路くらい遺書に書いておいてくれればよかったですよね。そうしてくれれば、原田さんが苦労することもなかったでしょうに」

「まったくだな」

そう言って苦笑したとき、目の前の電話が鳴り、俺は受話器を取った。相手は今井さんだった。

「先日、病院でお見かけしました」

「ああ、そうでしたか」と俺は言った。「どうにも手詰まりになって、院長にご意見をうかがいに行きました」

「ということは、まだ高野さんについてお調べになっているんですよね」

「ええ。何かありましたか?」

「ああ、いえ。また無駄にお手間を取らせるだけになってしまうかもしれませんが」

「構いません。何です?」

「こちらにボランティアで通っている大学生の女の子が、高野さんのことを覚えているというので」


高野章子がボランティアに通っていた期間はそれほど長くはない。その女子大生が病院と離れて特別な付き合いをしていない限り、何かを知っている可能性は薄いだろう。けれど、今はどんな些細なことでも聞いておきたかった。

「是非、お話を聞かせていただきたいです。ご紹介いただけませんか?」


今井さんが間を取り持ってくれて、俺はその女子大生と新宿の喫茶店で会った。彼女は東京の私大で社会学を学んでいるという。ホスピスでボランティアをしているくらいだから、真面目そうで地味な女の子を予想していたのだが、彼女は今時の大学生らしく、明るい色の髪と凝ったネイルをしていた。けれどその口ぶりは、今時の大学生を基準に考えればかなりきちんとしたものだった。

「私、高野さんとはほとんど面識はないんです」と彼女は言った。「私がボランティアに入るようになったのは、高野さんがこなくなるほんのちょっと前ですから。ボランティアにきていた高野さんと会ったのは一度だけだったと思います」

「ええ」

「それが、あるとき、患者さんに聞かれたんです。ナカザトタケシさんというおじいさんです」

字を聞くと、彼女は俺が差し出した手帳に『中里毅』と書いた。

「高野さんはきていないようだけれど、どうしたのかって。それで、辞められたんじゃないかって話したら、つれてきて欲しいと頼まれました。どうしてですって聞いたら、中里さん、形見分けをしたいって」

「形見分け、ですか?」

「珍しい話じゃないです。自分の最後のときを一緒に過ごした人ですから、やっぱり情が移るんでしょう。中里さんからではないですけれど、私もそういうの、もらったことがありました」

「それで、高野さんは?」

「電話したら、きましたよ。特に気をつけていたわけではないんですけど、中里さんの病室から出てくるところにちょうど出くわしました」

「そこで話は?」

「ええ。高野さんが手ぶらだったんで、私、あれ、って思ったんです。形見分けでもらったものは何だったんだろうって。バッグも持っていなかったし、服装も普通のワンピースで、何かをしまうような場所もなかったですし。それで、私、何をもらったんです、って聞きました。そうしたら、高野さん、生きる時間をもらったって」

「え?」

「おかしいでしょう?」と彼女は笑った。「でも、高野さん、そう答えたんです。生きる時間をもらったって。それで、私、何か話をしたんだろうなってそう思ってました。高野さんのことはよく知らないですけど、暗いっていうか、あんまり元気な人じゃなかったので、中里さん、きっと何か高野さんを元気付けるような話をしたんだろうって思っていました」

そうだろうか?

中里毅。

もし彼がセールスマンであったとしたら?

中里毅は、ニュースや報道から如月俊と持田和夫の名前を知り、二人と接触した。すでに死の床にあった中里毅が二人を訪ねたとは考えにくい。何らかの手段で二人を病院、あるいはその近くまで呼び寄せたのだろう。そのセールスマンのもとに、吸い寄せられるようにもう一人の顧客が現れた。それが高野章子。病室から出てきた高野章子は手ぶらだったという。けれど、たとえば丸薬一つ。あるいは紙に包まれた一服の粉末。それだけなら、バッグなどなくとも、どこかにしまえるだろう。

生きる時間。

それはいったいどういう意味だろう。死ぬ手段を手にしたことを自嘲気味にそう表現したのだろうか。

「中里毅氏は、その後?」

「ええ。高野さんがお会いになってから、どうでしたかね。一週間くらいあとでしたかね。亡くなられましたよ」

「それはいつごろでしょう?」

「三月だったと思います」

先月なら、それで期日は合う。持田和夫と如月俊とには、それより前に接触していたということだろう。

「去年の三月」

え？

「去年？」と俺は聞き返した。

「ええ。去年の三月です。ああ、いや、二月だったかもしれません」

「ちょっと待ってください。今年の話ではないんですか？」

「いえ、だって、高野さんを知ってたくらいですから、去年の話ですよ」

もう一年も前ですから。そのころにいらした患者さんは、みなさん、亡くなられています。

そうだった。緩和ケア病棟に流れる一年は、他の一年とは長さが違う。

「それじゃ、高野さんが呼び出されたというのは、高野さんがボランティアを辞めた直後のことですか？」

「ええ。そう言いませんでした？」

「ああ、いや、すみません」と俺は言った。「勝手に誤解していました」

中里毅の死が去年の話だというのなら、中里氏はセールスマンではあり得ない。仮に、そのとき、中里氏からもらった毒物を高野章子が一年後に飲んだのだとしても、如月俊や持田和夫のもとに毒物を届けられるわけがない。二人にもその一年前に毒物を渡していて、毒物を受け取った三人ともがたまたまその一年後にそろって毒を飲んだというのでは、偶然が重なり過ぎる。

「如月俊。知っていますか?」

「如月俊?」

彼女は聞き返し、ああ、と頷いた。

「あの、バイオリンの? この前、死んじゃった人ですよね?」

「ええ。彼が病院に来たようなことはありませんか? あるいは病院の近くで見かけたこととか」

「さあ。私は見たことはないですけど」

写真を持っていれば持田和夫についても確認するところだが、持田和夫の写真を持ち歩いてはいなかった。仮に聞いたとしても、おそらくは無駄だろう。中里毅氏はセールスマンではない。では、何者だ? 高野章子がもらった生きる時間とはどういう意味だ? それは一年後の高野章子の自殺とどう関係している?

8

園長が百合の家に戻ることはなかった。園長が死んだのは、年が明けてしばらくしたころだった。東京にその年初めての雪が降り、その雪が百合の家の庭先から姿を消すころ、消える雪の一塊だったように園長は静かに逝った。葬儀は百合の家で行われたが、すべてをベンツが取り仕切り、私たちは一切の手出しを許されなかった。一人息子なのだから当然と言えば当然で、私たちも文句は言えなかった。葬儀にやってきたのは、知らない人ばかりだった。

「もう一年ぐらいしかないけど、どうする？　今回は見送ろうか？」

六十ほどの男性がベンツにそう言っていた。

「いえ」とベンツは言った。「母の遺志を実現するためにも、立候補はしようと思っております。よろしくお願いいたします」

区政、と私は思った。本当に区議会議員に立候補する気のようだ。一年先というのなら、私が投票することはない。すまん、ベンツ。

初めて見るベンツの妻とその娘も、故人の遺族というよりは、候補者の家族というような顔で参列者たちに頭を下げていた。そう思って漏れ聞く会話をつなぎ合わせてみると、葬儀にやってきたのはそのほとんどがいわゆる地元の有力者たちのようだった。実母の死というのは、ベンツにとって、またとないアピールの場なのだろう。

ほとんど蚊帳(かや)の外に置かれたまま、まるで選挙活動の一環のような葬儀が終わった。参列者たちが帰り、何の後片付けもしないまま、ベンツの妻と娘もいつの間にか姿を消していた。参列者のためにベンツが取った寿司の残りをみんなで摘んでいると、ベンツが姿を現した。

「お疲れさん。ようやく終わったな」

ベンツは心底疲れたように、空いていた椅子の一つに体を投げ出した。サトシくんがきっとした視線をそちらに向けた。そこは、いつも園長が座っていた椅子だった。

「お疲れ様でした」

サトシくんが声を上げる前に、私は言った。

「ずいぶん盛況でしたね。ほとんど知らない方ばかりでしたけど」

十分皮肉は込めたつもりだったのだが、ベンツには通じなかったようだ。

「ああ、そうだな。お袋のことなんか、ろくに知りもしない連中だ。実際のところ」

ベンツは首をほぐすように、天井を見上げ、そのまま首を一つ回した。

「お袋の死を悲しんでくれるのは、ここの、君らくらいのもんだよ。君らがいてくれて、お袋も喜んだと思う。ありがとう」

実の母親が死んだのだ。いかなベンツとはいえ、神妙な心持ちになっているのだろう。私は自分のつまらない皮肉を少しだけ恥じた。

「それで、これからのことなんだけど」とベンツは言い、私に目を向けた。「遺言状、お袋に勧めたって？　聞いたよ」

「ええ」と私は言った。「すみません」

「いいよ。こういうことは、きっちりとしておいたほうがいい。お袋の遺志がちゃんと伝わったほうが、俺だって気が楽だ」

あくの抜けた言い分に、私は拍子抜けした。葬儀が終われば、すぐさまベンツとのバトルが待っていると思っていたのだ。

「そう言っていただけると、こちらも助かります」と私は頭を下げた。「ありがとうございます。有用に使わせてもらいます」

私の目配せを受け、工藤も、ありがとうございます、頑張ります、と頭を下げた。

「ああ、うん。そうだね」とベンツは言った。「それで、どう？　半年くらい？　それとも三ヶ月くらいでいいのかな？」

「は？」と私は聞き返した。

「だから、ここ。このまま使うのは、どれくらい？　なるべく早いほうが助かるけど、お袋の遺志もあるし、なるべくそっちの事情は考慮するよ。ああ、でも、一年とか言われると、ちょっと困るけど」

「え？」と私は言った。

「え？」とベンツも言った。「ああ、そう。そうだよな。まだお袋が死んだばかりだもんな。先々のことはまだ考えてないか。なるべく早く決めてよ。役所にも、何か、色々手続きがあるみたいだし」

「あ、サトシくん、お願い」

私が言うと、サトシくんは察して、子供たちを連れ、二階へと上がっていった。

「あの」と私はベンツに言った。「その、園長の遺言の内容って」

「だから、自分の死後も、なるべく君らの意思を尊重して、落ち着くまではここをこのまま使ってもらう。最後の一人の行き先が決まるまでは、今の状態を維持する。子供たちの行き先については、役所も交えて、みんなが納得する場所を慎重に見極めること」

「ここの、あの、この土地や建物の所有は」

「所有？」とベンツが眉を寄せた。「所有権？　それは、もちろん俺が相続するけど？」

私は言葉を失った。噛み合わない会話に、ベンツもぽかんとしていた。

「あの、いや、ちょっと待ってください。私が園長にお願いしたのは、ここをこのままずっと使わせて欲しいということだったんです。三ヶ月とか、半年とかではなく」

「おばちゃん」とベンツは疲れたようにため息をついた。「まだそんな無茶なことを言ってるの？　この前、話しただろう？　お袋抜きじゃ、ここは持たないよ。お袋にだって、そう言った。お袋もそれで納得してたよ。そりゃそうだろう？　状況を客観的に見れば、ここはもう終わりだよ。そうしたほうが、あの子たちのためでもある。そのくらいのこと、おばちゃんにだってわかるだろう？」

「何とかなるんです」と私は言った。「その算段もついているんです。ここさえこのまま使わせてもらえるのなら、私たちはやっていけるんです」

「本当です」と工藤も言った。「お願いです。このまま続けさせてください。あの、俺、給料、いりませんから。ていうか、ここ、俺、辞めます。辞めて、もっと稼げる仕事に就きます。面接も受けてるんです。落ちてばっかりだけど、絶対にどこかに入ります。いい会社に入ります。もらった給料をこの家に入れます。あいつらのために使います。それで……」

工藤の言葉の途中から、話にならないというようにベンツは首を振った。

「勝手なこと言うなよ。ここを使いたいっていうなら、お前、ここ、買えよ。値段だって、少しは考えてやるよ。買って、自分のものにして、その上でなら好きに使えよ。俺も文句は言わないよ。でも、人の土地を自分の都合で好き勝手に使うなんて、お前、それはいくらなんでも身勝手だ」

工藤が言葉に詰まった。

「区議会選挙」と私は言った。

何、というように、ベンツが目を向けてきた。

「立候補なさるんですか?」

「ああ、そのつもりだけど?」

「区政に携わろうという人間が、それじゃ、あんまりに冷淡じゃないですか? そういう人は、もっと弱者のことを考えて」

「わかってるよ」とベンツは言った。「おばちゃんの言うことはわかるし、俺だってそうするつもりだ。当選できたら、あいつらみたいな、ああいう子供たちのために何ができるかを考える。だけど、選挙には金がかかる。俺にも、この土地は必要なんだ。なるべく早く売って、それを選挙資金に当てる。今、目の前にある一つのどうにもならない施設を長らえさせるより、もっと根幹から制度そのもののあり方を見直したほうが有意義じゃないか? お袋にもそう話したし、お袋も賛成してくれたよ」

「ちょっと待ってください」

工藤が悲鳴を上げた。

「待つよ。ただし半年だ」とベンツは言った。「それ以上は待たない。役所にもそう話をつける」

ベンツは立ち上がった。反射的に私も工藤も立ち上がった。工藤が立ち上がったことで、ベンツが少し身構えた。けれど、工藤に殴りかかってくる気配がないと察して、ベンツは言った。

「ここはお袋のものだったし、今では俺のものだ。お袋の思いも、俺の思いもはっきりしてる。何なら、遺言状、見るか?」

ベンツは言った。反論のない私たちをしばらく無感動に見据えると、ベンツはベンツに乗って帰っていった。

はあ、と絶望的なため息をついて、工藤は椅子に座り直した。

私はリビングの片隅にある園長の写真を見た。園長は私に向かって優しく微笑みかけていた。

ベンツが遺言状を捏造（ねつぞう）した。一瞬、そうも考えた。けれど、さっき、嚙み合わない会話にぽかんとしていたベンツのあの表情が演技だとは思えなかった。ここを工藤に譲り渡す話など、ベンツは本当に聞いてなかったのだ。

あれで本当は優しい子なのよ。

写真の園長が言った。

私から話せばきっとわかってくれるわ。

何をだ、と私は思った。あんたはベンツに何を話して、あんたとベンツは何をわかり合ったんだ？

ふざけるな、と私は思った。写真を蹴り倒したい気分だった。

結局、あんたもそうなのかよ。口では綺麗なことを言いながら、死ぬ前にすがったのは、結局、確かな血筋なのかよ。あんたを慕ってくれた子供たちの家を取り上げたって、実の息子に財産を残したかったのかよ。いい親だったって思って欲しかったのかよ。最後にあんたの頭にあったのは、そんなちっぽけな見栄なのかよ。クソッタレ、クソッタレ、クソッタレ。

「くそったれ」

私は大声で叫んでいた。

写真の園長は何も答えてくれなかった。私はその場に膝をついた。

「おばちゃん」

振り返ると、工藤が私を茫然と見下ろしていた。

「どうしよう?」

どうしようもあるわけがなかった。ベンツはこの家を取り上げる。あと半年で必ず取り上げる。この家はなくなる。みんなばらばらになる。

いつの間にか工藤の背後に子供たちが並んでいた。私の視線を追って、工藤が振り返った。

「おばちゃん、大丈夫?」

エリちゃんが言った。

「喧嘩、駄目」とアキヒコくんが言った。

「喧嘩じゃないよ」

私は笑った。笑おうとしたけれど、涙が溢れてきた。悔しかった。こんな状況になったことが悔しかった。こんな状況で何もできないことが悔しかった。

「泣かないで」

ヒトミちゃんが近づいてきて、膝をついたままの私の肩をぎゅっと抱きしめてくれた。

「おばあちゃんがいなくても、ヒトミがいるから。だから、泣かないで」

ヒトミちゃんの体温に包まれた。もう駄目だった。私は爆発的に泣き出していた。ごめんね、ごめんね。何度も謝りながら、私はしゃくり上げた。何にもできなくて、ごめんね。あなたたちは何も悪くないのに、ごめんね。私は何もしてあげられなくて、何でもしてあげたいと思っているのに、それでも何にもできなくて、ごめんね。本当にごめんね。

涙が涸れるまで一晩かかった。涸れてみれば、その一晩の無駄さえ惜しかった。私たちには嘆いている暇などなかった。時間がない。私と工藤は電卓を叩いた。

「要するに場所だよ。家だけ確保できればいい。どこか別な場所を確保して、そこを新しい家にしよう。あとはおばちゃんと俺とで何とか回していく」

工藤はそう言った。不動産屋にも足を運んだ。けれど、使い道を説明すると、どの不動産屋も顔をしかめた。

「事情が事情ですからね、お力になりたいとは思うのですが」

彼らは一様にそう言った。

「大家さんがね。その条件ではちょっと」

子供たちと工藤。少なくとも六人が暮らすとなれば、それだけで借りる家の選択肢は極端に減った。その上に、そういう特殊な使い方を許してくれる大家を探すのは厳しいようだった。

賃貸での移転は難しい。かといって、二千万で買える家など近所にはほとんどなかった。いや、まったくなかった。

思い切って、地方に移ることも検討した。それならば、家の問題は何とかなりそうだったが、そうなると工藤の就職先が限定される。工藤という人間の条件で、東京並みの賃金を得るのは、地方では難しそうだった。

補助金なしでもやっていけるようにする。それが私の至上命題だった。国家も役所も絶対に当てになんてしない。あの園長だって、最後には見限ったのだ。お上など、当てになるはずがなかった。適当な言い訳さえ見つかれば、国家は、役所は、この社会は、簡単に彼らを見限る。誰の手も借りずに、この社会の中で生きていく。生きていけるようにする。そのためには、工藤にそれなりの稼ぎを上げてもらわなければならなかった。

半月の間、私はあらゆる可能性を検討した。子供たちが離れ離れになることなく暮らせる環境。いつかは補助金なしでもやっていけるようになる環境。条件はその二つだけだった。けれどその条件をクリアすることが難しかった。

せめて三千万、と私は思った。

あのとき、せめて三千万の保険に入っておけばよかった。それだって、何とかなった保証はないが、それでも今よりは方策があったかもしれない。

悔やんだが遅かった。あのとき、私は自分の命にその値段をつけたのだ。

「決まったよ、おばちゃん」

工藤が弾んだ声で声をかけてきたのは、園長の死からひと月が過ぎようとしていたころだった。

「就職先。俺、決めてきたよ」

工藤が一枚の紙を差し出した。そこには、再来月の四月から工藤を雇い入れる旨が簡潔に記されていた。その会社の名前は、私は聞いたことがなかった。

「何？　何の会社？」

「ネットショッピングの会社。地方の名産品みたいなのを集めて、ネットで売るってそういう会社。業績はうなぎのぼりらしいよ。今、上場も目指しているらしくて、人を集めてたんだ」

「給料は？」

工藤が口にした給料は、私が期待したものより二割は多かった。

「正社員？　契約とかじゃなく？」

「正社員」と工藤は頷いた。

「すごいじゃない」と私は言った。

「何がいいって、そこ、上場できたら、特別にボーナスが出るらしいんだよ。最初のころからいた社員に比べれば少ないけど、それでも、結構、出るみたいなんだよ。上場できるかどうか、ここ一年が正念場で、だから、みんなで頑張ろうって、そう言われた」

キャピタルゲイン、というやつか。

「でも、ネットショッピングって、あんた、そんなの、大丈夫なの？」

「俺は、営業。地方を色々回ってさ。商品になりそうなものを見つけてきて、その生産者と交渉する。そういう仕事」

それならきっと向いている、と私は思った。こいつの屈託のない笑顔は、きっとそういう場では強力な武器になる。おそらく、採用者もそう考えたのだろう。

「よし」と私は頷き、工藤の頭を撫でた。「よくやった」

それで何とかなるわけではなかった。工藤がそこに就職するというのなら、地方移転の目はなくなった。東京、あるいはその近郊で、新しい家を探さなくてはならない。その難しさは、今までと変わりはなかった。けれど、園長の死以来、それはこの家に初めて訪れた朗報だった。園長の羽の中から、少なくとも工藤は抜け出したのだ。

よせよ、と照れたように笑いながら、工藤は私の手から逃げた。

「一応、ネットの勉強もしなくちゃいけないんだけど、あれ、ほら、パソコン。支給してくれた。就職するまで、勉強しろって」

景気のいい会社のようだ。

私はまた方策を考えた。工藤の給料がそれだけ入ってくるのなら、補助金にたいした金額はいらない。あと一、二年誤魔化せればサトシくんがバイトをできる年齢にもなる。そこからさらに四年経てば、今度はエリちゃんがバイトをできる年齢になる。そこまで持てば、家は回る。問題は、家だ。家なのだ。

二千万。それだけあるのに、家が手当てできない。アキヒコくんが十八になるまでなどと贅沢は、もう言わない。せめて十年。二千万で十年、家を貸してくれる人。ただそれだけのことなのに、それが見つからない。無理もない。考えてみれば、今、お金が欲しい人なら家を売る。人に貸すというのは、今、まとまったお金が要らなくても、その財産をいつでも処分できるという状態を選択した人たちだ。そういう人たちにとって、役所が要求する書類にサインをするというのは、おかしなリスクを抱え込むように感じられるのだろう。常識外れの値段を出せるのならともかく、同じ値段ならば、普通の条件の人に家を貸す。私だってそう考える。それでも一年、二年と時間をかければ、見つかるかもしれない。けれどその時間が、私たちにはもうなかった。

家か、と私は考えた。

そしてふと思いついた。

家か。家ならあるじゃない。

私はベンッを訪ねた。ベンッの会社はアスファルト舗装を主にした土木会社だった。首都高速が近くに走る倉庫のような会社を訪ねると、ベンッは意外そうな顔をして、それからすぐその顔をしかめた。お茶はいらないからと女性の事務員に告げると、ベンッは私を「社長室」へと通した。

「忙しいから、手短にね。何?」

「二千万」

赤茶色の合皮らしきソファーに腰を下ろすと、向かいで尊大に足を組むベンッに私は言った。

「それで、あの家を譲ってくれとは言いません。十年でいいです。せめて十年、貸してください。あと十年だけ、あのままで使わせてください。お願いします」

私は頭を下げた。

悪い話ではないはずだった。年にすれば二百万。何もしなくても、それだけのお金が入ってくるのだ。初期投資はいらない上に、十年後には売ってもいいという話なら、決して悪い資産運用方法ではないはずだった。しかも、ベンッに必要な選挙資金はまかなえる額だろう。ベンッの目が鈍く光ったように見えた。

「その二千万は、どこにあんの?」

「二ヶ月待ってください。二ヶ月後に入ってくる予定です」

鈍い光が消えた。

「何、その二ヶ月って」とベンッは言った。「駄目だよ。そんないい加減な話。信用できないよ」

信用できない?

私が命張って手に入れる二千万。私の命の代金、二千万。私がこの世界に残せるたった一つの存在証明。それが、信用できない？

すっと頭に血が上った。

立ち去ろうとしたベンツの背後から、私はつかみかかった。襟をつかみ、後ろに引きずり倒した。引きずり倒したつもりが、私も一緒になって倒れていた。もがいているベンツの腹の上に私は馬乗りになり、胸倉をつかんだ。

「たった二ヶ月」と私は叫んだ。「二年でも、二十年でもない。たった二ヶ月待ってくれと言ってるんです。そこでお金が用意できなかったら、好きにすればいい。ただ二ヶ月。信じてくれとは言いません。騙されたと思って待ってください。お願いします、お願いします、お願いします」

胸倉をつかみながら、その胸に泣き崩れた私を、ベンツは邪険に追い払った。ベンツの体からどかされ、膝をついたままの姿勢で、私は床に手をついた。

「お願いします。お願いだから二ヶ月だけ」

「二ヶ月」

立ち上がったベンツが冷たく私を見下ろした。

「それ以上は待たないよ」

体の力が抜けた。

「ありがとうございます」

私は床に額をこすりつけた。

私にとっては特別な日でも、世界にとってはいつもと同じ一日だった。さほど暑くも寒くもなく、雷を鳴らすような雲もなければ、雲ひとつない青空が広がっているわけでもなかった。

約束の日、私は公園へ向かった。公園は、あの日と変わらない情景だった。あれから一年の月日が流れたことが信じられなかった。

約束の時間の一時間も前に私は公園についていた。あの日、あの人に会わなければ、とベンチに座って、私はぼんやりと考えた。私はどうしていただろう？　一時の気まぐれと自分を笑い、またいつもと変わらない日常を過ごしていただろうか？　それとも……。

私は空を見上げ、目を閉じた。

たぶん、違う。どうであれ、私はここにいなかっただろう。すでにこの世界にいなかっただろう。この一年間、私が生きてこられたのは、一年後のこの日の約束があったから。それともう一つ、あの子たちのおかげだ。あの子たちがいたから、私は生きてこられた。ボランティア？　とんでもない。助けられたのは私のほうだ。

私は子供たちの顔を一つ一つ思い浮かべた。アキヒコくん、おばちゃんロボットはもういなくなっちゃうけど、いつだって正義とアキヒコくんの味方だからね。おばちゃんロボットなしでも、正義と自分のために戦うのよ。リュウくん、もうブランコも押してあげられないけど、大丈夫よね。ずっと強く漕げるようになったもんね。空に飛んでいっちゃいそうなくらい。ヒトミちゃん、おばちゃん、絵が下手でごめんね。もっと上手な人に、もっときちんと習いなさい。あなたにはきっと才能があるから。その才能が、いつかきっと大勢の人にわかってもらえるから。エりちゃん、まだ子供なのに、みんなのお母さんみたいな役割になっちゃったね。エリちゃんに似合う洋服、もっと買ってあげればよかったね。サトシくん、あんたは本当は優しい子なんだから、いつまでも斜に構えてないで、きちんと社会と向き合いなさい。ああ、でも、あなたがいてくれるから、私は安心。きっと大丈夫よね？　あなたは工藤なんかよりずっとしっかりしているもの。

みんなごめんね。おばちゃん、こんなことしかできなくて、ごめんね。本当にごめんね。

私は目を開けた。腕時計を見ると、約束の時間をすでに三十分も過ぎていた。

え？

私は時計を見直した。間違いなかった。約束の時間はとうに過ぎていた。私は慌てて公園を見回した。滑り台でそれぞれの子供たちを遊ばせながら、まだ若いお母さんが三人、立ち話をしていた。

人がいるから近づけずにいるのだろうか？

私はベンチから立ち上がり、ぐるりと周囲を見回した。誰もいなかった。隠れて誰かが私を見ているような気配もなかった。

まだ三十分、と自分に言い聞かせ、私はベンチに座り直した。一年も先の約束だったのだ。三十分くらい、遅れのうちにも入らない。

けれど一時間が経ち、二時間が経っても、あのスーツ姿が公園に現れることはなかった。三時間が経ち、四時間が経った。トイレに行きたかったが、我慢した。わずか数分のすれ違いを畏(おそ)れた。空腹も我慢して、五時間が経ち、六時間が経った。さすがに我慢しきれなくなって、近くのコンビニまで走り、トイレを借りた。戻ってくるまで、五分もなかったはずだ。私はまたベンチに座り、あのスーツ姿が現れるのを待った。

騙された？

夕方の六時も回り、ひと気のなくなった公園で、私は一人、茫然とした。

あれは嘘だった？　たちの悪い悪戯だった？　私は、その悪戯に惑わされて、この一年間、生きていたの？

信じられなかった。いや、普通に考えるのなら、その言葉を真に受けるほうがどうかしている。けれど、私が信じたのは……そうだ、あの人の目だ。あの平坦な、無機質な目を私は信じた。それがどんなに非常識な言葉であろうと、そこには何のまやかしもないと信じられた。それは、きっと……

ああ、と私は思った。それは、きっと、あのときの私と同じ目をしていたからだ。何の希望もなく、希望がないから絶望すらない。投げやりの挙句に行きついた平坦さと無機質さがそこにはあった。だから私は信じたのだ。私と同じだから。だからこの人はそんな嘘だけは絶対につかない。私はそう信じたのだ。

けれど一年だ、と私は思った。一年の間に、私の事情が変わったように、一年の間であの人の事情も変わったのかもしれない。

あの人はここへはこない。

七時を過ぎると、私もさすがにそれを認めた。ぼんやりした頭と空っぽのお腹を抱えたまま、百合の家に向かった。

「あ、おばちゃん。このお皿、お願い」

夕食の支度をしていたエリちゃんが言った。

「ああ、うん」

私は受け取ったお皿を機械的に食卓に運んだ。

「どうした?」

小さい子たちの相手をしていたサトシくんが聞いた。

「え?」と私は聞き返した。

「何だか変だ」とサトシくんは言った。

何か子供たちに言えないこと?

そう聞くように工藤も私を見ていた。

「ああ、何でもない」と私は言った。「大丈夫。ちょっと」

「ちょっと?」とサトシくんが言った。

「あ、生理」と私は言った。

「あ、ああ」とサトシくんが気まずそうに頷いた。

「セーリ?」とアキヒコくんが聞いた。

「ああ、生理っていうのは、だから、アキはいいんだ。気にしなくていい」

「セーリは尻尾(しっぽ)が生えるの?」とリュウくんが言った。

「尻尾?」とサトシくんが聞いた。

「おばちゃん、尻尾生えてる」

尻尾?

何のことかわからず、リュウくんを見返した。リュウくんが私のお尻を指差していた。体をひねったが、リュウくんの指しているそこは見えなかった。

「ああ、それ、何だ?」

サトシくんが近づいてきて、私のお尻の前に膝をついた。

「え? 何?」と私は聞いた。

「おばちゃん、どこか変なとこ座った?」

「変なとこって、別に」

「ペンキか、これ? マジックかな?」

お尻に何かついているらしい。私は洗面所へ行き、ジーンズを脱いだ。ジーンズのお尻のところに、薄く何かがついていた。悪魔の尻尾みたいな形だった。

ああ、矢印か、と私は思った。

それは白い矢印だった。白く矢印が塗られたところに、私が腰を下ろしたということなのだろう。けれど、そんなところに座った覚えはなかった。今日座ったところといえば、公園のあのベンチくらいのものだ。

あのベンチ、と私は思った。

私はジーンズをはき直した。

「ちょっと出てくる」と私は言った。

「え? だってもう夕飯だよ」

工藤の声を聞き流して、家を飛び出し、私は公園へと走った。すでに暗くなった公園に人影はなかった。私は街灯の光を頼りに、ベンチの座る部分を見透かした。あった。どうして気づかなかったのだろう？　ベンチには小さく、けれどくっきりと白い矢印が塗られていた。その矢印は座る板と背もたれの板の隙間に向けられていた。私はベンチの後ろに回り、膝をついて、ベンチの下を覗き込んだ。暗がりの中に何かがあった。私は手を伸ばした。何かがガムテープで留められていた。私はそれを引き剝がした。小さな透明のガラスの瓶だった。私はそれを手にして、中身を街灯に透かした。何か紙切れが入っていた。私は街灯の下へ行って、瓶から紙を取り出した。瓶には紙のほかに、小さなカプセルが入っていた。一緒に零れ落ちてしまったカプセルを慌てて拾い上げた。透明なカプセルの中には薄茶色の粉末が入っていた。私はそのカプセルを瓶に戻し、紙を広げた。手紙だった。

「もし、これを見ているあなたが、これに心当たりのない人だったら、このカプセルはすぐに捨ててください」

手紙はそう書き出されていた。

「もしもこれに心当たりのあるあなたなら」と手紙は続いていた。「本当にやってきたんですね。これが約束のご褒美です。保険には入りましたか？　このカプセルなら、突然の病死と疑われることはありません。そんな疑いがかかると、保険会社が告知義務違反だのなんだのと言い出しかねませんが、これなら間違いなく自殺と判定されるはずです。それでも心配なら遺書でも残しておけば、間違いないでしょう。もっとも、あなたのあのブログを見れば、あれが遺書代わりのようなものでしょうが」

あれきりブログは更新していなかったが、特段、削除もしていない。プロバイダーを変えていない以上、あのブログはネット上にまだ残っているのだろう。一年も前の話だが、その時点ですら単調な生活に疲れていたOLだ。会社も辞め、ブログの更新もやめ、一年分余計に年だけを取った女が一人、薬を飲んで死んでいれば、誰だって自殺だと考えるだろう。

ああ、あのブログか、と私はふと思い当たった。死にたいと書いたあのブログを、あの人は見たのだ。それまで載せられていた日記を丁寧に観察していけば、私の家を割り出すことは不可能ではないだろう。あの日、あの人は家から私をつけていた。きっとそうだ。公園のベンチに座り、私が死にたいと呟いたとき、私の前に姿を現した。

「直接、お渡しできなかったことをお詫びします。このカプセルを有用に使われることを希望します」

手紙はそれだけだった。私は手紙を閉じた。細かくちぎり、風に舞わせた。

あの人は何だったのだろう？　ネットに巣食う死神か？

いや、違う、と私は思った。この世界に住んでいるただの異常者だ。それもどうでもいい。私との約束をちゃんと果たしてくれた。それなら、あの人が何であろうが、どうでもいい。

私は瓶の中身を透かし見た。街灯の明かりの中に小さなカプセルがあった。

眠るように楽に。

あの言葉が頭によみがえった。ふいに体の力が抜けて、私はその場に膝をついた。

これですべての条件が整った。戻る道はなく、行く先は一つだけだった。ホッとしたというと言葉が違うようにも思う。けれど、私はすべての緊張感から解放され、気が抜けていた。

どれくらいそこで茫然としていたのだろう。聞き覚えのある声に、私は顔を上げた。

「おばちゃあん」

リュウくんの声だった。

「おばちゃあん、どこお？　もうご飯だよお」

何だか子供のころに帰ったみたいだった。

もうご飯よ。おうちに帰ろう。

そんなことが本当にあったのかどうかはわからない。いつか父や母にそう呼ばれたことがあったのかもしれないし、それは私が勝手に作り出した幻想なのかもしれない。ただその呼び声が、たまらなく懐かしかった。たまらなく懐かしくて、私は何だか泣けてきた。

「おばちゃあん」

当てもなく響いていた声が、トーンを変えた。

「おばちゃん」

私は顔を上げた。公園の脇を歩いていたリュウくんが、公園の周りにある低い柵を不器用に乗り越えて、こちらに駆けてきた。リュウくんが近づいてくる前に、私は滲んだ涙を拭い、立ち上がった。リュウくんが私の足にどしんとぶつかってきた。私の足を抱え込むように手を回したリュウくんが心細そうに私を見上げた。

「こんな時間に一人で出歩いちゃ駄目じゃない」と私は言った。「みんなは？」

「探してるの。みんな探してるの。リュウくんも探すの」

おそらく、工藤とサトシくんが私を探しに出かけたのだろう。留守番を任されたエリちゃんも不安になって探しに出かけた。残された三人もみんな探しに出かけた。私を。こんな私を心配して。

拭った涙が、また溢れそうになった。

「そう」

私はリュウくんの頭を撫でた。

「心配したの？　ごめんね」

「どこにも行かない」

リュウくんは私を見上げてそう訴えた。

「みんな一緒。ずっと一緒なの」

リュウくんが私の手をつかんで引っ張った。

「帰ろ、帰ろ、帰ろ」

ぎゅっと私の手を握るその力の強さに息苦しいほどの愛しさを感じて、私はしゃがみ込み、リュウくんを抱きしめた。

「みんな一緒。ずっと一緒」

私は言った。

もう、どこの誰にも、この子たちを追いやらせたりしない。この子たちは、この子たちの家は、私が守る。このつまんない命一つかけて、私が必ず守ってやる。

「帰ろう」と私はリュウくんに言った。「みんなのおうちに帰ろう」

＊＊＊＊

中里毅氏が高野章子の自殺に関係しているのか否かはわからなかったが、差し当たって、他に高野章子を知る糸口はなかった。中里毅氏について教えて欲しいと病院に掛け合ってみたが、個人情報を教えるわけにはいかないとにべもなく断られた。院長にも直談判してみたが無駄だった。どうしようかと頭を抱えたが、何のことはない。ネットで中里毅と検索してみれば、その名前はいくらでもヒットした。中里氏は生前、埼玉の私大で教授をしていたという。彼や彼の研究室の発表した論文もいくつか読むことができた。専門は植物学。

アルカロイド。植物に含まれる塩基化合物。

つながった。そうだろうか？　あるいはただの偶然なのか。

中里氏はセールスマンではあり得ない。高野章子が訪れたホスピスにたまたま植物学を専門としている大学の教授が入院していた。形見を残したというが、それはさほど珍しい話でもないという。だったら、ただの偶然ということもあり得る。

高野章子の自殺に関係があるのか、その確信を持てないまま、俺は中里毅氏について調査を始めた。

中里毅氏の自宅は勤めていた大学から車で十分ほどの場所にあった。駅から歩ける距離ではなく、宅地開発の波もまだ押し寄せてきてはいないようだ。周りには畑がずいぶんと見受けられた。畑の中に点在するように立つ家の一つが、生前、中里氏が借りていたものだという。大家はその近くに住む六十代半ばほどの男性だった。辺りの地主だという大家は、子供たちの独立とともに、小さな家を建て、自分は妻とともにそこに移り住んだ。使わなくなった家を十年近く中里夫妻に貸していたという。中里氏の連れ合いは、中里氏より三年も前に他界していた。今は空き家となっているその家は、近所の野良猫たちの棲家となっていた。

俺が訪ねると、大家は自分の家から十分ほど歩いたところにあるその家に案内してくれた。

「ああ、なんちゅうか、学者らしい学者さんだったよ」

しっし、と猫たちを足で追い払うと、大家は建てつけの悪い雨戸を開け、広い庭を見渡せる広縁に腰を下ろした。

「生真面目でね、家賃は毎月、決まった日に必ずご自分でお持ちになってくださったな」

「そうですか」

俺も大家の隣に腰を下ろし、荒れ果てた庭を眺めた。

「あれはビニールハウスですか？」

「ああ、先生がね、何か色々育ててたみたいだよ」

支柱もほとんどが倒れ、ビニールも破れたその残骸を見て、大家が頷いた。

「器用な人でね、簡単な病気なら医者よりも効く薬を出してくださすった」

「薬ですか？」

「ああ、本当はいけないんだって？　でも、俺っち、医者が嫌いでよぉ。そんでどこが痛いだ、あそこが苦しいだって言うとね、先生が薬をくだすった。これで治らなかったら医者へ行くんだよってよく言われたけど、先生の薬で治らなかったことはいっぺんもなかったな」

ネット上で読める論文には目を通してみた。民族植物学。それが中里氏の専門だった。学術的な論文など俺にわかるはずもないが、どうやら人間と植物との関わりを社会学と化学の両方からアプローチするものらしい。そこには当然、その利用法、薬学に近いものも含まれるだろう。そして、薬物と毒物との境は曖昧だ。いや、毒物だって薬物の一つだとも言える。薬物を精製できたという中里氏が毒物を作れたとしても不思議はない。

毒物を作ることができた植物学者。彼がアルカロイド系の毒物で自殺した高野章子と出会っていた。それは偶然か？

わからなかった。いや、普通に考えれば、それは確かにつながっているということになるはずだ。偶然だと考えるほうが根拠に欠ける。けれど、何かがしっくりこない。勘ではない。勘というよりもっと確かなものが自分の中にあるような気がしたが、それが何なのかわからなかった。俺は釈然としないその思いを取り敢えず留保することにした。

もし中里毅氏がつながっていると仮定すればどうなるか？

中里毅氏は高野章子の自殺につながっていた。けれど中里氏はセールスマンではあり得ない。だとするなら、もう一人、誰かがいたということになる。中里氏の意を受けていたのかいなかったのか。それはわからない。けれど、中里氏の近くにいた誰かが、中里氏から毒物を入手し、中里氏の死後、それを如月俊と持田和夫に売り、そして中里氏の近くにいた高野章子にもその毒物を売った。

そこまで考えて、俺は思い当たった。これだけさらってきてもほとんど交友関係らしきものが浮かんでこない高野章子に、もう一人、誰かが接触していたと考えることに俺は違和感を持ったのだ。いや、それは同心円状をぐるぐると回り続け、その中心にだけは一向に近づけない徒労感なのかもしれない。その中心の闇の中で、姿のわからない男が冷ややかに俺を笑っているようだった。

「どなたか、中里氏と親しかった人というのはいませんかね？　大学の仲間とか、あるいは、そう、同じ研究をしている研究者とか」

俺が聞くと大家は笑った。

「俺っちなんかに学者さんの世界はわかんねえよ」

ただ、どうかな、と大家は言った。

「親しい人っちゅうのは、あんまりいなかったんじゃないかな。奥さんとは仲が良かったよ。そりゃ見ていて微笑ましいくらいだった。でも、奥さんが死んでからこっちは、あんまり人とも会ってなかったんじゃねえかな。うちの連れともよく心配してたよ。子供さんもいらっしゃらねえし、先生をあのままにしといていいもんかってな。まあ、いいも悪いも、どうしようもねえんだけどよ。うちにこないかってわけにも、まあ、いかねえしよお」

「中里さんの遺品というのは、どうされたんです？」

「病院に入るってときに、綺麗に整理されてったよ。帰ってこないわけじゃねえんだから、そんな綺麗に整理することねえって俺は言ったんだけど」

それっきり帰ってこなかったんだ。先生は知ってたんだな。

病院というのは、あの緩和ケア病棟のことだろう。中里氏は自らの命が長くないことをこの大家に話しはしなかった。ここにも一人分の孤独を抱えた人間が生きていたということか。

一人分の孤独を抱え、死の床にあった中里毅氏。一人分の孤独を抱え、死に焦がれていた高野章子。二人は何かを分け合えたのだろうか。その脇で二人を見ていたはずのセールスマンはいったい何を思ったのだろう。

「中里さんとはそれきりですか」

「そんときは、帰ってくるとばっかり思ってたもんな。見舞いに行っときゃよかったな」

大家はそう呟いたあと、ああ、と顔を上げた。

「そういや、一年くらい前だったかな。一度だけ、先生から連絡があったな。忘れ物をしたから送ってくれって」

「忘れ物?」

「家財道具とかは綺麗に整理されてったんだけど、本とか標本とか、そういうのはうちで預かってたんだ。私が死んだら、どこか適当に寄贈する場所を探すよう大学に頼んでくれって。俺っちは、そんな縁起でもねえことを言いなさんなって、ああ、あのときは怒っちまったな。先生に悪いことしたな」

「その忘れ物というのは?」

「ああ、何とかっていう種だ」

「種? 植物の種子ですか?」

「そう」

俺は病院の中庭を思い出した。中里氏はそこにお気に入りの花でも咲かせようと思ったのだろうか。残されたごく短い時間の中で、孤独な老人がやったことは、それか。俺はその花をあの中庭の花壇に見ているのかもしれない。

「何の種でした?」

「ああ、何ていったかな。聞いたこともねえ、何か長い名前だったな。種ったって、先生、いっぱい残していったから、そん中から探すの、苦労したんだよな。何て言ったっけな、あれは」

結局、その名前を大家が思い出すことはなかった。俺は大家とともに、中里氏の家を出た。

「あんた、どうすんね、これから。駅まで行くなら、送ってやろうか? バスもそうそうこねえから」

「一応、大学を訪ねてみようと思ってます」

「そんじゃ、うちにきな。送ってやるよ」

俺はその言葉に甘えて、一緒に大家の家に向かった。あの辺りも昔は畑だっただの、あそこには小さな池があったのに干上がっちまっただの、歩きながら説明する大家に適当な相槌を打ちながら、俺は別のことを考えていた。中里毅と高野章子。その二人の脇にいたセールスマンは何を考えていたのか。ついさっき、ふと頭に浮かんだ疑問が形を変えていた。セールスマンは、いったいどうして毒物を売ろうなどと思ったのか。その売値はいくらだったろう。高野章子はともかく、持田和夫や如月俊にしてみれば、どこの誰とも知らない人がやってきて、毒物を売ると持ちかけてきた。酔狂で買ってみるにしたところで、まさか数十万は出さないだろう。せいぜい数万円、あるいは数千円。商売としてはとてもじゃないが割には合わない。

それまで俺はセールスマンの人物像についてあまりに単純に考えていた。冷淡で無感情な男。けれど、それはたぶん、違う。商売として割に合わないのなら、そこには別の理由があったはずだ。セールスマンの中でしか成立しない内向的な、あるいは文学的な理由が。それは何だったろう？

「ああ、ちょっと待ってな。車の鍵、取ってくる」

そう言っていったん家に戻った大家は、なかなか出てこなかった。古いカローラの横で手持ち無沙汰のまま待っていると、やがて大家が出てきた。

「ほら、これ」

大家は俺にメモ帳をちぎったらしい一枚の紙を渡して、運転席に乗り込んだ。見遣ると、ひどく不器用に英字が綴られていた。

「何です？」

助手席に乗り込みながら、俺は聞いた。

「先生に頼まれた植物の名前だ。言ってもらったって、覚えらんねえから、メモしてたんだ」

「一年も前のメモ？」

「電話の脇のメモ帳なら、もう五年は変わってねえぞ」

大家は変なことを威張って車を出した。俺はもう一度そのメモに目を落とした。

ゲルセミウム・エレガンス。そう読むのだろう。聞いたことのない名前だった。どんな花だろう。エレガンスというのだから、優美な蘭(らん)のような花だろうか。俺は中庭の花壇を思い出そうとしたが、さほど丁寧に眺めたわけでもない。それに当てはまるようなものは思い浮かばなかった。

中里氏が勤務していたのは、広大な敷地を持つ総合大学だった。もともとは東京にあったキャンパスを十年ほど前に移転させたという。あくまで植物学者である中里氏について取材しているような顔で俺が案内を請うと、大学の事務局が同じ植物学の教授を紹介してくれた。俺を学食に誘ったその教授は、植物学者としての中里氏の業績については熱く語ってくれたが、その人となりとなると多くの言葉を持っていなかった。

「泰然とされた方でしたね」

その後の少ない言葉をどう膨らませてみても、最初に語ったそのシンプルなイメージに肉付けできるようなものはなかった。物静かで、穏やかな人。それだけの言葉で片付けられてしまう高野章子と、それはどこか似ていた。二人は似たもの同士だったのだろうか。あるいは死者について語れば、誰であったところでそういうシンプルな言葉でまとめられてしまうものなのか。俺ならばさしずめ、不真面目で無遠慮な週刊誌記者というところか。山瀬にも聞いてくれるのなら、そこにナイーブなという一言が足されるかもしれない。不真面目で無遠慮でナイーブな週刊誌記者。確かに俺についての形容など、それで十分なくらいだ。少なくとも生き残ったものが墓石に刻む言葉としては、それで足りるだろう。不真面目で無遠慮でナイーブな週刊誌記者、ここに眠る。

中里氏と関連づけながらも、どうやら自分の研究成果を語り始めたらしい彼の話を何とか逸らして、俺は椅子から立ち上がった。

「どうもありがとうございました。掲載できるかどうかは、まだ未定なのですが、もし掲載されたときには掲載誌を送らせていただきます」

そのときに自分の名前が載るのかどうかをひどく気にしたその教授に、載せるよう努力しますとだけ答えて俺は立ち去ろうとした。その間際、ふと思い出して聞いた。

「ゲルセミウム・エレガンスという花。ご存知ですか?」

「は?」

彼は一瞬、ぽかんとしたあと、頷いた。

「名前だけは、ええ、知ってますよ。ヤカツですね?」

「ヤカツ?」

「ああ、ええ。別名というか」

「ああ、そうですか。どんな花です?」

「花?」と彼は聞き返した。「花って、ああ、花は、黄色い、小さい花だと聞いたことはありますけど」

その口ぶりからするなら、相当に珍しい花のようだ。

「ご覧になったことはない?」

「ないですね、さすがに」と彼は笑った。「日本人で見たことのある人なんているのかな」

まあ、何人かはいるのかな、と彼は呟いた。

「中里先生はその種子を持っていらしたと聞いたのですが」

「ゲルセミウム・エレガンスの種子を?」

彼の声が一オクターブ上がった。

「いや、嘘でしょう?」

「それほど珍しいものですか?」

「珍しいは珍しいですし、それより何より猛毒ですよ」

「猛毒?」

「根から葉まで、そのすべてに強い毒性があります。現在知られている植物の中では、もっとも強い毒性を持ったものでしょう。そういう意味では有名な植物ですよ。インドや中国南部に自生しているらしいですけれど、あんなもの、日本に持ち込めるわけがない」

いや、でも、中里先生か、と彼は呟き、あるいはやりかねないな、と一人で頷いた。

「マイペースといえばマイペースだし、研究のためなら、何でも許されると思っていた節もなくはないですから。苗なら難しいでしょうが、種子ならばこっそり持ち込むこともできるか」

うん、確かにやりかねない、と彼はまた頷いた。

「それは、たとえば、トリカブトよりも危険なものですか?」

「待ち針と日本刀を出して、どちらが危険かと聞いているようなものです」

「それほどですか」

「毒成分は主にゲルセミシンというアルカロイドですが、体重一キロ当たりの致死量は確か、〇・〇五ミリグラム。青酸カリより猛毒です」

それほどまでに毒性の強い植物を中里氏はわざわざ取り寄せた。それがセールスマンの手に渡り、そしてセールスマンは中里氏の死から一年後、二人の有名人とおそらく中里氏を介して知り合っていた高野章子にそれを売った。

「その種子を日本で育てることはできますか?」

彼は少し考えた。

「何とも言えませんね。高山植物でもなければ、熱帯植物でもないですから、それはできないことはないだろうと思いますけれど、そんな実例はないですからね。おそらくできるだろうとしか」

おそらくできたのだ。

「たとえば、その種子を発芽させて、植物を育てたとして、そこから毒物を抽出するのにはどれくらいの期間が必要ですか?」

「抽出したい毒物の量にもよりますが」と言ったあと、彼はまた考え込んだ。「ああ、いや、ゲルセミウム・エレガンスならそんな必要もないのか? 葉っぱ三枚で死ぬって、ああ、でも、発育条件が違うのか」

ひとしきり考えたあと、彼は俺に向かって苦笑した。

「いや、どうにも答えにくい質問ですね。何せ、そんな実例がないですから。日本で育てたとするなら、本来の発育条件とは違ってきますから、そもそもの毒性の強さにも影響するかもしれませんし」

「たとえば、一年でどうです?」

「そうですね。少なくともそれくらいはみておきたいですね」

セールスマンが中里氏の死から一年、売るのを待ったのは、待ったのではなく、その植物が育つのを待っていた。セールスマンが中里氏の身近にいたのは、やはり一年前。それならば、高野章子がボランティアにいたころと時期的にも合う。もう一度、病院に戻って、そのころの中里氏の交友関係を聞き出してみる必要があるだろう。

そこまで考えて、俺はふと思い当たった。

自分は根本的に勘違いをしているのではないか、と。その思考をもう一度なぞり、やはり勘違いはしていないはずだと、振りかけていた首が止まった。

もしも、と俺は考えた。もしもあれが嘘なら？　もしもあれが嘘であるのなら、すべてのつじつまが合うのではないだろうか？

その原因から死までの時間の意味の違い。そして有名人ではないこと。高野章子は初めから例外だったではないか。セールスマンは高野章子に毒物を売った。本当にそうか？　それはそっと差し出されたのではないのか？　たとえば、高野章子を試すように。

「どうしました？」

「ああ、いえ、何でもないです。すみません。お手間を取らせました」

「それはいいですが、その種子、本当にあるんですか？　それ、手に入りませんか？」

「あ、それはちょっと難しいと思います。そんな話を耳にしたというだけで、私も詳しいことまでは知らないので」

俺はもう一度礼を述べると、逃げるようにその場をあとにした。

けれど、なぜそんな嘘をつく必要がある？　なぜ、そんな面倒なことを？　ただ黙っていればよかったんじゃないのか？

9

あとひと月。変わらないはずの一日の時間が、やけに間延びして感じられた。さっきから一時間は経っただろうと思って時計を見ると、まだ十分も経っていなかった。私が目にする時計が片っ端から壊れたのではないかと本気で疑うくらい、私の意識と実際の時間の流れとがずれ出した。一人で過ごすことがとても耐え切れなくて、私はほとんど毎日、百合の家に足を運んだ。

その日も、私は四人分のお弁当を買って、お昼前に百合の家に行った。ヒトミちゃんとエリちゃんとサトシくんはまだ学校だった。工藤とリュウくんとアキヒコくんとともにお弁当を食べると、工藤がリュウくんとアキヒコくんに言った。

「ちょっと二人で遊んできな」

二人がリビングから出て行くと、工藤はお茶を淹れ直してから、テーブルに戻った。何かを言い出しかねているようなその様子に、私は聞いた。

「何？」

「ああ、いや、例の二千万っていう話」と工藤は言った。「信じないんじゃないんだけど、どうするつもり？　考えたんだけどさ、誰かの遺産ていうのも、何だかおかしな話だと思うしさ」

「大丈夫よ」と私は言った。「当てはある」

「体でも売るの？」

口に含んだお茶を吹き出しそうになった。

「馬鹿、言わないでよ」と私は言った。「風俗に勤めたって、私なんかじゃ二千万も稼げないわよ」

「はあ?」と言ったあと、工藤は笑い出した。「当たり前だろう? 体売るって、だから、そうじゃなくてさ。文字通り、内臓とか、角膜とかさ」

「ああ」

頷いて、私も笑ってしまった。私の体でお金を作ろうとしたら、やはりそういう方法しかないのだろう。内臓とか、角膜とか、そうじゃなければ、命そのものとか。内臓とか角膜とかか、と私は少し考えた。まとめて売るより、そうやって切り売りしたほうが総額では高く売れるのだろうか。

「そんなの、痛い」と私は言った。「私は痛くないのがいい」

「痛くないの?」と工藤は言った。「どういうの?」

「ああ、うるさいな、もう。とにかく、一ヶ月後には二千万、入ってくるの。だから心配しなくていいよ」

「あのさ、おばちゃん」と工藤は言った。「その話、信用しないわけじゃないけど、何だかね」

「何だか、何よ」

「何だか、変だ」と彼は言った。「俺、頭悪いからよくわからないんだけどさ、何だか、その一ヶ月が経ったら、俺、すげえ後悔しそうな気がするんだよね」

「何よ、それ」と私は言った。

「だから、よくわからないんだけどって言ったろ？　そんな気がするんだよ。頭悪いから、うまく言えないけどさ」

「ああ、もう、だから結局、何が言いたいのよ」

「あのさ、俺と一緒に恥かいてくんない？」

「恥？」

「そう」

工藤は言うと、いつのまにかリビングの入り口で心配そうにこちらを見ていたリュウくんとアキヒコくんに言った。

「あれ、持ってきて」

二人が駆け出し、すぐに戻ってきた。紙を丸めたものだった。

「こっち、持って」

リュウくんに一端を持たせ、もう一端を自分が持って、工藤はそれを広げた。

「子供たちの家を守ってください」

紙にはでかでかとそう書かれていた。ヒトミちゃんが描いたのだろう。可愛い動物の絵もあった。

「駅前で、これ、持ってさ。俺と一緒に立ってくれない？　ビラも作ったんだ。ここがどんな施設かとか、ここでの生活とか、今のここの財政状況なんかも書いてさ。実は俺のパソコン使って、サトシがそういう内容のホームページも作ったんだ」

工藤はそのビラを一枚、持ってきた。見ると、詳細はこちらを見て下さいと、ホームページのアドレスが書かれていた。口の中に苦いものを押し込まれたような気分になった。

「そうやって同情を引くわけだ。世間の皆様、どうかこの恵まれない子供たちを哀れんでくださいって」と私は言った。

「ああ、そうなのかな」と工藤は言った。

「いやだ」と私は言った。

「どうして?」

「この子たちは哀れな子じゃない。世間の同情なんか、そんなものなくたってちゃんと生きていける」

「ああ、そう」と工藤は言った。「そっか。やっぱり駄目か。こういうの」

「駄目だ。絶対にそんな惨めな真似はさせない」

「怒んないでくれよ。俺、馬鹿だからさ。そういうの、わかんないんだよ。困ってるんだから、助けてーって、叫んじゃえばいいかってそう思っちゃうんだよ。助けてーって叫んで、叫び続けてれば、誰かが助けてくれちゃったりするんじゃないかなって」

「甘いよ」と私は言った。「誰も助けてなんてくれない。やるだけ無駄よ」


「お願いします。助けてください」

その翌日、私は駅に出入りする人たちに向けて、そう叫んでいた。理由は自分でもよくわからない。何もせずに一ヶ月を暮らすのが辛かっただけかもしれない。どうせ一ヶ月後には死ぬのだと思えば、一時、恥をかくのも面白いだろうと思ったのかもしれない。そうでなくたって、どうせ、あのいけ好かない馬鹿息子に土下座までしたのだ。今更、守るべきプライドなんて何もない。だから……。

「ホント、お願いします。すっげえ困ってるんです。子供たち、可哀想なんです」

反対側の端を持ち、工藤が叫んでいた。その間に立ち、ビラはサトシくんが配っていた。サトシくんにだけ、その場にいることを私は許した。一ヶ月後に私はいなくなる。そのあとは、二人であの家を守らなきゃいけない。だから、ちゃんと見ておいて。これが世間というものだ。ちゃんと見ておいて。弱みを見せる人間に、世間がどういう対応をするのか。あの冷たい眼差しを、馬鹿にした様な口もとを、一顧だにせず歩き去っていくその無関心な足取りを、ちゃんとよく見ておいて。そして戦って。戦って、子供たちを守って。守り抜いて。私の代わりに。お願い。

「お願いします」

ほとんど自虐的な気持ちで、私は声を張り上げていた。帰宅時間を狙ったのだが、駅を行き交う人たちは誰も立ち止まりはしなかった。ビラを受け取ってくれる人も稀だった。それでも私と工藤は声を張り上げ続けた。

三日経ち、一週間が経った。私と工藤が持つ紙にも汚れが目立ってきた。ところどころが破れ始めた。私たちの声は、とっくに嗄(か)れ果てていた。それでも私は声を張り上げ続けた。

「助けてください。お願いします」

もう一ヶ月もない。あと三週間。人生があとそれだけになって、私は初めて社会に向かって言いたい言葉を吐き出している気がした。

「お願いします。どうか助けてください」

私には何もできません。何の取り柄もありません。美人でもなければ、スタイルだってよくないです。気も利かないし、機転だって利かないです。誇れるようなことは何もしてこなかったし、社会に貢献なんてこれっぽっちもしてきてません。でも、私だって、ちゃんとここに生きているんです。今、このとき、とても困っている、今、このとき。ええ、そんな資格がないのは百も承知です。それでもお願いします。どうか、どうか、一度だけ。今回一度きりだけ、私を助けてください。

答えが返ってこないことはわかっていた。道行く人の心の中にある冷たい眼差しも、あざ笑いも、吐き出された唾も、私には見えた。それでも、言えた。今まで、どうせ無駄だと思って発してこなかったその叫びを、私は腹の底から叫んでいた。そのことに私は満足した。これで、もう心置きなく私は死ねる。そう誘ってくれた工藤に感謝すらした。

叫んでいた私の目の前に人がやってきた。若い男だった。ジーンズのポケットに両手の親指を突っ込み、少し肩を怒らせるようにしながら私に近づいてきた。短い髪を茶色く染めていた。殴られる。咄嗟にそう思った。弱みを見せれば突き放される。それでも弱みを見せ続ければ、そう、きっと殴られる。その存在は不快だ。自分の視界から排除したくなる。その感覚は私にもわかる。しばらく目の前に立って私を眺め、それからやにわにずいと近づいてきた男に向かって、私は思わず手をかざそうとした。持っていた紙をぐっと引かれて、工藤も男に気づいたようだ。慌てたようにこちらに近づいてくるのが目の端に見えた。間に合わない。殴られる。そう思った次の瞬間、男は口を開いていた。

「何をすりゃいいんだ?」

は？

声にはならなかった。私はその場に固まったまま、男を見返した。

「助けてくれって、だから」と男は照れたように視線を落としながら言った。「何をすりゃいいんだよ」

「あの、何？」

近づいてきた工藤が言った。サトシくんもやってきた。

「だからさあ」と男は言って、顔を上げた。「俺に何かできることある？」

私はぽかんと男の顔を眺めてしまった。

何を言ってるんだ、こいつは？

しばらくわからなかった。

ああ、とやがて私は思った。

助けてくれると言っているのか、この男は。

そうわかっても、思考はまとまらなかった。

助けてくれる？　私を？　私たちを？　何で？

「何で？」

私は口に出して聞いていた。

「何でって」と男はびっくりしたように言った。「いや、困ってるって言うからさ。何かできることあるのかなって。三日くらい前にビラもらって。俺、それ、読んで。ホームページも見た。あ、俺なんかお呼びじゃなければいいんだ。悪かったよ。それじゃ」

逃げるように背が向けられていた。咄嗟に足に力が込められていた。私の知らない力だった。それまで経験したことのない力だった。その使い道が、私にはわからなかった。わからないまま、私はその力を一気に解放した。向けられた彼の背中に向かって、私は思いっきりダイブしていた。

「え？　え？」

私がぶつかった勢いで前によろけながら、彼が言った。

「ありがとう」

見も知らぬ若い男をしっかりと抱きしめ、その背中に顔を擦りつけながら、私は言った。

「ありがとう。ありがとう」

彼が私を振りほどくようにしながらこちらに向き直った。私はその両手を取った。

「ありがとう。とっても嬉しい」

「ああ、いや」と私に両手を上下にぶんぶんと振られながら、彼は言った。「そんな風に言われちゃうと。俺、別に何もできないし」

「そんなこと、問題じゃない」と私は言った。「とっても嬉しい。今まで生きてきた中で一番くらいに嬉しい」

「ああ、いや、どうも」と彼が言って、困ったように工藤とサトシくんを見た。

「悲惨な人生なんだよ」とサトシくんが言った。

翌日、紙の前で声を張り上げるのは、四人になった。その翌日、小学校時代の同級生だという彼の友人が二人加わった。声を張り上げるのが六人になった。その翌日、何か手伝いたいという申し出が二人からあった。声を張り上げるのが八人になった。デザインが得意だという人が新しくデザインしたビラをパソコンで作り、それをカラーコピーした。リサイクルが趣味だというおばちゃんがティッシュの空き箱を使って募金箱を作ってくれた。さすがにお金まで、とは思ったが、それでも募金箱にお金を入れてくれる人はいたし、ネットを通じて募金を申し出てくれる人も出始めた。

「四万九千六百九十二円」

集まったお金を数えて、工藤が言った。その日の活動が終わり、私と工藤は百合の家のリビングでぬるいお茶を飲んでいた。嗄れた喉に、熱いお茶は沁みるだけだった。

「ああ、結構、集まったと思ったんだけどな」

五万ぽっちか。

「そんなこと言っちゃ駄目よ」と私は言った。「見も知らない、何の縁もない人が、私たちを助けてやろうって、その理由だけで五万円近くものお金をくれたんだよ。すごいことじゃない」

それを希望と呼んだら、人は笑うのだろうか。笑われたってよかった。私はその五万円に満たないお金の中に、それを集めてくれた人たちの中に、希望を見ていた。彼らは、確かに、それ以上はしてくれない。今、呼びかけを手伝ってくれている人たちが、本気で助けてくれるつもりで、本気で出せるだけのお金を出してくれたのなら、少なくとも百万程度のお金は集まったはずだ。もし募金してくれた人たちすべてが、本気で助けようとしてくれたのなら、二千万だって集まったかもしれない。それに引き比べれば、わずか五万円ぽっち。それでも、世界は私たちのためにそれだけを与えてくれた。

「だって、二千万には全然足りない」と工藤は言った。

「だから、それはいいのよ。私が用意するんだから。あんた、本当に私のこと、信用してないのね」

二千万円で困っているときに五万円だけでいい。今の世界が、ただそれだけの手でも差し伸べてくれるのなら、彼らはきっと生きていける。私がいなくなっても、ちゃんと生きていってくれる。それを希望と呼んで何が悪い。

「ああ、それ、本当に大丈夫なの?」

「大丈夫よ。信じなさい」

「やばいお金とかじゃなく?」

「やばいお金とかじゃなく」

「犯罪とかはナシだよ」

「犯罪とかはナシよ」

「まあ、なら、いいんだけどね」


保険契約から一年が経った。その日に死ぬつもりでいたのだが、部屋で死ねば、大家さんに迷惑がかかる。それは仕方ないにしても、せめて部屋は綺麗にしておきたかった。部屋の整理に三日だけ使うことにして、週の明けた月曜日をその日と決めた。さほどのんびりはしていられないと荷物をまとめるための段ボールを買いに出かけたときだ。私は駅前の宝くじ売り場で足を止めた。本日大安。そんなのぼりがあった。その光景をどこかで見たように思い、私は思い出した。

宝くじ。

あれは去年の夏の初めだった。買ったまま、買ったことすら忘れて、当選の確認もしていなかった。

ひょっとして。

私はアパートまで駆けて帰り、どこかにあるはずの宝くじを探した。宝くじはベッドの下から見つかった。私は一組の宝くじを手に、駅前の宝くじ売り場に戻った。

「これ」と息を切らしながら、私は言った。「当たってるかどうか、見てください」

「はい。それじゃ、一組お預かりしますね」

おばちゃんがその十枚を機械にかけた。

「当たりがあったら、こちらに出ますから」

おばちゃんがこちらに向けられた機械の表示板を示した。一枚一枚確認されていくその結果を私は食い入るように見た。最初の一枚で反応があった。三百円。外れ、外れ、外れ、矢継ぎ早に機械が当選を確認していった。そして最後の一枚。それまでゼロを表示し続けていた機械に変化があった。桁が跳ね上がった。

「あら」

おばちゃんが頓狂(とんきょう)な声を上げた。

「当たってるわよ、これ。おめでとう」

私は機械が示す数字を見た。咄嗟に桁が数えられず、イチ、ジュウ、ヒャクと数えた。私が数え終える前に、おばちゃんが言った。

「十万円よ」

「そうですか」

表示された金額の両脇で小さな天使がパタパタと羽根をはためかせているように見えて、私は笑った。それは、私の人生の残りすべての運を清算した額に見えた。

十万円。妥当なところだろう。

神様、どうもありがとう、と私は思った。近いうちにそっちに行くから、首を洗って待っていやがれ。


****

田所が捕まるまで丸一日かかった。携帯はつながらず、会社に電話してもいつも席を空けていた。折り返し電話をくれるようメッセージを残し、俺は苛々しながらその電話を待っていた。結局、その日、田所からの電話はなかった。かかってきたのは翌日の朝だった。

「何度も電話してくれたらしいな。ちょっとごたごたしてたもんでね。いや、参ったよ」

そのごたごたについて話し始めようとした田所を制して、俺は言った。

「聞きたいことがある」

俺の口調に気づいたようだ。田所の口調も変わった。

「何だ?」

「人が自殺するよな」

「ああ」

「その死体が発見される。その後、どうなる?」

「まずは検視が入るな。そこで事件性の有無が確認される。で、事件性がないとなる。こりゃ自殺だと。死因がはっきりしてれば、それで終わりだな」

「死因がはっきりとはわからなかったら? たとえば、毒物を飲んだけれど、その毒物が何なのかはっきりしない場合」

「場所はどこだ?」

「え?」

「その死体が発見された場所。二十三区内か?」

「ああ」

「だったら、この前の高野章子のときと一緒だろうよ」

「だから、その高野章子のときにはどうなったんだ?」

「事件性がないとなれば、司法解剖はない。だけど、二十三区内なら行政解剖はするだろうな。高野章子のときも、ああ、確かそうだったんじゃないか?」

そうだ。監察医制度がしっかりと確立されている東京都区内なら行政解剖にかけられる。そうだった。

「行政解剖は、遺族は拒否できないのか?」

「しようと思えばできる。けど、そこが微妙でな。たとえば、遺族が拒否する。そうすると、拒否する理由が何かあるわけですか、とこう聞かれるわけだ。解剖されると何か困るんですかって。遺族にしてみりゃ、面白くないわな。それじゃ、解剖でも何でもやってくれってなる。実際に、それ以上突っ張って拒否する遺族はそうはいないと思うぞ」

俺はしばらく考え、首を振った。違う。やはりポイントはそこじゃない。

「自殺そのものについての捜査は？」

「どういう意味だ？」

「自殺は自殺なんだ。偽装工作された殺人とかじゃない。それが明らかだった場合、たとえば、鍵がかかった自室で着衣の乱れもなく静かに死んでいた場合。しかもその部屋が綺麗に整頓されていて、明らかに覚悟の自殺だとわかるような場合」

「ああ、たとえば高野章子のときのような場合、だな？」

「そうだ」

「それでも一応、捜査はするだろうよ。まあ、初動の段階でそれだけはっきりしていれば、どこまで突っ込むか。どうかなあ。たいしたことはしないかもしれないけどな」

「遺書の確認は？」

「それくらいは当然、するだろうよ」

「筆跡鑑定は？」

「ああ、それはないだろうな。状況から明らかに自殺で、えらい額の保険金がかかってるとかそういう不自然なこともなくて、遺書の内容にも不審な点がなければ、筆跡鑑定まではしないだろう」

「そうか」

「何だよ。何の事件だ？　高野章子の自殺、何か出てきたのか？」

「まだだ」と俺は言った。「まだ何も出てきてない」

「まだ」と田所は言った。「思わせぶりだね。何か出てきたときには、もちろん教えてくれるんだろうな」

「もちろん教えてやるさ」と俺は言った。「うちの雑誌、毎週、チェックしておいてくれ」

そりゃねえだろ、という冗談交じりの田所の悲鳴を聞き流して、俺は電話を切った。


それっきり何もしない。そういう選択肢だってあり得た。もし、事態が俺の想像する通りであったのなら、俺はそんなことについてもう何も知りたくはなかった。けれど田所との電話を切ったそのあとに、俺は高野章子の実家に電話して訪問の了解を取り、それから三十分後には、新幹線に乗り小田原へと向かっていた。知りたくはなくても、俺は知らなければならなかった。あんたのことをもっと徹底的に知ってやる。高野章子に俺はそう約束したのだ。

玄関先で俺を出迎えてくれたのは、父親だった。一人娘に自殺されたのだ。最初に出会ったときだって、十分に疲れ切った顔はしていた。けれど今はそれ以上だった。憔悴した顔の父親に続いてリビングに入ると、やはり憔悴した顔の母親がキッチンでコーヒーを淹れていた。労災認定や民事訴訟がどんなことになっているのか、聞かずとも知れた。

「お疲れのようですね」

ソファーに座って、俺が言葉をかけると、向かいに腰を下ろした高野章子の父親が首を振った。

「これくらい、まだまだですよ。章子が抱えていた苦労を考えれば、これくらい」

自分に言い聞かせるように父親は言った。いや、実際に言い聞かせているのだろう。俺にコーヒーを出してくれた母親が、その隣に座った。今、俺の隣に高野章子がいたとしたら、二人をどんな目で見るだろう。いたわるのだろうか。それとも呆れるのだろうか。どちらにしたところでこれは、高野章子が望んだことではないはずだった。

「今日はどういったことでしょう」と父親が言った。「記事の掲載はいつになりそうです？　それとも何か問題でもありましたか？」

「お話ししていなかったかもしれませんが」

コーヒーカップに手をやり、結局それを口に運ばないまま俺は言った。

「私はこの仕事に何のプライドも持っていません」

問いかけるように父親が顔を上げた。

「必要ならば嘘でも書きます」

「いったい何を」

「条件と置き換えてくださっても結構です。条件によっては、私は嘘でも書きます」

「条件？」

「お嬢さんの遺書を見せてください。本物の遺書を」

父親の視線が揺れた。

封筒があり、そこに消印がある以上、高野章子から両親へ遺書が届いたことは間違いない。いや、本物があったからこそ、偽物が必要になってしまったのだ。高野章子の遺書に驚いた両親は、娘の安否を確認するためにアパートの大家にそのことを伝えてしまった。警察からその遺書の提出を迫られた二人は、遺書を捏造するしかなかった。警察としてはほんの型通りの調査のつもりだっただろう。筆跡鑑定もおそらくは行われていない。仮に行われていたとしても、指紋やDNAとは違うのだ。娘に字を教えた母親自身が、その特徴を注意深く抽出しながら捏造した遺書を、百パーセントの確信を持って偽物だと断じられる専門家はそういないはずだ。それが百パーセントでなければ、どうせ自殺は自殺なのだ。それで警察が特段の動きをすることはない。

「訴訟の行方に興味はありません」と俺は言った。「ただ知りたいだけです。お嬢さんの遺書を見せてください」

わずかに揺れた父親の視線は、すぐに俺の目に戻った。

「失礼な人だな」

父親が言った。

「帰ってくれ」

俺は動かなかった。父親も動かなかった。俺たちはしばらく無言で睨み合った。動いたのは母親だった。ソファーから立ち上がりかけた。

「おい」

俺を睨みつけたまま、父親がうめくように言った。一瞬、動きを止めた母親はそのまま立ち上がった。

「何のつもりだ」

父親が低く言った。

「いいんです」

母親が甲高く叫び返した。引き戸を開けて和室に消えた母親は、やがて便箋を持ってソファーに戻ってきた。胸に抱くようにその便箋を持った母親は、俺に言った。

「何も書かないでください。嘘もいりません。章子に関しては、何も書かないでください。それが私の条件です」

「承知しました」

それでも迷うように差し出された便箋を俺は手にした。

読むのにさしたる時間はいらなかった。両親のやったことの意味がわかった。やはり、二人はただこの遺書を隠したかったのだ。この遺書を隠したいがために、考え得る別の遺書を捏造した。後ろめたかっただろう。だからこそ、二人は過剰に動いた。捏造した遺書が本物であったならば、残された遺族が当然取るべき行為をまっとうしようとした。労災を申請し、会社に対して民事訴訟を起こす準備を進めた。いや、あるいは二人はその嘘を信じたかったのかもしれない。勝ち目のない戦いに自らを奮い立たせることで、その嘘を真実に変えようと思ったのかもしれない。そんな不毛な戦いが、残された二人の拠り所だったとするのなら、それはひどく残酷なことに思えた。

俺は便箋をたたんで、母親に返した。

「章子を軽蔑しますか?」

母親がそっと聞いた。

「いいえ」

俺は首を振った。

「生きている間に知り合いたかったと、そう思います」

「ありがとうございます」

母親に礼を返し、そっぽを向いている父親にも頭を下げて、俺はソファーを立った。高野章子の実家をあとにして、駅へと向かった。間に合うはずがない。わかっているのに、自然と早足になった。ほとんど駆け足になりながら携帯を取り出し、山瀬に電話した。

「矢上第二公園。どこにあるか調べてくれ」

10

よく晴れた日だった。私はアパートの部屋で一人、カレンダーを見返していた。始めてから今日まで一日欠かさずバツがつけられ、今日から先には決してバツがつけられることのないカレンダーだった。

すでに身辺の整理はついていた。親宛に書いた手紙もすでに投函していた。工藤や子供たちにも手紙を残そうかと考え、それはやめた。手紙を書き出したら、私は何だか死ねなくなってしまいそうだった。

未練。

私はそれを認めた。私は生きたかった。もっと生きて、あの子たちと同じ時間を過ごしたかった。けれど、それがかなわないこともわかっていた。未練。そんなものが生まれただけでもよしとしよう。私はそう思っていた。

思いついて、私はパソコンを立ち上げた。死ぬ前にその内容は削除するつもりだった。最後のつもりで、自分が書いたブログを眺めた。とんでもなく恥ずかしい格好をした私の姿があった。私はその一枚一枚を眺めて、ゲラゲラと笑った。

やっぱり今のほうがいい。あのころのまま、今もこの先も生きているくらいだったら、たとえこの先がなくても、今のほうがずっといい。だって、私には未練がある。この世界にずっと生きていたいという思いがある。そんな思いもなく生きていくくらいなら、そんな思いを抱えたまま死ねる今のほうがずっといい。

不意に玄関のチャイムが鳴った。ベッドや机など、大まかなものは処分しようと業者を頼んでいた。

その業者だろうと私は何の疑いもなくドアを開けた。違った。そこにいたのはベンツだった。

「は?」

私は思わず言った。それから気づいた。約束から三日過ぎている。

「ああ、お金ですね。お金は、明日にはできます。あ、いや、もうちょっとかかるのかもしれないですけど、でも、確実に入ります」

ベンツは私の言葉など聞いていなかった。どこか茫洋とした眼差しを私に向けていた。その視線にある強い感情は何だろうと観察し、やがてそれが怒りであることに気がついた。ベンツは怒っていた。正気を失ったような視線になるほど、怒りに燃えていた。

「二ヶ月か」とベンツは言った。

え？　と私は思った。ええ、はい。二ヶ月ですね。わかってます。今からきっちり死にますので。よろしければ、せめて最後くらい、静かに死なせてくれませんか？

「よくもまあ、あんな小汚いことを思いつくもんだよな」

二ヶ月か、とベンツはまた憎々しげに吐き出した。

「騙されたよ。ああ、ああ、見事に騙されたよ」

ええと、騙したつもりはありませんが？　だって、私、今からきっちり死にますし。

「何のことです？」

「何のことです、だ？　ふざけるなよ。全部、計算ずくだろう。ネットに施設の住所を載せて、写真まで載せやがって。世間様の同情を引いて、なあ、俺はすっかり悪者だよ。二ヶ月か。ネットに載せて、その反響が出るまでの時間が二ヶ月か。小ずるい計算しやがって」

何の話だ？　ネットに載せた？　ああ、サトシくんが作ったページのことか。それは確かに載せた。施設の住所も、写真も。所有者の死去に伴い、相続人の意向で、そこから追い出されそうだという現状も、それは確かに載っていた。だけど、ええと、それが何だって？　ああ、それでベンツが悪者にされているのか。でも、まあ、それはしょうがないでしょう。だって事実ですし。そりゃ、まあ、ネットで一方的に叩かれれば腹だって立つかもしれませんが、それにしたって、何だって私に向かってこんなに怒ってるんです？

パソコン。

ベンツが呟いた。私はベンツの視線を追って、デスクの上にあったパソコンを眺めた。

ええ、パソコンですが、ええっと、それが？

「やはりお前か」

　ベンツの目に力がこもった。

　殴られる。そう思った。甘かった。伸びたベンツの手が私の喉をつかんだ。ベンツはそのまま私の体を押した。靴のまま私を部屋の中に押し込んだ。膝の裏にベッドが当たり、私はベッドに倒れこんだ。喉にベンツの体重がかかった。

　殺される。

　そう思った。

　殺される？　私は殺されるのか？

　払いのけようとしたが、ベンツの手に制された。振り回した私の拳はベンツの顔には届かなかった。何か殴りつけるものを。まさぐった手が何かをつかんだ。見なくてもそれが瓶であることはわかった。これで死ぬつもりだったのに、ここで殺される。

　朦朧（もうろう）とし始めた意識の中で、私は考えた。

　殺されれば、さすがに保険金は出るだろう。こいつが殺人犯として捕まれば、ひょっとしたら家はそのまま続けられるかもしれない。とすると、二千万は残るし、それで新しい椅子や机が買える。大きいテレビだって、DVDだって買える。車も買える。何だ。願ったり叶ったりじゃない。そう思ったら、何だか抵抗する気もうせた。それに、そうだ。この苦しみがその代償だというのなら、全然構わなかった。もっと苦しんであげたってよかった。

　私の思いが通じたように、もっと苦しくなった。薄れていく意識の中で、瓶が手から零れ落ちるのがわかった。

ことん。

瓶が床に落ちた音を聞いた気がした。

何かとてもいい夢を見ていたような気がする。楽しげな歌が響いていた。私は車の中にいた。気分が悪いのは、酔ったのだろうか。何だかひどく胸が苦しい。みんなと一緒に歌いたいのに、私だけ歌えない。私もみんなと一緒に歌いたいのに。

「だから、遅いんだよ。な、おばちゃん、しっかりしてよ」

頬を張られた。

げほっと私は咳き込んだ。

目を開けた私の前に、泣き出しそうな工藤とふて腐れたようなサトシくんがいた。

「ああ、よかった」

中腰で私の頬をはたいていた工藤はどかりとお尻を落とした。私は周りを見回した。車ではなかった。そこは私のアパートだった。

「あ、大丈夫？　わかる？」と工藤は言った。

何が大丈夫で、何がわかるかと聞いているのか、全然、わからなかった。

「わからない」と私は言った。

「え？　名前、言える？　年齢は？　俺のこと、わかる？　顔、覚えてる？」

何？　名前？

もちろん言える。

『二十歳の原点』の著者、高野悦子と同じ名前。悦子。槇村悦子。

「名前は槇村悦子。年は言わすな。あんたのことはいつだって、訳がわかんないやつだと思っているけど、顔はあいにくと覚えてる」

「何だ。大丈夫なんじゃないか」

脅かすなよな、と工藤は言った。

ええと、何だっけ？

考えながら視線を巡らせ、そこに倒れている男を見て、私は思わず腰を浮かせた。

「ああ、こいつなら大丈夫。ちゃんと縛ってあるから」

そう言われて見てみると、ベンツは手足を縛られていた。縛っているのは、どうやら私のストッキングらしかった。

「ほら、てめえも起きやがれ」

工藤がベンツの腹を蹴飛ばした。ぐうと声を上げ、ベンツがぱちりと目を開けた。

「おめえは覚えてるよな？　忘れたとは言わせねえぞ。お前はおばちゃんを殺そうとした。殺人未遂だ。証拠写真だって、ばっちり撮ってある」

工藤がサトシくんを見た。サトシくんが黙って携帯電話を掲げた。

「おばちゃんが警察に駆け込めば、お前は刑務所行きだ。でも、おばちゃんは心が広いから、お前を許してくれるそうだ。許してやる代わりに、施設は、いいな、あのまま使わせろ。お前は何もしなくていい。十年経ったら、返してやる。十年刑務所で暮らすと思えば、いい取り引きだろうよ。区議会選では、お前に一票入れてやるよ」

ベンツはぱちくりと目を瞬かせ、工藤を見て、それから私を見た。工藤がまた腹を蹴飛ばした。

「わかったのかよ」

ベンツが慌てたように二度頷いた。

「外してやれ」

サトシくんがベンツの手を縛っていたストッキングを解いた。ベンツは私たちを見比べながら、足のストッキングを解いた。

ベンツが逃げるように部屋を出て行くまで、私はボーっとしていた。何が起こったのか、いまだにわかっていなかった。

「あの、ええと、何?」と私は聞いた。「どうしてここに?」

「ベンツが怒鳴り込んできたんだよ。あのページは何だって」

「あ、うん」

「何の話だ、知らねえ、って言ったら、おばちゃんだなって言って、すぐに出ていった。ものすげえ怒ってたし、何かあっちゃまずいと思って、サトシを連れて、すぐにここにきた。そしたら、あいつがおばちゃんを殺そうとしてた」

それで、その様を携帯で撮って、私を助けてくれたのか。

「よくやった」と私は言った。まだ喉が痛かった。変にしゃがれた声だった。

私はよろよろとパソコンの前に行き、そのページを呼び出した。ベンツが怒るのも無理はない。当初は家の救済を呼びかけていた掲示板も、途中からはほとんどベンツへの個人攻撃に変わっていた。その実名と経営している会社名まで出ていたし、次の区議会選へ立候補するつもりであるらしいことも書かれていた。こんな人間が議会にいてもいいのか。色んな人が掲示板でベンツを厳しく糾弾していた。その事実関係に嘘はない。それを踏まえてこちらの肩を持ってくれる人だって大勢いるだろうと、それも不自然ではない。けれど、何だか不自然だった。私がベンツと約束した日に向かって、掲示板の糾弾は急にその激しさを増しているように思えた。

「あ、それ、全部、俺」とサトシくんが言った。

「え?」と私は言った。

「え?」と工藤も言った。

「こんなやつは議会に送るべきじゃないっていうのも、そうだ、そうだ、この話をもっとみんなに知ってもらおうっていうのも、私、学校でみんなに話すって言っているこれも、みんな?」

「みんな」とサトシくんは言った。「違うのもちょっとあるけど、ほとんど全部俺」

自作自演か。

「どうして?」

「そうすれば、ベンツも考え直すかと思って。ページを全部削除してやるからって言えば、折れるかなって」

ない知恵絞って考えたわけか。いや、結果から見るなら、それは有効な手段だったことになる。けれど……。

「それだけ?」と私は聞いた。

「え?」とサトシくんが聞き返した。

「ベンツと取り引きする、それだけのつもりだった?」

「ああ、いや」とサトシくんは言った。「何か、勝手に無茶してくれないかなとかもちょっと考えた。ひと暴れしてくれれば、もっと取り引きしやすくなるなって」

予想通りにベンツが動き、その結果が、これか。

襲われている私を見て、咄嗟に助けようとする工藤を制し、写真を一枚撮ったわけだ。

「でも、こんなことまでするとは」

サトシくんはもごもごと言い訳した。

私は笑った。それでいい。利用できるものなら、何でも利用してやればいい。みんなそうやって生きているんだ。あんただって、そうやって生きていけばいい。ただ、そのとき、利用される側の気持ちってやつは、ああ、そうだな。まだ中学生だもんな。だから、いいだろう。私がずっとあんたの横でがみがみと言い続けてやる。そう、今日からだって。

私は笑い続け、笑い終えるのと同時に、その頭に拳骨を食らわせた。

「こっちの身にもなってみろ」

「ごめんなさい」とサトシくんは言った。

まだわかっちゃいないだろうが、今日のところは勘弁してやろう。それを教えてやる時間は、どうやらたっぷりとあるようだ。

「ほら、帰るよ」と私は言った。

靴を履こうとした私の背後で、サトシくんが声を上げた。

「これ、何?」

私は振り返った。サトシくんが床に落ちた瓶を拾い上げたところだった。

「見ればわかるでしょ。薬」

「何の薬？」

「ああ、何ていうか、だから、魔法の薬。あんたは知らなくていい」

そう。それは魔法の薬だ。

私は、あの日公園に現れたスーツ姿の女性を思い出した。私より少し年上に見えたが、どうだろう。もともとがそういう顔立ちだっただけで、私と同じ年代だったかもしれない。彼女は何だったのだろう。今、どこでどうしているのだろう。私がそれを使わなかったと知ったら、彼女は何を思うだろう。

ふと思い出して私は部屋の中に取って返し、机の引き出しに放り込んでいた懐中時計を手にした。ネジはまだ巻いていなかった。それを遺してくれた老人を思った。

形見分けを受け取りに行ったその二日前に、老人は亡くなっていた。部屋に残された走り書きのような遺言状に、その懐中時計を私に託す旨が記されていたという。その遺志に従い、私を呼び出し、懐中時計を手渡してくれたのはその病院の年老いた院長だった。

「意味はおわかりになりますよね？」

院長はゆったりと言った。温かな視線だった。専門が精神科と聞き、私は老人の言葉を思い出した。

あんた、院長と会ったことは？ そんなに暇なら一度、話してみればいい。

老人は私にカウンセリングを受けさせたかったのだろう。ただ何度か会話を交わし、たまに背中をさすっただけの私のことをあの老人は気に病み、そして死の間際まで気にかけていてくれた。そのときは、それが重かった。面倒な宿題を託されたようにしか思えなかった。だから、私は院長にろくに言葉も返さず、ただその懐中時計だけを受け取って病院をあとにした。引き出しにしまい、それっきり思い出すこともなかった。いや、思い出さないようにしていたのか。

懐中時計の時間を合わせ、ネジを巻いた。コチ、コチ、と秒針が動き出した。その刻みがとても大切なものに感じられて、私は右手にぎゅっと時計を握り締めた。時の刻みが微かに手のひらに伝わってきた。その感触が心地よかった。

「さ、帰ろ」

二人に声をかけ、アパートを出た。百合の家までの道を私は大またに歩き始めた。

あの家があのままで使えるのなら、二千万はなくても何とかなる。私がもう一度、きちんとどこかに就職して、お金を稼げば、工藤と二人の稼ぎで家を回すことはできる。役所が何だかんだとうるさいだろうが、そんなの、知ったことか。あの家は、私が守る。命はもうかけない。この体一つ張って、必ず守ってやる。そして私は生き長らえて、この子たちの行く末を見守ってやるのだ。隣でがみがみと小言を言いながら。

「楽しい」

私は呟いた。楽しかった。背後の二人を振り返り、私は大きく声を上げた。

「何だか、すごく楽しい」

きょとんと私を見て、それから工藤が声を潜めてサトシくんに何かを諭し始めた。素知らぬふりで前を歩いていると、生理だとか女性ホルモンだとか更年期だとか言っているのが聞こえた。

どうやら魔法の薬の効用を説いているらしい。

ひどくおかしかった。私は声を上げて笑った。私の手の中で懐中時計がこちこちと時を刻み続けていた。

＊＊＊＊

お父さん。

叫び声とともに上着の裾をつかまれたとき、彼の心臓は跳ね上がった。世界が軸を失った。駅前の雑踏が遠ざかった。

お父さん。

強い眩暈の中で、その声だけが彼の耳に何度となくこだましていた。

彼は振り返った。

麻奈美。

声にはならなかった。上着の裾をつかんだ少女は、振り返った彼の顔を見て、表情を硬くした。

「ヨウちゃん。こっちだよ」

笑いを含んだ声に、彼は目を向けた。少し離れたところから、似たような上着を着た男性が、彼の裾を握った少女に笑いかけていた。

「ごめんなさい」

真っ赤な顔をしてそう言うと、少女はそちらへ駆け出し、男性に体をぶつけた。軽く会釈を送ってきた男性に目礼を返すと、彼は歩き出した。少女はまだ小学校低学年ほどに見えた。彼の娘は、生きていればもうじき成人を迎えるはずだ。

「びっくりしちゃったよ」

家に帰り、コップに汲んだ冷たい水を半分ほど飲み干すと、彼は食卓の上にあった写真たてを手にした。写真の中の娘は七歳。さっきの少女と変わらぬ年頃だ。

「そんなはずないのはわかってたけど。でも、父さん、びっくりしちゃった」

馬鹿みたいだろう?

呟いて、今度は娘の肩を抱く妻に語りかけた。

「馬鹿みたいだよな、まったく」

悲しくはなかった。写真に語りかけることへの虚しさもなかった。それが彼の日常だった。

彼は立ち上がり、食器棚の小皿に入れていたカプセルを手にした。三日前に送られてきたものだった。手紙と封筒は捨てたが、そのカプセルは捨てられなかった。

「一年後、あなたのもとに穏やかに死ねる手段をお持ちします」

送り主は、一年前に突然現れて、そう告げた女だった。あの犯罪者の死刑が執行されたあと、彼はいくつかの取材を受けた。それらの記事に、彼が語った言葉のほとんどは使われていなかった。使われていた言葉も歪曲され、あたかも死刑制度を廃止すべきでないと訴えているかのように伝えられていた。ただ一人、それまで彼が手にしたこともない無名の週刊誌の記者だけが彼の言葉を正確に伝えてくれていた。その記事にだけは、彼の心境が正しく載せられていた。女はそれを読んだという。

　そのときは追い払った。女は明らかにまともではなかった。ただその言葉を信じれば彼が幸せになるとでも思っているような口ぶりだった。どこか思い上がった、独善的な宗教家を思わせた。不愉快だったし、気味が悪かった。追い払ってそれきり、彼がその女を思い出すことなどなかった。手紙によれば、そのカプセルが一年前に約束した「穏やかに死ねる手段」だという。

「どう思う？」

　彼は笑いながら妻に問いかけた。もし今日、あんなことがなければ、それを飲むことなど考えなかっただろう。もし本当にそれが送られてこなければ、そもそも飲むことすらできなかった。けれど、実際にあんなことがあり、実際にこのカプセルは送られてきた。

　彼は目の前のコップを見つめた。そこに半分だけ水が残っていることについて考えた。なぜ一息に飲み干さなかったのか。なぜ一息に飲み干せる以上の水を汲んだのか。

　彼はその意味について考えた。わからなかった。

　わからないなら、飲んでみればいい。

　彼はそう考えた。もとより生きることに何の執着もなかった。あの犯罪者も死に、そうかといって妻子が生き返るわけでもなかった。彼の手には何も残っていなかった。

　死ぬなら死ぬでいい。死なないなら、それはそれ。今日と同じ明日を続ければいい。それだけだ。

　彼はそう考えた。それはただ捨ててしまうよりも正しい使い方であるように彼には思えた。

　写真にもう一度目をやると、彼はカプセルを口の中に放り込み、無造作に残りの水を飲み干した。

重戦車が疾走するような演奏だった。すべてをなぎ倒し、これ以外の音に意味などないと力任せに訴えるような旋律だった。そして実際、そう語るだけの資格がその旋律にはあった。

「ああ、ああ、わかったよ。あんたは天才だよ、確かに」

ソファーに寝そべりながら彼は呟いた。最近、やけに独り言が増えたことに、彼自身は気づいていなかった。ヘッドフォンから流れるピアノの音量は尋常ではなかった。けれど今の彼には、そうしなければ満足に旋律を聴くことができなかった。

「天才だったよ、確かに、って言うべきか」

彼は呟いて、皮肉な笑みを浮かべた。彼の手の中には、カプセルがあった。この十日間、彼はそのカプセルを何度となく手にして、もてあそんでいた。送られてきたのは、それより少し前のことだった。

世の中には変なやつがいるもんだ。

そのカプセルを受け取ったとき、彼が考えたのはそれだけだった。彼は手紙ごとゴミ箱に放り込んだ。けれど、その四日後、持田和夫という犯罪被害者の遺族である男性が毒で自殺したという小さなニュースを目にした。根拠はなかった。が、その男はそれと同じものを飲んだのではないか。彼は咄嗟にそう思った。あの女が、自分と同じように、その男にもカプセルを送ったのではないかと。

おかしな女だった。

「一年後、あなたに穏やかに死ねる手段を差し上げます」

だからご安心くださいと、まるでそう言うような口ぶりだった。一年後には、あなたは確実に死ねるのだから、どうぞ安心してこの一年を過ごしてくださいとでも言うような。

彼はその女も、その言葉も笑ってやり過ごした。女が言葉を重ねることはなかった。そして一年後、実際にそのカプセルが送られてきた。

彼はゴミ箱を探した。リビングのゴミ箱ではなく、日常、あまりゴミの出ない寝室のゴミ箱に捨てていたことが幸いした。彼は封筒からカプセルだけを取り出し、手紙と封筒はまたゴミ箱に捨てた。それから十日間、彼は一日に何度もそのカプセルを手にして、物思いにふけっていた。

別に死ぬつもりなどなかった。今の自分に決して満足などしていない。けれどそれが今の自分ならば、仕方がない。彼はそう思っていた。今は今、昔は昔。そう割り切ったつもりだった。

ただ黙って殴られて、それから黙って殴り返す。

過去と現在の折り合い方について、かつてそう語った人のことを思い出し、彼は薄く笑った。そう。その通りだ。だったらなぜ捨てない?

彼はカプセルを手に自問した。彼の耳に、すでにCDの演奏は響いていなかった。彼はかつての自分の演奏を思い出していた。思い出せる限り、正確に。

天才。

人は彼をそう語った。彼自身はそうは思わなかった。彼にとっての音楽は、世界を認識する手段でしかなかった。才能の有無も多寡も問題ではなかった。彼はそうすることでしか生きられない。だから音楽をやっていた。それだけだった。

では、その手段がなくなったとき、どうする?

今はまだ聞こえる。満足とはほど遠いが、まだ聞こえる。けれどこれから先のことは彼にも、医者にも、誰にもわからなかった。

彼は手のひらのカプセルを眺めた。それが本当に毒なのかどうか、彼にはわからなかった。けれど何かを試されている気がした。生きる意思。たとえば、そんなものを。そしてもしそうならば、彼はそのカプセルを飲むしかなかった。死にたいわけではなかった。けれど、過去の自分と殴り合い続けるその暮らしに、意思と呼べるような心の高まりはなかった。

無罪ならば生き残り、有罪ならば死に至る。

未開の時代、裁判に使われていたという毒の話を思い出した。それはけじめなのだと彼は思う。有罪か無罪かは問題ではない。生死を人の力にはない場所に預ける行為そのものにこそ意味があるのだと。

彼の脳裏から音が消えた。もう奏でたい音楽も、奏でるべき音楽も浮かばなかった。ためらいはなかった。彼はカプセルを口に含み、唾液とともに飲み下した。あとは目を閉じて、ヘッドフォンから流れる音楽に集中した。

＊＊＊＊

矢上第二公園に人影はなかった。俺はベンチに腰を下ろしたまま、しばらく放心していた。

セールスマンが、三人に毒物を売った。そう考えるから、おかしいのだ。もし毒物を飲んだ三人の中にセールスマンがいたとしたなら。そう考えれば、すべては一つの答えを示唆している。

高野章子がセールスマンだ。だから高野章子は一年後、毒物が入手できることを知っていた。その一年後に向けて、自殺の準備をすることができた。そして高野章子がセールスマンなら、あの遺書はあり得ない。仮にすべての真実をつまびらかにすることはなくとも、会社のせいで自殺するなどとは書き残さないだろう。俺はそう考えた。そして本物の遺書に書かれていたことの半分は俺の想像通りであり、残りの半分は俺の想像を超えていた。

去年の一月、高野章子は、ネット上で緩和ケア病棟のボランティア募集を目にした。そこへ赴いたのは『誰かと生きた言葉を交わしたかった』からだという。『ただ人を傷つけるためだけに吐き出される無機質な言葉』に高野章子は疲れていた。いや、病んでいたのか。

緩和ケア病棟で高野章子は初めて自分の居場所を見つけたような気持ちになった。そこでは『正しい言葉が交わされ、正しい思いやりが通い合って』いた。高野章子は会社を辞めた。『正しい世界を知ってしまえば、もう正しくない世界に戻ることはできませんでした』

そのころから、高野章子は死に惹かれ出したようだ。そこが正しい世界だと感じるのは、自分が死ぬべき人間だから。高野章子はそう考えた。高野章子は再就職もせず、緩和ケア病棟に通い続けた。けれど、高野章子のその生活は長くは続かなかった。病棟の婦長から、通うことをやんわりと拒否されたという。おそらく高野章子の危うさに気づいた院長がそうさせたのだろう。遺書には、その婦長に対する悪口が延々と書き綴られていた。けれど、高野章子はその状況と戦うような女性ではなかった。高野章子は言われた通りにボランティアを辞め、しばらくは『抜け殻のように暮らし』た。

ボランティアを辞めて間もなく、同じボランティアをしていた女子大生から電話がかかってきた。高野章子は病院へ向かった。呼び出した相手は中里毅。高野章子の死への衝動をあの若い院長が見抜いていたように、中里毅もそれを見抜いていた。高野章子はそれほど危うい様相だったのだろう。

二月のその日、高野章子は中里毅から形見分けとして一粒の種子を受け取った。

今から一年、その植物を育てなさい。その植物には強力な毒がある。一年経ったら、葉を摘んで乾燥させ、粉末にする。それで死ねばいい。

中里毅はそう言ったと高野章子は書いていた。当初、俺はそれに疑問を持った。伝えた内容はさほど変わらなくとも、それは違う意味だったのではないだろうかと。

中里毅は高野章子を死なせたくはなかった。だから、一年、待たせた。その間に自分は死ぬだろう。けれど、今から一年の猶予を持たせれば、高野章子は生きる意味をその時間の中で見つけ出してくれると中里氏はそう期待したのではないか。

当初はそう考えたが、それは自分の中の逃避でしかなかった。もしそうならば、中里毅はアサガオの種でも渡せばよかったのだ。けれど、中里毅は猛毒を持つ植物の種子を確かに渡した。

研究のためなら、何でも許されると思っていた節もなくはないですから。

同僚の教授の言葉を思い出した。

中里毅にとって、それは最後の実験だった。かつて日本で育ったことのない植物が本当に日本で生育するのか。その実験に中里毅は高野章子を使った。その実験結果を自分が目にすることはない。けれど、実験が成功すれば高野章子は死に、実験が失敗すれば高野章子は生き延びる。そんな残忍な悪戯が、先のない研究者の頭に浮かんだのではないか。あの若い院長の言葉を借りるまでもなく、死に惹かれる高野章子の姿が、避けようのない死を前にした中里毅の目にどう映ったのかは想像に難くない。一人分の孤独を抱えた二人が出会ったとき、そこに生まれたのは優しさでも慈しみでもなかった。認めたくはなかったが、そう考えたほうがつじつまは合う。

一方で、その種子を持ち帰った高野章子は、ただその植物を育てることだけに一年間を費やした。高野章子にとって、その一年間は……。

『救いだった』

高野章子はそう書き記していた。

『すべてが無意味に思えた人生の中で、その時間だけがはっきりとした意味を持ち、理由を持っていました』

一年という明確な区切りを持った時間は高野章子にこれまで感じたことのない幸福感をもたらした。だから高野章子は、その救いを他者にも分け与えようとした。そうかといって、高野章子の身近に親しい他者などいなかった。高野章子はメディアを注意深く観察し、その救いを求めている『仲間』を選び出した。

『今から一年後、あなたのもとに穏やかに死ねる手段をお持ちします』

家族を残虐に殺された刑事事件の遺族に、聴覚を失いつつあるバイオリニストに、高野章子はそう告げた。遺族は冷たく追い払い、バイオリニストはただ笑い飛ばしたという。高野章子はそのことに困惑した。すでに意味をなくしたその人生を、新たな意味のもとに終わらせることができる。その幸福がなぜわからないのかと。信用されてないからだ。高野章子はそう考え、こう結論を下した。だったら別の意味を与えればいい。

生命保険。

高野章子はそれに思い当たった。保険に入り、今から一年後、死ねばいい。そう告げたらどうだろうか。

高野章子はそれを実践した。その相手に関しては、名を記していなかった。ただ偶然に出会った、自分とよく似た境遇の女性とだけ書かれていた。そしてその人には、高野章子の『幸福』が通じた。少なくとも高野章子はそう確信していた。そのことに高野章子は満足した。それ以降、高野章子が『仲間』を募ることはなかった。

そして一年後、高野章子は中里毅に教えられた通り、その葉を乾燥させ、すりつぶし、カプセルに詰めた。追い払われた二人にも、それぞれきっかり一年後、その効果を記した手紙を添えて、カプセルを送り届けた。二人がそれを使うのか、使わないのか。高野章子には何の興味もなかった。律儀な高野章子はただ自らの約束を履行しただけだった。高野章子は身辺を整理した。『まるで新居に引っ越すような、晴れやかな』気持ちで。丁寧に身辺を整理し終えた高野章子は、名前のわからないもう一人、唯一の『仲間』のために、約束した日に約束した場所へカプセルを入れた瓶を置いた。直接渡さなかったのは、『せめて最後の日くらい、誰とも言葉を交わしたくなかったから』。

身辺の整理がつき、すべての約束を果たし終えた高野章子に、もうすることは残されていなかった。その日の夜、高野章子は『それまで感じたことのない幸福感に包まれながら』そのカプセルを口にした。

『今、このとき、私はとても幸せです。お父さん、お母さん、産んでくれてありがとう』

そう締めくくられた遺書を読み終えたとき、俺の背筋は震えた。そこには生に対する感性がすっぽりと抜け落ちていた。今まで作り上げてきた高野章子の姿が一変したように感じられた。親しい人のつもりで叩いた肩に振り返った相手は、のっぺらぼうだった。そんな気分になった。けれど……。

俺はため息をついた。

高野章子には一年の時間があったのだ。どうであれ中里毅が与えた一年の『生きる時間』が、確かにあったのだ。その一年に、高野章子を変える力はなかった。その一年、高野章子の周りにあったのは、今と変わらないこの社会であり、今と変わらない俺自身だ。

持田和夫が、如月俊が、どんな気持ちでそのカプセルを口にしたのかはわからない。その効果を本当に信じていたのかと考えると、かなり疑問だと思う。どこの誰ともわからない相手から送られてきた薬だ。冗談半分で口にしたのではないだろうか。

いや。

俺は首を振った。

冗談半分で口にできるものではない。誰ともわからぬ相手から送られてきた怪しげなカプセルなど、冗談半分で口にするはずがない。それを信じ切らないまでも、たぶん、祈るように二人は飲んだのだ。

祈る？

何を？

その薬が本当に効くことをだろうか。あるいはやはり悪戯で、ただ腹を下して終わるだけをだろうか。二人はどちらを祈っただろう?

あるいはそこには祈りすらなかったか。怪しく危うい不確かさの中に、二人はただ自分の命を預けてみただけなのだろうか。

どう考えたところで、救いなどなかった。動かない結果を前にして、そこにまだ救いを探そうとしている自分の弱さを、俺は、一人、笑った。

ベンチには微かに白い矢印が残っていた。俺はその矢印にそっと触れた。その矢印が向かうベンチの下には、もちろん何もなかった。誰がそれを持ち去ったのか、同年輩のＯＬ風の女性というだけで、高野章子は何も書き記しておらず、特定のしようがなかった。監察医制度が確立されていない場所での毒死ならば、自殺であることさえはっきりしていれば、その毒物の種類さえ特定されないまま処理されることもある。高野章子がそこに薬を置いたのがもうひと月以上も前。その女性がそれを飲んだとしても、年間三万人が自殺するこの国では、それが特段のニュースになるはずもない。俺の知らないところで、その女性はすでに死んでいるのかもしれない。あるいは、その女性の一年間には、何かがあっただろうか。彼女を死から遠ざけ、この社会の中に留め置くような何かが起こっただろうか。

わからなかった。今となっては、それを願うしかなかった。

終わった。

これを記事にすることはないだろう。高野章子の母親との約束もあるし、それ以上に、これを記事として作り上げるだけの力は俺にはなかった。

気が抜けたようにしばらくそこに座ってから、俺はまだやるべきことがあったのを思い出した。

俺は携帯を取り出した。まだ仕事中だろう。留守電になるかと思ったが、しばらくのコールのあと、相手が出た。

「何ですか?」

警戒したように尋ねる相手に、俺は無造作に言った。

「泣いただろ? この前」

「え?」

「その理由を聞きたいんだ」

相手が沈黙した。その戸惑いまでが伝わってくるようだった。

「だから、それは、あなたとは関係ないことだって」

「うん。それは聞いた。だけど、関係ないことだって、聞いて悪いってことはないだろう?」

また相手が沈黙した。

「無理強いするつもりはないよ。ただ、俺はその話を聞きたがっている。それだけ、覚えておいてくれないか」

どう反応するべきなのか、しばらく迷ったように沈黙した相手は、やがて小さな笑い声を送って寄越した。

「変な人」

「ありがとう」と俺は言った。「そうなれるように心がけようと、今、決めたところだった」

本当に変な人。

呟いた相手がさっきより少しだけ大きく笑った。

「話す気になったら話すわ。でも、どうかしら。あまり期待しないで」

「わかってるよ」と俺は言った。

もちろんわかってる。

電話を切った。甲高い声に視線を向けると、中年の女性に連れられた男の子が公園に入ってくるところだった。その親しげな様子は、一見、親子に見えたが、男の子は女性を「おばちゃん」と呼んでいた。甥っ子なのだろう。

男の子が何かを言った。

アキくんだって、もう年長さんになったんだから。

ぼやくように言いながら、女性はしゃがみ込んだ。男の子が嬉々としてその背中に乗る。立ち上がった女性は、急にギクシャクとした動きになった。何だろうと思って見ていると、どうやら操縦されているようだ。背中に乗った男の子が女性の耳を引っ張り、女性が、ぐごお、と言いながらこちらに向いた。俺と目が合った。そこに人がいたことに気づいていなかったようだ。ベンチに座る俺に、一瞬、驚いたような顔をした彼女は、やがて少し照れたように軽く頭を下げた。

「こんにちは」と少し離れた場所にいる相手に向かって、俺は声を上げた。「いい天気ですね」

昼日中から、公園のベンチに一人で座っている中年男だ。無視されるかと思った。あるいは小さい子供を連れていることで警戒されるかと思った。けれど彼女は屈託のない笑みを俺に向けてくれた。

「ええ。本当に。本当にいい天気」

彼女に笑みを返すと、俺はベンチから立ち上った。立ち去りかけてから振り返り、もう一度だけ白い矢印に手をやった。最後まで手の届くことのなかった高野章子に、ようやく初めて触れられた気がした。

本書は書き下ろしです

装幀　高柳雅人
写真　Pete Kobayashi/SEBUN PHOTO/amanaimages

本多孝好（ほんだ・たかよし）
1971年、東京都生まれ。慶應義塾大学法学部卒業。'94年、「眠りの海」で第16回小説推理新人賞を受賞。'99年に刊行された『MISSING』で注目を浴びる。他の著書に『ALONE TOGETHER』『MOMENT』『FINE DAYS』『真夜中の五分前』『正義のミカタ』がある。

チェーン・ポイズン

第一刷発行　二〇〇八年十一月一日

著者　本多孝好　ほんだ　たかよし
発行者　野間佐和子
発行所　株式会社講談社
東京都文京区音羽二・十二・二十一
郵便番号　一一二・八〇〇一
電話　出版部　〇三・五三九五・三五〇五
販売部　〇三・五三九五・三六二二
業務部　〇三・五三九五・三六一五

印刷所　大日本印刷株式会社
製本所　黒柳製本株式会社

定価はカバーに表示してあります。
落丁本・乱丁本は購入書店名を明記のうえ、小社業務部あてにお送りください。
送料小社負担にてお取り替えいたします。
なお、この本についてのお問い合わせは文芸図書第二出版部あてにお願いいたします。

ISBN978-4-06-215130-6
N.D.C.913 334p 20cm